十八家诗钞

◎经典普及版◎ 第二册

曾国藩 纂

上海大学出版社
·上海·

目 录

卷四 / 0337

李太白五古上·二百九首 / 0339

古风五十九首 / 0341
侠客行 / 0365
关山月 / 0366
结客少年场行 / 0366
长干行二首 / 0367
古朗月行 / 0369
上之回 / 0369
独不见 / 0370
妾薄命 / 0371
幽州胡马客歌 / 0371
门有车马客行 / 0372
君子有所思行 / 0373
东海有勇妇 / 0374
黄葛篇 / 0375
白马篇 / 0376
怨歌行 / 0377
塞下曲六首 / 0377
塞上曲三首 / 0379
玉阶怨 / 0380
襄阳曲四首 / 0380
大堤曲 / 0381
宫中行乐词八首 / 0381
鼓吹入朝曲 / 0384
秦女休行 / 0385
秦女卷衣 / 0385
东武吟 / 0386
邯郸才人嫁为厮养卒妇 / 0387

出自蓟北门行 / 0387
洛阳陌 / 0388
北上行 / 0389
短歌行 / 0390
空城雀 / 0390
发白马 / 0391
陌上桑 / 0392
枯鱼过河泣 / 0393
丁都护歌 / 0393
相逢行二首 / 0394
千里思 / 0395
树中草 / 0396
君马黄 / 0396
拟古 / 0397
折杨柳 / 0397
凤凰曲 / 0398
少年子 / 0398
紫骝马 / 0398
少年行 / 0399
豫章行 / 0399
沐浴子 / 0400
高句骊 / 0401
静夜思 / 0401
渌水曲 / 0401
凤台曲 / 0402
从军行 / 0402
秋思二首 / 0403

春思 / 0403
子夜吴歌四首 / 0404
对酒二首 / 0405
估客乐 / 0406
去妇词 / 0406
长歌行 / 0407
南都行 / 0408
玉真仙人词 / 0409
清溪行 / 0409
历阳壮士勤将军名思齐
　　歌 / 0410
古意 / 0410
赠从兄襄阳少府皓 / 0411
赠张公洲革处士 / 0412
淮海对雪赠傅霭 / 0412
赠徐安宜 / 0413
赠任城卢主簿潜 / 0414
早秋赠裴十七仲堪 / 0414
赠范金乡二首 / 0415
赠瑕丘王少府 / 0416
赠丹阳横山周处士惟长 / 0417
玉真公主别馆苦雨赠卫
　　尉张卿二首 / 0418
赠韦秘书子春 / 0419
赠韦侍御黄裳二首 / 0420
赠薛校书 / 0421
赠何七判官昌浩 / 0421
读诸葛武侯传，书怀赠
　　长安崔少府叔封昆季 / 0422
赠崔侍御 / 0423
赠参寥子 / 0423
赠饶阳张司务璲 / 0424
赠清漳明府侄 / 0424
赠临洺县令皓弟 / 0426
邺中赠王大劝入高凤石
　　门山幽居 / 0426
赠卢征君昆弟 / 0427
赠新平少年 / 0427
赠崔侍御 / 0428
赠嵩山焦炼师 / 0429
秋日炼药院镊白发赠元
　　六兄林宗 / 0430
书情赠蔡舍人雄 / 0431
忆襄阳旧游赠济阴马少
　　府巨 / 0432
访道安陵遇盖寰为予造
　　真箓临别留赠 / 0433
赠郎中崔宗之 / 0434
赠崔谘议 / 0435
赠别从甥高五 / 0435
赠裴司马 / 0436
叙旧赠江阳宰陆调 / 0437
赠从孙义兴宰铭 / 0438
草创大还赠柳官迪 / 0440
赠崔司户文昆季 / 0441
赠溧阳宋少府陟 / 0442
戏赠郑溧阳 / 0442
赠僧崖公 / 0443
游溧阳北湖亭望瓦屋山
　　怀古赠同旅 / 0444
赠秋浦柳少府 / 0445
宿清溪主人 / 0445
赠王判官时余归隐居庐
　　山屏风叠 / 0446
在水军宴赠幕府诸侍御 / 0446
赠武十七谔 / 0448
赠张相镐二首 / 0448
赠闾丘宿松 / 0451
狱中上崔相涣 / 0452
系寻阳上崔相涣二首 / 0452

赠刘都使 / 0453
赠常侍御 / 0454
赠易秀才 / 0454
经乱离后天恩流夜郎忆
　旧游书怀赠江夏韦太
　守良宰 / 0455
江夏使君叔席上赠史郎
　中 / 0459
流夜郎半道承恩放还兼
　欣克复之美书怀示息
　秀才 / 0460

卷五 / 0461

李太白五古中·一百五十三首 / 0463

博平郑太守自庐山千里
　相寻，入江夏北市门
　见访，却之武陵，立
　马赠别 / 0465
赠王汉阳 / 0466
赠别舍人弟台卿之江南 / 0466
赠卢司户 / 0467
醉后赠王历阳 / 0467
赠历阳褚司马，时此公
　为稚子舞 / 0468
赠宣城宇文太守兼呈崔
　侍御 / 0468
赠宣城赵太守悦 / 0471
赠从弟宣州长史昭 / 0473
书怀赠南陵常赞府 / 0473
于五松山赠南陵常赞府 / 0475
自梁园至敬亭山见会公，
　谈陵阳山水，兼期同
　游。因有此赠 / 0476
赠友人三首 / 0477
陈情赠友人 / 0478
赠从弟冽 / 0480
赠闾丘处士 / 0481
赠宣州灵源寺冲濬公 / 0481
赠僧朝美 / 0482
赠僧行融 / 0482
赠黄山胡公求白鹇 / 0483
登敬亭山南望怀古赠窦
　主簿 / 0484
经乱后将避地剡中留赠
　崔宣城 / 0484
献从叔当涂宰阳冰 / 0485
安陆白兆山桃花岩寄刘
　侍御绾 / 0487
淮南卧病书怀，寄蜀中
　赵征君蕤 / 0488
寄弄月溪吴山人 / 0489
秋山寄卫尉张卿及王征
　君 / 0489
望终南山寄紫阁隐者 / 0490
夕霁，杜陵登楼寄韦繇 / 0490
秋夜宿龙门香山寺奉寄
　王方城十七丈、奉国
　莹上人、从弟幼成、令
　问 / 0491
闻丹丘子于城北山营石
　门幽居，中有高凤遗
　迹，仆离群远怀，亦

有栖遁之志，因叙旧
　　以寄之 / 0492
淮阴书怀寄王宗成一首 / 0493
月夜江行寄崔员外宗之 / 0494
宿白鹭洲寄杨江宁 / 0495
新林浦阻风寄友人 / 0495
北山独酌寄韦六 / 0496
寄东鲁二稚子 / 0497
独酌清溪江石上寄权昭
　　夷 / 0497
禅房怀友人岑伦南游罗
　　浮，兼泛桂海。自春
　　徂秋，不返。仆旅江
　　外，书情寄之 / 0498
下寻阳城泛彭蠡寄黄判
　　官 / 0499
书情寄从弟邠州长史昭 / 0500
寄上吴王三首 / 0500
流夜郎永华寺寄寻阳群
　　官 / 0501
流夜郎至西塞驿，寄裴
　　隐 / 0502
江夏寄汉阳辅录事 / 0502
江上寄元六林宗 / 0503
宣城九日，闻崔四侍御
　　与宇文太守游敬亭，
　　余时登响山，不同此
　　赏。醉后寄崔侍御二
　　首 / 0504
泾溪南蓝山下有落星潭，
　　可以卜筑。余泊舟石
　　上，寄何判官昌浩 / 0505
早过漆林渡寄万巨 / 0506
游敬亭寄崔侍御 / 0506
自金陵溯流，过白璧山

玩月，达天门。寄句
　　容王主簿 / 0507
秋日鲁郡尧祠亭上宴别
　　杜补阙范侍御 / 0508
留别鲁颂 / 0508
留别曹南群官之江南 / 0509
留别王司马嵩 / 0510
还山留别金门知己 / 0511
魏郡别苏少府因北游 / 0512
留别西河刘少府 / 0513
颍阳别元丹丘之淮阳 / 0514
留别广陵诸公 / 0515
感时留别从兄徐王延年、
　　从弟延陵 / 0516
留别金陵诸公 / 0518
金陵白下亭留别 / 0518
窜夜郎于乌江留别宗十
　　六璟 / 0519
将游衡岳过汉阳双松亭
　　留别族弟浮屠谈皓 / 0519
留别贾舍人至二首 / 0520
闻李太尉大举秦兵百万，
　　出征东南，儒夫请缨，
　　冀申一割之用，半道
　　病还，留别金陵崔侍
　　御十九韵 / 0521
别韦少府 / 0523
赠别王山人归布山 / 0523
送王屋山人魏万还王屋 / 0524
送当涂赵少府赴长芦 / 0528
送友人游梅湖 / 0528
送崔十二游天竺寺 / 0529
送杨山人归天台 / 0529
送温处士归黄山白鹅峰
　　旧居 / 0530

送方士赵叟之东平 / 0530
送韩准、裴政、孔巢父
　还山 / 0531
送杨少府赴选 / 0532
鲁郡尧祠送吴五之琅琊 / 0533
金乡送韦八之西京 / 0533
送薛九被谗去鲁 / 0533
送族弟凝至晏堌单父三
　十里 / 0535
鲁城北郭曲腰桑下送张
　子还嵩阳 / 0535
送鲁郡刘长史迁宏农长
　史 / 0536
送族弟单父主簿凝摄宋
　城主簿，至郭南月桥，
　却回栖霞山留饮赠之 / 0537
鲁郡尧祠送张十四游河
　北 / 0537
送张遥之寿阳幕府 / 0538
送裴十八图南归嵩山二
　首 / 0538
送于十八应四子举落第
　还嵩山 / 0539
送梁公昌从信安王北征 / 0540
送张秀才从军 / 0540
送崔度还吴，度，故人
　礼部员外国辅之子 / 0541
送侯十一 / 0542
鲁中送二从弟赴举之西
　京 / 0542
送纪秀才游越 / 0543
送杨燕之东鲁 / 0543
送蔡山人 / 0544
送殷淑三首 / 0544
送岑征君归鸣皋山 / 0545

送范山人归太山 / 0546
送张秀才谒高中丞 / 0546
寻阳送弟昌岠鄱阳司马
　作 / 0547
饯校书叔云 / 0548
洞庭醉后送绛州吕使君
　杲流澧州 / 0548
送赵判官赴黔府中丞叔
　幕 / 0549
送郗昂谪巴中 / 0549
送二季之江东 / 0550
江西送友人之罗浮 / 0550
宣城送刘副使入秦 / 0551
泾川送族弟錞 / 0552
五松山送殷淑 / 0553
送崔氏昆季之金陵 / 0554
登黄山凌歊台送族弟溧
　阳尉济充泛舟赴华阴 / 0554
酬谈少府 / 0555
五月东鲁行答汶上翁 / 0556
答长安崔少府叔封游终
　南翠微寺太宗皇帝金
　沙泉见寄 / 0557
酬崔五郎中 / 0558
以诗代书答元丹丘 / 0559
金门答苏秀才 / 0559
酬坊州王司马与阎正字
　对雪见赠 / 0561
酬张卿夜宿南陵见赠 / 0561
酬岑勋见寻就元丹丘对
　酒相待以诗见招 / 0562
答从弟幼成过西园见赠 / 0563
酬王补阙惠翼庄庙宋丞
　泚赠别 / 0564
酬裴侍御对雨感时见赠 / 0564

玩月金陵城西孙楚酒楼，
　　达曙歌吹，日晚，乘
　　醉着紫绮裘乌纱巾，
　　与酒客数人棹歌秦淮，
　　往石头访崔四侍御 / 0565
江上答崔宣城 / 0566
答族侄僧中孚赠玉泉仙
　　人掌茶 / 0567
酬裴侍御留岫师弹琴见
　　寄 / 0568
张相公出镇荆州，寻除
　　太子詹事。余时流夜
　　郎，行至江夏，与张
　　公相去千里。公因太
　　府丞王昔使车，寄罗
　　衣二事及五月五日赠
　　余诗，余答以此诗 / 0568

答裴侍御先行至石头驿
　　以书见招，期月满泛洞
　　庭 / 0569
答高山人兼呈权、顾二侯 / 0569
至陵阳山登天柱石，酬
　　韩侍御见招隐黄山 / 0570
酬崔十五见招 / 0571
游南阳白水登石激作 / 0572
游南阳清冷泉 / 0572
寻鲁城北范居士，失道
　　落苍耳中，见范置酒
　　摘苍耳作 / 0572
秋猎孟诸夜归，置酒单
　　父东楼观妓 / 0573
游太山六首 / 0574
与从侄杭州刺史良游天
　　竺寺 / 0577

卷六 / 0579

李太白五古下・一百九十八首 / 0581

同友人舟行游台越作 / 0583
下终南山过斛斯山人宿
　　置酒 / 0583
朝下过卢郎中叙旧游 / 0584
邯郸南亭观妓 / 0584
春陪商州裴使君游石娥
　　溪 / 0585
春日陪杨江宁及诸官宴
　　北湖感古作 / 0586
宴郑参卿山池 / 0587
游谢氏山亭 / 0587
金陵凤凰台置酒 / 0588
秋浦清溪雪夜对酒，客

有唱鹧鸪者 / 0588
与周刚青溪玉镜潭宴别 / 0589
游秋浦白笴陂二首 / 0590
泛沔州城南郎官湖 / 0590
夜泛洞庭寻裴侍御清酌 / 0591
与南陵常赞府游五松山 / 0592
宣城清溪 / 0592
游水西简郑明府 / 0593
九日登山 / 0593
九日 / 0594
陪族叔当涂宰游化城寺
　　升公清风亭 / 0595
登锦城散花楼 / 0595

登峨眉山 / 0596
大庭库 / 0596
登单父陶少府半月台 / 0597
天台晓望 / 0598
早望海霞边 / 0598
焦山杳望松寥山 / 0599
登太白峰 / 0599
登邯郸洪波台置酒观发
　　兵 / 0599
登广武古战场怀古 / 0600
登金陵冶城西北谢安墩 / 0601
登梅冈望金陵赠族侄高
　　座寺僧中孚 / 0602
望庐山瀑布二首 / 0603
江上望皖公山 / 0604
望黄鹤山 / 0605
九日登巴陵置酒望洞庭
　　水军 / 0605
秋登巴陵望洞庭 / 0606
登巴陵开元寺西阁赠衡
　　岳僧方外 / 0607
金陵望汉江 / 0607
登敬亭北二小山，余时
　　客逢崔侍御，并登此
　　地 / 0608
安州应城玉女汤作 / 0608
之广陵宿常二南郭幽居 / 0609
郢门秋怀 / 0610
荆门浮舟望蜀江 / 0610
上三峡 / 0611
自巴东舟行经瞿塘峡登
　　巫山最高峰晚还题壁 / 0611
江行寄远 / 0612
下泾县陵阳溪至涩滩 / 0613
下陵阳沿高溪三门六刺

滩 / 0613
宿鰕湖 / 0613
西施 / 0614
王右军 / 0614
上元夫人 / 0615
商山四皓 / 0615
自广平乘醉走马六十里
　　至邯郸登城楼览古书
　　怀 / 0616
苏武 / 0617
经下邳圮桥怀张子房 / 0618
秋夜板桥浦泛月独酌怀
　　谢朓 / 0619
金陵新亭 / 0619
过彭蠡湖 / 0620
望鹦鹉洲悲祢衡 / 0620
宿巫山下 / 0621
金陵白杨十字巷 / 0621
经南陵题五松山 / 0622
姑熟十咏 / 0622
与元丹丘方城寺谈玄作 / 0626
寻高凤石门山中元丹丘 / 0627
安州般若寺水阁纳凉喜
　　遇薛员外义 / 0627
月下独酌四首 / 0628
春归终南山松龙旧隐 / 0630
冬夜醉宿龙门觉起言志 / 0630
寻山僧不遇作 / 0631
过汪氏别业二首 / 0631
待酒不至 / 0632
独酌 / 0632
友人会宿 / 0633
春日独酌二首 / 0633
金陵江上遇蓬池隐者 / 0634
日夕山中忽然有怀 / 0635

春日醉起言志 / 0635
庐山东林寺夜怀 / 0636
对酒 / 0636
嘲王历阳不肯饮酒 / 0637
忆崔郎中宗之游南阳遗
　　吾孔子琴抚之潸然感
　　旧 / 0637
望月有怀 / 0638
春滞沅湘有怀山中 / 0638
落日忆山中 / 0639
忆秋浦桃花旧游，时窜
　　夜郎 / 0639
越中秋怀 / 0639
效古二首 / 0640
感遇二首 / 0641
拟古十二首 / 0642
感兴八首 / 0647
寓言三首 / 0649
秋夕旅怀 / 0650
感遇四首 / 0650
翰林读书言怀呈集贤院
　　内诸学士 / 0652
寻阳紫极宫感秋作 / 0652
江上秋怀 / 0653
秋夕书怀 / 0653
避地司空原言怀 / 0654
南奔书怀 / 0655
荆州贼乱临洞庭言怀作 / 0656
览镜书怀 / 0657
江南春怀 / 0657
鲁东门观刈蒲 / 0658
咏邻女东窗海石榴 / 0658
南轩松 / 0659
求崔山人百丈崖瀑布图 / 0659
见野草中有名白头翁者 / 0659

莹禅师房观山海图 / 0660
咏桂二首 / 0660
宣城长史弟昭赠余琴溪
　　中双舞鹤诗以见志 / 0661
题随州紫阳先生壁 / 0662
题元丹丘山居 / 0662
题元丹丘颖阳山居 / 0663
题瓜洲新河饯族叔舍人
　　贲 / 0663
洗脚亭 / 0664
题金陵王处士水亭 / 0664
题嵩山逸人元丹丘山居 / 0665
嘲鲁儒 / 0666
惧谗 / 0667
平虏将军妻 / 0667
嵩山采菖蒲者 / 0668
金陵听韩侍御吹笛 / 0668
白田马上闻莺 / 0669
杂诗 / 0669
寄远十二首 / 0670
代赠远 / 0674
闺情 / 0674
代别情人 / 0675
代秋情 / 0676
湖边采莲妇 / 0676
学古思边 / 0677
折荷有赠 / 0677
秋浦寄内 / 0678
自代内赠 / 0678
秋浦感主人归燕寄内 / 0679
送内寻庐山女道士李腾
　　空二首 / 0680
在寻阳非所寄内 / 0680
自溧水道哭王炎三首 / 0681

卷四

李太白五古上

二百九首

古风五十九首

大雅①久不作,吾衰竟谁陈。
王风②委蔓草,战国多荆榛。
龙虎③相啖食,兵戈逮狂秦。
正声何微芒,哀怨起骚人④。
扬马⑤激颓波,开流荡无垠。
废兴虽万变,宪章⑥亦已沦。
自从〔一〕建安来,绮丽不足珍。
圣代⑦复元古,垂衣⑧贵清真。
群才属休明,乘运共跃鳞。
文质相炳焕,众星罗秋旻。
我志在删述,重〔二〕辉映千春。
希圣如有立,绝笔于获麟。

〔一〕自从:一作蹉跎。 〔二〕重:一作垂。

① 大雅:《诗经》中有《大雅》之诗,是"正声"的代表,这里泛指《诗经》正声传统。② 王风:《诗经》十五国风有《王风》,为东周王城一带民歌。③ 龙虎:代指战国七雄。④ 骚人:骚体诗作者,指屈原、宋玉等。⑤ 扬马:指扬雄与司马相如,二人均为西汉著名辞赋家。⑥ 宪章:典章制度,此指有关诗文的法度。⑦ 圣代:指唐代。⑧ 垂衣:形容无为而治,指当时政治清明。

蟾蜍薄①太清,蚀此瑶台月。
圆光亏中天,金魄②遂沦没。
螮蝀③入紫微④,大明⑤夷⑥朝晖。

浮云隔两耀⁷，万象昏阴霏。
萧萧长门宫，昔是今已非。
桂蠹⁸花不实，天霜下严威。
沉叹终永夕，感我涕沾衣。

○"蟾蜍"句暗指杨妃。"蝃蝀"句指禄山陷京师。两耀，谓玄宗在蜀，肃宗在灵武。

① 薄：侵入。② 金魄：指满月之影，光明灿慢。魄，月体黑暗处。③ 蝃蝀：虹的别称，此指日晕。④ 紫微：星座名，即大帝座，喻天子之居。⑤ 大明：太阳。⑥ 夷：灭。⑦ 两耀：即日月。⑧ 桂蠹：寄生在桂树上的害虫。

秦皇扫六合，虎视何雄哉。
挥剑抉浮云，诸侯尽西来。
明断自天启〔一〕，大略驾群才。
收兵铸金人①，函谷②正东开。
铭功会稽岭，骋望琅琊台。
刑徒七十万，起土骊山隈。
尚采不死药，茫然使心〔二〕哀。
连弩射海鱼，长鲸正崔嵬③。
颔④鼻象五岳，扬波喷云雷。
鬐鬣⑤蔽青天，何由睹蓬莱。
徐市载秦女，楼船几时回。
但见三泉下，金棺葬寒灰。

〔一〕一作雄图发英断。　〔二〕心：一作人。

① 铸金人：秦始皇二十六年（前221），收天下兵，聚之咸阳，铸为十二金人。② 函谷：即函谷关。③ 崔嵬（cuī wéi）：高大的样子。④ 颔（è）：鼻梁。⑤ 鬐鬣（qí liè）：鱼脊和鱼颌上的羽状部分。

凤飞①九千仞，五章②备彩珍。

衔书且虚归，空入周与秦。

横绝历四海，所居未得邻。

吾营紫河车③，千载落风尘。

药物秘海岳，采铅④青溪⑤滨。

时登大楼山⑥，举首望仙真。

羽驾灭去影，飙车绝回轮。

尚恐丹液⑦迟，志愿不及申。

徒霜镜中发，羞彼鹤上人。

桃李何处开，此花非我春。

唯应清都⑧境，长与韩众⑨亲。

① 凤飞：凤凰飞翔。此处以凤凰自喻，夸其文才。② 五章：五种色彩。③ 紫河车：道家谓修炼而成的紫色玉液，为长生不老之药。④ 采铅：道家指采药。⑤ 青溪：又作"清溪"，在今安徽贵池，北流入玉镜潭。⑥ 大楼山：在今安徽贵池城南七十里，尚存唐代采铜矿坑遗址。⑦ 丹液：又称"流珠液"，为铅丹的隐名。⑧ 清都：古代视为天帝所居宫阙。⑨ 韩众：仙人名，亦作"韩终"。

太白①何苍苍，星辰上森列。

去天三百里，邈尔与世绝。

中有绿发翁②，披云〔一〕卧松雪。

不笑亦不语，冥栖在岩穴。

我来逢真人，长跪问宝诀③。

粲然④忽白哂〔二〕，授以炼药说。

铭骨传其语，竦身已电灭。

仰望不可及，苍然五情⑤热。

吾将营丹砂，永与世人别。

〔一〕披云：一作千春。　　〔二〕忽自哂：一作启玉齿。

① 太白：山名，在今陕西省太白县。② 绿发翁：指头发乌黑的老仙翁。③ 宝诀：道家修炼之诀。④ 粲然：笑容灿烂的样子。⑤ 五情：指喜、怒、哀、乐、怨。

代马①不思越，越禽不恋燕。
情性有所习，土风固其然。
昔别雁门关②，今戍龙庭③前。
惊沙乱海日，飞雪迷胡天。
虮虱生虎鹖〔一〕④，心魂逐旌旃。
苦战功不赏，忠诚难可宣。
谁怜李飞将⑤，白首没三边⑥。

〔一〕《上林赋》："蒙鹖苏，绔白虎。"盖画鹖苏以为冠，画白虎以为袴也。此云"虮虱生虎鹖"，盖虮虱生于衣裤之上也。

① 代马：指春秋时期代地狄人所培育的马种。代，在北方。② 雁门关：古时为边塞要地，在今山西代县。③ 龙庭：匈奴单于祭天地鬼神之所，此泛指边塞。④ 虎鹖（hé）：指武士衣冠。⑤ 李飞将：指汉将李广。⑥ 三边：古时幽、并、凉三州的并称。

客有鹤上仙，飞飞凌太清①。
扬言碧云里，自道安期②名。
两两白玉童，双吹紫鸾笙。
去影忽不见，回风③送天声④。
举首远望之〔一〕，飘然若流星。
愿餐金光草，寿与天齐倾⑤。

〔一〕一作我欲一问之。　　○一作五鹤西北来，飞飞凌太清。仙人绿云上，自道安期名。两两白玉童，双吹紫鸾笙。飘然下倒景，倏忽无留行。遗我金光草，服之四体轻。将随赤松去，对博坐蓬瀛。

①凌太清：经过天空。凌，历经。太清，即天空。②安期：传说中的仙人名，即安期生。③回风：回旋之风。④天声：巨响。⑤倾：超越，此为相匹之意。

庄周梦蝴蝶，蝴蝶为庄周。
一体更变易，万事良悠悠。
乃〔一〕知蓬莱水，复作清浅流。
青门种瓜人，旧日东陵侯①。
富贵固〔二〕如此，营营②何所求。
〔一〕乃：一作那。　〔二〕固：一作苟。

①"青门""旧日"二句：青门指汉时长安城东门。相传秦时，广陵人邵平为东陵侯，秦亡后，为平民，在青门外种瓜，瓜甜美，时人谓之"东陵瓜"。④营营：奔波的样子。

齐有倜傥生，鲁连①特高妙。
明月②出海底，一朝开光曜。
却秦振英声，后世仰末照。
意轻千金赠，顾向平原笑。
吾亦澹荡③人，拂衣可同调。

①鲁连：即战国齐鲁仲连，善于阐发卓异不凡的谋略却不肯出仕。②明月：指夜光珠。③澹荡：淡泊名利，不受拘束。

黄河走东溟①，白日落西海。
逝川②与流光，飘忽不相待。
春容③舍我去，秋发④已衰改。

人生非寒松，年貌〔一〕岂长在。
吾当乘云螭⑤，吸景⑥驻光彩〔二〕。

〔一〕年貌：一作颜色。　〔二〕一作谁能学天飞，三秀与君采。

① 东溟：即东海。② 逝川：指失去的光阴。③ 春容：少年之容。④ 秋发：衰暮之发。⑤ 云螭（chī）：云中之龙。螭，传说中的独角龙。⑥ 吸景：阻止太阳运行，此指让时光停止。景，日。

松柏本孤直，难为桃李颜。
昭昭严子陵①，垂钓沧波间。
身将客星②隐，心与浮云闲。
长揖万乘君，还归富春山③。
清风洒六合，邈然不可攀。
使我长叹息，冥栖岩石间。

① 严子陵：即东汉著名隐士严光，此处用严光隐居垂钓的典故。② 客星：指严光。③ 富春山：山名，在今浙江桐庐之西，有严子陵钓台。

君平①既弃世，世亦弃君平。
观变穷太易②，探玄化群生。
寂寞缀道论〔一〕，空帘闭幽情〔二〕。
驺虞③不虚〔三〕来，鸑鷟④有时鸣。
安知天汉上，白日悬高名。
海客去已久，谁人〔四〕测沉冥⑤。

〔一〕道论：一作真道。　〔二〕情：一作清。　〔三〕虚：一作复。　〔四〕人：一作能。　○君平、驺虞、鸑鷟，皆太白以自比。

①君平：严遵，字君平，汉蜀郡人。②太易：古代指原始混沌状态。③驺（zōu）虞：兽名，古又称"驺吾"。④鸑鷟（yuè zhuó）：凤凰别名。⑤沉冥：即湛冥，意指晦迹不仕。

胡关①饶风沙，萧索〔一〕竟终古。
岁落秋草黄，登高望戎虏。
荒城空大漠，边邑无遗堵。
白骨横千霜，嵯峨蔽榛莽。
借问谁陵虐②，天骄③毒威武。
赫怒我圣皇，劳师事鼙鼓。
阳和变杀气，发卒骚中土。
三十六万人，哀哀泪如雨。
且悲就行役，安得营农圃。
不见征戍儿，岂知关山苦〔二〕。
李牧④今不在〔三〕，边人饲豺虎。

〔一〕索：一作飒。 〔二〕一本此下添"争锋徒死节，秉钺皆庸竖。战士涂蒿莱，将军获圭组"四句。 〔三〕一作卫霍今不在。

①胡关：泛指边塞。②陵虐：即凌虐、侵犯。③天骄：指强虏。④李牧：战国时期赵国名将，其守北塞，匈奴不敢犯边。

燕昭延郭隗①，遂筑黄金台②。
剧辛③方赵至〔一〕，邹衍④复齐来。
奈何青云士⑤，弃我如尘埃。
珠玉买歌笑，糟糠养贤才。
方知黄鹄举，千里独徘徊。

〔一〕至：一作往。

①郭隗(wěi)：战国燕人。此处以古人千金买骨为例，使燕昭王广纳社会贤才。②黄金台：又称金台、燕台，故址在今河北易县东南。③剧辛：战国赵人，在燕任职，率军攻赵时为赵将所杀。④邹衍：战国齐临淄人，阴阳家。⑤青云士：指立德立言的高尚之人。

  金华牧羊儿，乃是紫烟客①。
  我愿从之游，未去发已白。
  不知繁华〔一〕子，扰扰②何所迫。
  昆山探琼蕊〔二〕③，可以炼精魄。

〔一〕繁华：一作朱颜。　　〔二〕蕊：一作蘂。

①紫烟客：多用以代称隐居山林或遁世的求仙者。②扰扰：纷乱的样子。③琼蕊：琼华。

  天津①三月时，千门桃与李。
  朝为断肠花，暮逐东流水。
  前水复〔一〕后水，古今相续流。
  新〔二〕人非旧人，年年桥上游。
  鸡鸣海色②动，谒帝罗公侯。
  月落西上阳〔三〕③，余辉半城楼。
  衣冠照云日，朝下散皇州④。
  鞍马如飞龙，黄金络马头。
  行人皆辟易⑤，志气横嵩丘⑥。
  入门上高堂，列鼎错珍羞。
  香风引赵舞⑦，清管随齐讴。
  七十紫鸳鸯⑧，双双戏庭幽。
  行乐争昼夜，自言度千秋。
  功成身不退，自古多愆尤⑨。

黄犬空叹息，绿珠成衅仇。
　　何如鸱夷子，散发棹〔四〕扁舟。
　　〔一〕复：一作非。　〔二〕新：一作今。　〔三〕西上阳：一作上阳西。　〔四〕棹：一作弄。

　① 天津：即天津桥，位于洛阳城中，横跨洛水之上。② 海色：拂晓的天色。③ 西上阳：指唐代东都洛阳宫城西南的上阳宫。④ 皇州：指帝都。⑤ 辟易：惊退回避。⑥ 嵩丘：即中岳嵩山，在今河南登封。⑦ 赵舞：古时赵人善舞。⑧ "七十"句：古乐府《相逢行》："鸳鸯七十二，罗列自成行。"⑨ 愆（qiān）尤：过失；灾祸。

　　西上〔一〕莲花山，迢迢见明星。
　　素手把芙蓉，虚步蹑太清。
　　霓裳曳广带，飘拂升天行。
　　邀我登云台①，高揖卫叔卿②。
　　恍恍与之去，驾鸿凌紫冥。
　　俯视洛阳川，茫茫走胡兵。
　　流血涂野草，豺狼尽冠缨③。
　　〔一〕上：一作岳。

　① 云台：指高空台阁，比喻仙境。② 卫叔卿：传说中的仙人。③ 冠缨：古代官吏戴冠簪缨，后多代指官吏。

　　昔我游齐都①，登华不注峰。
　　兹②山何峻秀，绿翠如芙蓉。
　　萧飒古仙人，了知是赤松③。
　　借予一白鹿，自挟两青龙。
　　含笑凌倒景④，欣然愿相从。

① 齐都：古代齐国都城为临淄，今属山东淄博市临淄区。② 兹：此。③ 赤松：仙人名。④ 凌倒景：在日月之上向下看，故曰倒景。

泣与亲友别，欲语再三咽。
勖①君青松心，努力保霜雪。
世路多险艰，白日欺红颜。
分首各千里，去去何时还。

① 勖（xù）：勉励。

在世复几时，倏如飘风度。
空闻《紫金经》①，白首愁相误。
抚己忽自笑，沉吟为谁故。
名利徒煎熬，安得闲②余步。
终留赤玉舄③，东上蓬山〔一〕路。
秦帝如我求，苍苍但烟雾。

〔一〕山：一作莱。　○此首亦志在学仙。

① 紫金经：炼丹的经书。② 闲：缓慢。③ 赤玉舄（xì）：古代传说中赤玉做成的鞋子。

郢客吟白雪①，遗响②飞青天。
徒劳歌此曲，举世谁为传。
试为巴人唱，和者乃数千。
吞声何足道，叹息空凄然。

○此首言曲高和寡。

① "郢客"句：宋玉《对楚王问》："客有歌于郢中者，其始曰《下里》《巴人》，国中属而和者数千人。……其为《阳春》《白雪》，

国中有属而和者，不过数十人。"②遗响：余音。

　　秦水别陇首①，幽咽②多悲声。
　　胡马顾朔雪③，蹀躞④长嘶鸣。
　　感物动我心，缅然⑤含归情。
　　昔视秋蛾飞，今见春蚕生。
　　袅袅⑥桑枯〔一〕叶，萋萋⑦柳垂荣⑧。
　　急节谢流水，羁心⑨摇悬旌。
　　挥涕且复去，恻怆⑩何时平。
　　〔一〕枯：一作结。　　○此首有倦游思归、落叶粪根之意。

　①陇首：陇山之巅。②幽咽：细微的流水声。③朔雪：北方的雪。④蹀躞（xiè dié）：往来徘徊。⑤缅然：遥远的样子。⑥袅袅：形容细长柔软的东西随风摆动。⑦萋萋：草木茂盛的样子。⑧垂荣：焕发光彩。⑨羁心：旅思。⑩恻怆：哀伤。

　　秋露白如玉，团团下庭绿①。
　　我行忽见之，寒早悲岁促。
　　生犹鸟过目，胡乃自结束②。
　　景公③一何愚，牛山泪相续。
　　物苦不知足，登〔一〕陇又望蜀。
　　人心若波澜，世路有〔二〕屈曲。
　　三万六千日，夜夜当秉烛。
　　〔一〕登：一作得。　〔二〕有：一作多。　　○此首悲年光之迅驶。

　①庭绿：指庭中的草木。②结束：约束。③景公：即齐景公。此句取自齐景公游牛山，北临其国城而流涕的典故。

大车扬飞尘，亭午①暗阡陌。
中贵多黄金，连云开甲宅。
路逢斗鸡者，冠盖何辉赫。
鼻息干虹蜺，行人皆怵惕②。
世无洗耳翁③，谁知尧与跖④。

①亭午：正午。②怵惕：恐惧。③洗耳翁：指许由。晋皇甫谧《高士传》：尧让天下于许由，由遁耕于颍水之阳，箕山之下；尧又召许由为九州长，由不欲闻之，洗耳于颍水之滨。④跖：即柳下季之弟跖，春秋战国时人。

世路日交丧，浇风①散淳源②。
不采芳桂枝，反栖恶木根。
所以桃李树，吐花竟不言。
大运有兴没，群动争飞奔。
归来广成子③，去入无穷门。

①浇风：社会风气浮躁。②淳源：敦厚朴实的本源。③广成子：传说黄帝时人，居崆峒山中。

碧荷生幽泉，朝日艳且鲜。
秋花冒①绿水，密叶罗②青烟。
秀色空绝世，馨香谁为传。
坐看飞霜满，凋此红芳年。
结根未得所，愿托华池③边。

①冒：覆盖着。②罗：笼罩着。③华池：荷花池。

燕赵^①有秀色，绮楼青云端。
眉目艳皎月，一笑倾城欢。
常恐碧草晚，坐泣秋风寒。
纤手怨玉琴，清晨起长叹。
焉得偶君子，共乘双飞鸾。
○美女求偶，皆喻贤才求主，不独此首为然，亦不独公诗为然。

① 燕赵：古代燕国与赵国的并称，相传二国多出美女。

容颜若飞电，时景如飘风^①。
草绿霜已白，日西月复东。
华鬓不耐秋，飒然^②成衰蓬。
古来圣贤人，一一谁成功。
君子变猿鹤，小人为沙虫。
不及广成子^③，乘云驾轻鸿^④。
○此首亦伤时光之易逝。

① 飘风：旋风。② 飒然：凋零、衰老的样子。③ 广成子：传说黄帝时人，居崆峒山中。④ 轻鸿：轻盈迅捷的鸿鹄。

三季^①分战国，七雄^②成乱麻。
王风何怨怒，世道终纷拏^③。
至人^④洞元象^⑤，高举凌紫霞^⑥。
仲尼亦〔一〕浮海^⑦，吾祖之流沙^⑧。
圣贤共沦没，临歧胡咄嗟。
〔一〕亦：一作欲。　○此首亦欲高举出世。

① 三季：夏、商、周三代之末。② 七雄：指战国七雄。③ 纷

拏（ná）：混战，互相扭扯。④至人：圣人。⑤元象：天象。⑥紫霞：指天空。⑦"仲尼"句：典出《论语·公冶长》："子曰：'道不行，乘桴浮海'。"⑧"吾祖"句：《列仙传》有周大夫关令尹与老子俱游流沙的记述。吾祖，指老子。

玄风①变太古②，道丧无时还。
扰扰季叶〔一〕人，鸡鸣趋四关③。
但识金马门④，谁〔二〕知蓬莱山⑤。
白首死罗绮，笑歌无休〔三〕闲。
绿酒⑥哂丹液，青娥⑦凋素颜〔四〕。
大儒挥金槌，琢之〔五〕诗礼间。
苍苍三珠树⑧，冥目焉能攀。

〔一〕季叶：一作市井。　〔二〕谁：一作讵。　〔三〕休：一作时。　〔四〕一作萋萋千金骨，风尘凋素颜。　〔五〕琢之：一作发冢。　○大儒二句，用《庄子》儒以诗礼发冢事。

①玄风：道风。②太古：远古。③四关：咸阳在四关之内，即东函谷关、南武关、西大散关、北萧关。④金马门：汉武帝得大宛马，以铜铸像，立于署门，名为金马门。此指名利场。⑤蓬莱山：仙山名，传说中的海上三仙山之一，此喻古道。⑥绿酒：指清酒。⑦青娥：指年轻的美女。⑧三珠树：神话中的树名。

郑客西入关。行行未能已。
白马华山君。相逢平原里。
璧遗镐池①公，明年祖龙②死。
秦人相谓曰，吾属可去矣。
一往桃花源，千春③隔流水。

①镐池：周镐京故地，在今西安丰镐村西北。②祖龙：指秦始皇。③千春：千年，此指岁月长久。

蓐收①肃金气②，西陆③弦海月。
秋蝉号阶轩，感物忧不歇。
良辰竟何许，大运有沦忽④。
天寒悲风生，夜久众星没。
恻恻不忍言，哀歌达明发⑤。
〇此首亦感时节之早谢。

① 蓐收：中国古代神话中的秋神。② 金气：即秋风。③ 西陆：指秋天。④ 沦忽：老去。⑤ 明发：天即将亮。

北溟有巨鱼①，身长数千里。
仰喷三山雪，横吞百川水。
凭凌②随海运，烜赫③因风起。
吾观摩天飞，九万方未已。
〇此首自况，即赋《大鹏》之意也。

① 巨鱼：指鲲。② 凭凌：进逼。③ 烜赫：声势浩大。

羽檄①如流星，虎符②合专城。
喧呼救边急，群鸟皆夜鸣。
白日曜紫微③，三公④运权衡。
天地皆得一，澹然四海清。
借问此何为，答言楚⑤征兵〔一〕。
渡泸⑥及五月，将赴云南征。
怯卒非战士，炎方难远行。
长号别严亲，日月惨光晶。
泣尽继以血，心摧两无声。
困兽当猛虎，穷鱼饵奔鲸。

千去不一回，投躯岂全生。

如何舞干戚⑦，一使有苗⑧平。

〔一〕楚征兵：一作征楚兵。　○此首似讽天宝末征兵讨阁罗凤，即白太傅《新丰折臂翁》之诗意。

① 羽檄：又称羽书，军中紧急文书。② 虎符：兵符，古代调兵遣将的信物。③ 紫微：星名，此指帝王宫殿。④ 三公：唐以太尉、司徒、司空为三公。⑤ 楚：泛指南方。⑥ 泸：即泸水。⑦ 干戚：盾与斧。⑧ 有苗：古部落名，又称三苗。

丑女①来效颦，还家惊四邻。

寿陵失本步，笑杀邯郸人②。

一曲〔一〕斐然③子，雕虫④丧天真。

棘刺造沐猴⑤，三年费精神。

功成无所用，楚楚且华〔二〕身。

大雅思文王，颂声久崩沦。

安得郢中质，一挥成风斤〔三〕。

〔一〕一曲：一作东西。　〔二〕华：一作荣。　〔三〕一作承风一运斤。　○此首刺当时文士之以雕饰夺天真者，即第一首绮丽不足珍之意。

①"丑女"句：用"东施效颦"的典故。② 邯郸人：用"邯郸学步"的典故。③ 斐然：有文采和韵味。④ 雕虫：此借喻雕饰太甚。⑤"棘刺"句：用战国宋有人假称能于棘刺上刻沐猴的骗局，比喻游说之士多虚假之言。

抱玉入楚国①，见疑古所闻。

良宝终见弃，徒劳三献君。

直木忌先伐②，芳兰哀自焚③。

盈满天所损，沉冥道为群。

东海汛碧水〔一〕，西关乘紫云。

鲁连及柱史，可以蹑④清芬⑤。

〔一〕水：一作流。　　○此首戒怀才者不宜自炫，宜以老子、鲁连为法。

①"抱玉"句：指楚人和氏三献美玉（和氏璧）。②"直木"句：《庄子·山木》中有"直木先伐，甘井先竭"之句。③"芳兰"句：《太平御览》载《金楼子》中有"蚌怀珠而致剖，兰含香而遭焚"之句。④蹑：追随。⑤清芬：美好的德行。

燕臣①昔恸哭，五月飞秋霜。

庶女号苍天，震风击齐堂。

精诚有所感，造化为悲伤〔一〕。

浮云蔽紫闼②，白日难回光。

群沙秽明珠，众草凌孤芳。

古来共叹息，流泪空沾裳。

〔一〕一本此下添而我竟何辜，远身金殿旁。　　○前六句言积诚可以回天，后六句言众口可以铄金，理有定而事无定，反复感叹。

① 燕臣：指邹衍，战国时阴阳家代表人物。② 紫闼（tà）：指帝王宫庭。

孤兰生幽园，众草共芜没。

虽照阳春晖，复悲高秋月。

飞霜早淅沥，绿艳恐休歇。

若无清风吹，香气为谁发。

○此首喻贤才处幽谷，须有汲引之者。

登高望四海，天地何漫漫①。

霜被②群物秋，风飘大荒寒。

荣华东流水，万事皆波澜。

白日掩徂晖③，浮云无定端。

梧桐巢燕雀，枳棘④栖鸳鸾。

且复归去来，剑歌⑤行〔一〕路难⑥。

〔一〕行：一作悲。　〇一本自第四句后云：杀气落乔木，浮云蔽层峦。孤凤鸣天霓，遗声何辛酸。游人悲旧国，抚心亦盘桓。倚剑歌所思，曲终涕洄澜。　此首言万事反复，波澜千变。

① 漫漫：无边无际的样子。② 被：披，覆盖的意思。③ 徂（cú）晖：余晖。④ 枳（zhǐ）棘：灌木丛。⑤ 剑歌：弹剑唱歌。⑥ 行路难：乐府歌曲，多抒发人世艰难的主题。

凤饥不啄粟，所食唯琅玕①。

焉能与群鸡，蹙〔一〕促②争一餐。

朝鸣昆丘③树，夕饮砥柱③湍。

归飞海路远，独宿天霜寒。

幸遇王子晋④，结交青云端。

怀恩未得报，感别空长叹。

〔一〕蹙：一作刺。　〇此首亦自况之词。

① 琅玕（láng gān）：指传说中的仙树，其实似珠。② 蹙（cù）促：局促不安的样子。② 昆丘：昆仑山。③ 砥柱：山名，在今河南三门峡。④ 王子晋：亦称王子乔，周灵王太子，后人称其仙去。

朝弄紫泥海〔一〕①，夕披丹霞裳。

挥手折若木②，拂此西日光。

云卧〔二〕游八极③，玉颜已千霜。

飘飘入无倪④，稽首祈上皇⑤。

呼我游太素⑥，玉杯赐琼浆。

一餐历万岁,何用还故乡。
永随长风去,天外恣飘扬。

〔一〕一作朝驾碧鸾车。 〔二〕卧:一作举。 ○此首即屈子《远游》之意。

① 紫泥海:指东方朔成仙的典故。② 若木:树名,见《山海经·海内经》。③ 八极:八方极远的地方。④ 倪:边际。⑤ 上皇:天帝。⑥ 太素:太素宫,相传为道教仙尊居住的地方。

摇裔①双白鸥,鸣飞沧江流。
宜与海人狎,岂伊云鹤俦。
寄影宿沙月,沿芳戏春洲。
吾亦洗心②者,忘机③从尔游。

① 摇裔:摇荡。② 洗心:除去恶念或杂念。③ 忘机:忘却计较和巧诈。

周穆八荒意①,汉皇万乘尊。
淫乐②心不极,雄豪安足论。
西海宴王母,北宫③邀上元④。
瑶水⑤闻遗歌,玉杯竟空言。
灵迹成蔓草,徒悲千载魂。
○此即郭景纯所讥"燕昭无灵气,汉武非仙才"之意。

①"周穆"句:传说周穆王曾驾八骏遨游八荒之地。② 汉皇:指汉武帝刘彻。③ 北宫:汉宫名,主礼神君。④ 上元:即上元夫人,女仙名。⑤ 瑶水:指瑶池。

绿萝纷葳蕤①,缭绕松柏枝。
草木有所托,岁寒尚不移。

奈何夭桃色②,坐③叹葑菲④诗。

玉颜艳红彩,云发非素丝。

君子恩已毕,贱妾将何为。

○此叹华士不能久荣。

① 葳蕤(wēi ruí):茂盛美丽的样子。② 夭桃色:比喻女子容貌秀丽。③ 坐:无故。④ 葑(fēng)菲:两种叶和根茎可食的菜类,此指"葑菲之采",因女子容颜衰退而遗弃。

八荒驰①惊飙②,万物尽凋落。

浮云蔽颓阳③,洪波振大壑。

龙凤④脱网罟⑤,飘摇将安托。

去去乘白驹,空山咏场藿⑥。

○此首志在高举出世,亦自况之诗。

① 驰:传播。② 惊飙:暴风,此指安史之乱。③ 颓阳:落日,此喻国运。④ 龙凤:指唐玄宗及其后妃。⑤ 罟(gǔ):指渔猎的网具,此指险境。⑥ 藿:豆叶。

一百四十年,国容何赫然。

隐隐五凤楼①,峨峨横三川②。

王侯象星月,宾客如云烟。

斗鸡金宫〔一〕③里,蹴鞠瑶台边〔二〕。

举动摇白日,指挥回青天。

当途何翕忽④,失路长弃捐。

独有扬执戟⑤,闭关草太玄。

○一本首六句云:帝京信佳丽,国容何赫然。剑戟拥九关,歌钟沸三川。蓬莱象天构,珠翠夸云仙。 〔一〕宫:一作城。〔二〕一作走马兰台边。 ○此叹承平时权门之盛,今已衰歇。

① 五凤楼：楼名，唐洛阳有五凤楼，此指皇宫。② 三川：泛指京洛河流。③ 金宫：华美的宫室。④ 翕（xī）忽：轻快敏捷的样子。⑤ 扬执戟：即扬雄，曾任郎官，职掌执戟侍从。

桃花开东园，含笑夸白日。
偶蒙春风荣，生〔一〕此艳阳质。
岂无佳人色，但恐花不实。
宛转龙火①飞，零落早相失。
讵知南山松，独立自萧瑟。

〔一〕生：一作矜。　　○末二句自况，即陶公"凝霜殄异类，卓然见高枝"之意。

① 龙火：火星。

秦皇按宝剑①，赫怒振威神。
逐日巡海右，驱石驾沧津。
征卒空九寓②，作桥伤万人。
但求蓬岛药，岂思农扈春③。
力尽功不赡，千载为悲辛。

①"秦皇"句：出自南朝江淹《恨赋》："秦帝按剑，诸侯西驰。"② 九寓：指九州。③ 农扈（hù）：古时各种农官的总称，借指农事。

美人出南国，灼灼芙蓉姿。
皓齿终不发，芳心空自持。
由来紫宫女①，共妒青蛾眉。
归去潇湘沚②，沉吟何足悲。

① 紫宫女：宫中美女。② 沚：水中小洲。

宋国梧台东,野人得燕石[一]①。
夸作天下珍,却哂赵王璧②。
赵璧无缁③磷,燕石非贞真④。
流俗多错误,岂知玉与珉⑤。

〔一〕一作宋人枉千金,去国买燕石。

① 燕石:燕山所产的一种似玉的石头。② 赵王璧:即和氏璧。③ 缁:黑色。④ 贞真:坚固不变。⑤ 珉:像玉的石头。

殷后①乱天纪,楚怀②亦已昏。
夷羊③满中野,绿葹④盈高门。
比干谏而死,屈平⑤窜湘源。
虎口⑥何婉娈,女颜空婵娟。
彭咸⑦久沦没,此意与谁论。

① 殷后:指纣王。② 楚怀:指楚国楚怀王。③ 夷羊:传说中的神兽,此喻贤人。④ 绿葹(shī):一种草本植物,即"苍耳",果实苍耳子入药。⑤ 屈平:指屈原。⑥ 虎口:指危险境地。⑦ 彭咸:相传为殷商大夫。

青春①流惊湍②,朱明[一]③骤回薄④。
不忍看秋蓬,飘扬竟何托。
光风⑤灭兰蕙,白露洒葵藿[二]⑥。
美人不我期,草木日零落。

〔一〕明:一作火。 〔二〕洒葵藿:一作委萧藿。 ○此首亦岁不我与之意。

① 青春:春天。② 湍:快速流动的水。③ 朱明:夏天。④ 薄:迫近。⑤ 光风:雨止日出,日丽风和的样子。⑥ 葵藿:一种野菜。

战国何纷纷，兵戈乱浮云。
赵倚两虎①斗，晋为六卿分。
奸臣欲窃位，树党自相群。
果然田成子②，一旦弑齐君。

① 两虎：指战国时期赵国的廉颇和蔺相如。② 田成子：即田常，其后人五世相齐，至田常时，杀齐简公，至田常曾孙田和时，代齐康公立为齐侯。

倚①剑登高台，悠悠送春目。
苍榛蔽层丘，琼草隐深谷。
凤凰鸣西海，欲集无珍木。
鸒②斯得匹〔一〕居〔二〕，蒿下盈万族。
晋风日已颓，穷途方恸哭。

〔一〕匹：一作所。 〔二〕居：一作栖。 ○一本首四句以下云：翩翩众鸟飞，翱翔在珍木。群花亦便娟，荣耀非一族。归来怆途穷，日暮还恸哭。

① 倚：佩。② 鸒（yù）：鸟名，寒鸦。

齐瑟弹〔一〕东吟，秦弦弄西音。
慷慨动颜魄，使人成荒淫。
彼女佞邪子，婉娈①来相寻。
一笑双白璧，再歌千黄金。
珍色不贵道，讵惜飞光沉②。
安识紫霞客，瑶台鸣玉〔二〕琴。

〔一〕弹：一作挥。 〔二〕玉：一作素。

① 婉娈：年轻貌美。② 飞光沉：日月降落，此指时光飞逝。

越客①采明珠，提携出南隅。
清辉照海月，美价倾鸿〔一〕都②。
献君君按剑，怀宝空长吁。
鱼目复相哂，寸心增烦纡③。

〔一〕鸿：一作皇。

① 越客：指南越人，南越为今两广沿海一带。② 鸿都：也作"皇都"，指帝都。③ 烦纡（yū）：烦闷，不舒服。

羽族①禀万化，小大各有依。
啁啾②亦何幸，六翮③掩不挥。
愿衔众禽翼，一向黄河飞。
飞者莫我顾，叹息将安归。

① 羽族：指鸟类。② 啁啾：禽鸟鸣叫声。③ 翮：鸟的翅膀。

我行巫山渚①，寻古登阳台②。
天空彩云灭，地远清风来。
神女去已久，襄王安在哉。
荒淫竟沦没，樵牧徒悲哀。

① 渚：水边。② 阳台：在今巫山阳台山上，为巫山神女遗迹。

恻恻泣路歧，哀哀悲素丝①。
路歧有南北，素丝易〔一〕变移〔二〕。
谷风刺轻薄，交道方崄巇②。
斗酒强然诺，寸心终自疑。
张陈③竟火灭，萧朱④亦星离。

众鸟集荣柯⑤，穷鱼守空[三]池。

嗟嗟失欢客，勤问何所规[四]。

〔一〕易：一作有。　〔二〕一本下添："万事固如此，人生无定期。田窦相倾夺，宾客互盈亏。世途多翻复，交道方崄巇。""斗酒"以下同。　〔三〕空：一作枯。　〔四〕规：一作悲，又作窥。　○此首即翟公署门之意，老杜《贫交行》亦同此慨。

① 素丝：本色的丝。② 崄巇（xiǎn xī）：险峻崎岖的山地。③ 张陈：指张耳和陈余，两人初为刎颈之交，后因名利而反目成仇。④ 萧朱：指萧育与朱博；两人初为好友，后因名利而绝交。⑤ 荣柯：茂盛的树木枝茎。

侠客行[一]

赵客①缦胡缨②，吴钩③霜雪明。

银鞍照白马，飒沓如流星。

十步杀一人，千里不留行。

事了拂衣去，深藏身与名。

闲过信陵④饮，脱剑膝前横。

将炙啖朱亥⑤，持觞劝侯嬴⑥。

三杯吐然诺，五岳倒为轻。

眼花耳热后，意气素霓生。

救赵挥金槌，邯郸先震惊。

千秋二壮士，烜赫大梁城⑦。

纵死侠骨香，不惭世上英。

谁能书阁下，白首太玄经。

〔一〕杂曲歌辞。以下乐府。

① 赵客：指燕赵一带的侠客。② 缦胡缨：即缦胡之缨，古时武士所佩冠带。③ 吴钩：形似剑而曲的兵器。④ 信陵：指信陵君魏公子无忌，其招纳贤士，有食客三千，曾请如姬盗晋鄙兵符，以晋鄙军击退秦军，解邯郸之围，保存赵国。⑤ 朱亥：信陵君食客，原为屠户，有勇力，夺晋鄙兵时，以四十斤铁椎击杀晋鄙。⑥ 侯嬴：信陵君食客，原为守城门者，献计盗符夺晋鄙军以救赵。⑦ 大梁城：魏国都城，在今河南开封。

关山月〔一〕

明月出天山①，苍茫云海间。
长风几万里，吹度玉门关②。
汉下白登③道，胡窥青海④湾。
由来征战地，不见有人还。
戍客望边色〔二〕，思归多苦颜。
高楼当此夜，叹息未应闲〔三〕。

〔一〕横吹曲辞。○《乐府解题》曰：《关山月》，伤离别也。郭曰：相和曲有《度关山》，亦此类也。　〔二〕色：一作邑。〔三〕闲：一作还。

① 天山：即祁连山。② 玉门关：在今甘肃敦煌西北，为古通西域要道。③ 白登：指白登山。④ 青海：指青海湖。

结客少年场行〔一〕

紫燕①黄金瞳，啾啾②摇绿鬃。
平明相驰逐，结客洛门东。

少年学剑术，凌轹③白猿公。

珠袍曳锦带，匕首插吴鸿④。

由来万夫勇，挟此英雄风。

托交从剧孟⑤，买醉入新丰⑥。

笑尽一杯酒，杀人都市中。

羞道易水寒，从〔二〕令日贯虹。

燕丹事不立，虚没秦帝宫。

武阳⑦死灰人，安可与成功。

〔一〕杂曲歌辞。○曹植《结客篇》曰：结客少年场，报怨洛北邙。《乐府解题》曰：《结客少年场行》，言轻生重义，慷慨以立功名也。　〔二〕从：一作徒。

① 紫燕：骏马名，汉文帝九逸之一。② 啾啾：马鸣声。③ 凌轹（lì）：压倒，超过。④ 吴鸿：指宝剑，吴钩的代称。⑤ 剧孟：汉洛阳人，著名侠士。⑥ 新丰：在今陕西临潼东北，古产美酒。⑦ 武阳：指秦武阳，是荆轲的副手。

长干行二首〔一〕

妾发初覆额，折花门前剧①。

郎骑竹马来，绕床弄青梅。

同居长干里，两小无嫌猜。

十四为君妇，羞颜未尝开。

低头向暗壁，千唤不一回。

十五始展眉，愿同尘与灰。

常存抱柱信②，岂〔二〕上望夫台③。

十六君远行，瞿塘滟预堆④。

五月不可触，猿声天上哀。

门前迟[三]行迹，一一生绿[四]苔。

苔深不能扫，落叶秋风早。

八月蝴蝶来[五]，双飞西园草。

感此伤妾心，坐愁红颜老。

早晚下三巴⑤，预将书报家。

相迎不道远，直至长风沙。

〔一〕杂曲歌辞。 〔二〕岂：一作耻。 〔三〕迟：一作旧。 〔四〕绿：一作苍。 〔五〕来：一作黄。

① 门前剧：在门前嬉戏。② 抱柱信：典故；出自《庄子·盗》，表示坚守信约，忠贞不渝。③ 望夫台：即望夫冈。古时夫妻离别，思妇望夫心切，因而编出许多望夫故事。④ 滟预堆：又作"淫预堆"，是瞿塘峡口白帝山下突起于长江中的巨大礁石。⑤ 三巴：指今四川东部沿长江一带。

忆妾[一]深闺里，烟尘不曾识。

嫁与长干人，沙头候风色。

五月南风兴，思君下巴陵。

八月西风起，想君发扬子①。

去来悲如何，见少别离多。

湘潭几日到，妾梦越风波。

昨夜狂风度，吹折江头树。

淼淼②暗无边，行人在何处。

北客至[二]王公，朱衣满汀[三]中[四]。

日暮来投宿，数朝不肯东。

自怜十五余，颜色桃李红。

那作商人妇，愁水复愁风。

〔一〕妾：一作昔。　〔二〕至：一作真。　〔三〕汀：一作江。　〔四〕一作北客浮云骢，经过新市中。

① 发扬子：从扬子渡出发。② 淼淼：水势浩大的样子。

古朗月行〔一〕

小时不识月，呼作白玉盘。
又疑瑶台①镜，飞在青云端。
仙人垂两足，桂树作〔二〕团圆。
白兔捣药成，问言谁与餐。
蟾蜍蚀圆影②，天〔三〕明夜已残。
羿昔落九乌③，天人清且安。
阴精④此沦惑，去去不足观。
忧来其如何，恻怆摧心肝。

〔一〕杂曲歌辞。　〔二〕作：一作何。　〔三〕天：一作大。　○蟾蜍蚀影、阴精沦惑等句，似亦讽谏谄蔽明之意。

① 瑶台：传说神仙所居之处。② 圆影：指月亮。③ "羿昔"句：用神话后羿射九日的故事。④ 阴精：指月亮。

上之回〔一〕

三十六离宫①，楼台与天通。
阁道步行月，美人愁烟空②。

恩疏宠不及，桃李伤春风。
淫乐意何极，金舆③向回中④。
万乘出黄道，千旗扬彩虹。
前军细柳北，后骑甘泉东。
岂问渭川老，宁邀襄野童。
但慕〔二〕瑶池宴，归来乐未穷。

〔一〕鼓吹曲辞。○汉武帝元封四年冬十月，行幸雍祠五畤，通回中道，遂北出萧关。沈建《乐府广题》曰：汉曲皆美当时之事。　〔二〕但慕：一作秋暮。　○渭川老，文王访贤也；襄野童，黄帝问道也；瑶池宴，穆王佚游也。末四句似有所讽。

①"三十"句：《后汉书·班固传》载，汉代在长安附近有三十六离宫。②烟空：高空，指缥缈的云天。③金舆（yú）：帝王乘坐的车轿。④回中：秦宫名。

独不见〔一〕

白马谁家子，黄龙①边塞儿。
天山三丈雪，岂是远行时。
春蕙忽秋草，莎鸡②鸣曲池。
风催寒梭响，月入霜闺悲。
忆与君别年，种桃齐蛾眉。
桃今百余尺，花落成枯枝。
终然独不见，流泪空自知。

〔一〕杂曲歌辞。○郭集录者七家。《乐府解题》曰：《独不见》，伤思而不得见也。

①黄龙：指黄龙戍，此泛指边塞。②莎鸡：即蟋蟀。

妾薄命〔一〕

汉帝重〔二〕阿娇，贮之黄金屋。
咳唾落九天，随风生珠玉。
宠极爱还歇，妒深情却疏。
长门①一步地，不肯暂回车。
雨落不上天，水覆重难收〔三〕。
君情〔四〕与妾意，各自东西流。
昔日芙蓉花，今成断根草〔五〕。
以色事他人，能得几时好②。

〔一〕杂曲歌辞。○郭集录者十七家。　〔二〕重：一作宠。〔三〕重难收：一作难重收。　〔四〕情：一作恩。　〔五〕断根草：一作素秋草。

① 长门：指长门宫。汉武帝更改长门园为长门宫，陈皇后失宠后别居于此。②"以色""能得"二句：《史记·吕不韦列传》中有"以色事人者，色衰而爱弛"句，意谓如果凭借姿色侍奉讨好他人，是得不到长久的快乐和恩宠的。

幽州胡马客歌〔一〕

幽州胡马客，绿眼虎皮冠。
笑拂两只剑，万人不可干。
弯弓若转月，白雁落云端。
双双掉鞭行，游猎向楼兰①。
出门不顾后，报国死何难。
天骄五单于②，狼戾好凶残。

牛马散北海③,割鲜若虎餐。

虽居燕支山④,不道朔雪寒。

妇女马上笑,颜如赪玉盘。

翻飞射鸟兽,花月醉雕鞍。

旄头⑤四光芒,争战如蜂攒。

白刃洒赤血,流沙为之丹。

名将古谁是,疲兵良可叹。

何时天狼灭,父子得闲安。

〔一〕横吹曲辞。

① 楼兰:汉西域国,在今新疆罗布泊之西。② 五单于:汉宣帝以后,匈奴屡败,分立为五单于,即呼韩邪、屠耆、呼揭、车犁、乌藉。五单于互相争夺,后并于呼韩邪单于。③ 北海:湖名,即今俄罗斯贝加尔湖。④ 燕支山:又称焉支山,产燕支草。⑤ 旄（máo）头:又作"髦头",星名。

门有车马客行〔一〕

门有车马宾〔二〕,金鞍曜朱轮。

谓从丹〔三〕霄①落,乃是故乡亲。

呼儿扫中堂,坐客论悲辛。

对酒两不饮,停觞泪盈巾。

叹我万里游,飘飖三十春。

空谈霸王略,紫绶②不挂身。

雄剑③藏玉匣,阴符④生素尘。

廓落无所合,流离湘水滨。

借问宗党间,多为泉下人。
生苦百战役,死托万鬼邻。
北风扬胡沙,埋翳周与秦。
大运且如此,苍穹宁匪仁。
恻怆竟何道,存亡任大钧⑤。

〔一〕相和歌辞。○郭集录者六家。《古今乐录》曰:王僧虔《技录》云:《门有车马客行》,歌东阿王置酒一篇。《乐府解题》曰:曹植等《门有车马客行》,皆言问讯其客,或得故旧乡里,或驾自京师,备叙市朝迁谢、亲友凋丧之意也。曹植又有《门有万里客》,亦与此同。国藩按,此题皆言问讯其客,备叙市朝迁变、亲友凋丧之意。　〔二〕宾:一作客。　〔三〕丹:一作云。　○"北风"二句,言两京俱陷,借古题以伤时事。

① 丹霄:天空。② 紫绶:紫色丝带,用作印组或服饰,唐代二三品官服上有紫绶。③ 雄剑:即干将。④ 阴符:指《阴符经》。此与雄剑连举,意指兵家书。⑤ 大钧:古代制陶器的转轮,后代指大自然。

君子有所思行〔一〕

紫阁①连终南,青冥天倪②色。
凭崖望咸阳,宫阙罗北极③。
万井④惊画出,九衢⑤如弦直。
渭水清银河,横天流不息。
朝野盛文物,衣冠何翕赩⑥。
厩马散连山,军容威绝域。
伊皋⑦运元化,卫霍输筋力。
歌钟乐未休,荣去老还逼。

圆光过满缺,太阳移中昃。

不散东海金,何争西辉匿。

无作牛山悲,恻怆泪沾臆。

〔一〕杂曲歌辞。○郭集录者六家。《乐府解题》曰:《君子有所思行》,其旨言雕室丽色不足为久欢,宴安鸩毒,满盈所宜敬忌,与《君子行》异也。

① 紫阁:指终南山紫阁峰。② 天倪:亦作"天霓",天际。③ 北极:即北辰星。在紫微中为天子所居。④ 万井:指长安街衢里巷。⑤ 九衢:指长安城中的街道。⑥ 翕赩(xī xì):光色盛貌。⑦ 伊皋:伊尹与皋陶的并称,均为尧帝时名臣,此比喻唐之贤臣。

东海有勇妇〔一〕

梁山感杞妻①,恸哭为之倾。

金石忽暂开,都由激深情。

东海有勇妇,何惭苏子卿②。

学剑越处子③,超腾若流星。

捐躯报夫仇,万死不顾生。

白刃曜素雪,苍天感精诚。

十步两躩〔二〕跃④,三呼一交兵。

斩首掉⑤国门⑥,蹴踏五藏行。

豁此伉俪愤,粲然大义明。

北海李使君,飞章奏天庭。

舍罪警风俗,流芳播沧瀛⑦。

志在列女籍,竹帛已光荣。

淳于免诏狱,汉主为缇萦⑧。

津妾一棹歌，脱父于严刑。
十子若不肖，不如一女英。
豫让斩空衣，有心竟无成。
要离杀庆忌，壮夫素所轻。
妻子亦何辜，焚之买虚声。
岂如东海妇，事立独扬名。

〔一〕代《关中有贞女》。勇又作贤。○舞曲歌辞。按，魏《鼙舞五曲》中，一曰《关中有贤女》，太白作此代之。　〔二〕躩：一作跳。

① 杞妻：春秋齐大夫杞梁之妻，即传说中的孟姜女，此处用孟姜女哭倒城墙之事。② 苏子卿：即苏武，奉。汉武帝之令出使匈奴，被囚禁在北海牧羊十九年，仍坚贞不屈。③ 越处子：春秋时越国一位女剑侠。④ 躩（jué）跃：跳跃。躩，快步走。⑤ 掉：悬挂。⑥ 国门：都城门。⑦ 沧瀛：沧海，此指东方海隅之地。⑧ "淳于""汉主"二句：此处用淳于意有罪当刑，其女缇萦上书救父，汉武帝刘恒免除淳于意肉刑的故事。

黄葛篇〔一〕

黄葛①生洛溪，黄花自绵幂②。
青烟蔓长条，缭绕几百尺。
闺人费素手，采缉③作絺绤④。
缝为绝国衣⑤，远寄日南客。
苍梧⑥大火落⑦，暑服莫轻掷。
此物虽过时，是妾手中迹。

〔一〕新乐府辞。

① 黄葛：葛之一种，茎皮纤维可织葛布或作造纸原料。② 绵幂：密而互相掩盖的样子。幂，覆盖。③ 缉：采集。④ 绪绤（chī xì）：指葛布。绪，细葛布。绤，粗葛布。⑤ 绝国衣：即万里衣。绝国，即遥远的地方，多指边疆。⑥ 苍梧：郡名，即梧州。⑦ 大火落：指已入秋。大火，星宿名。

白马篇[一]

龙马花雪毛，金鞍五陵豪①。

秋霜切玉剑，落日明珠袍。

斗鸡事万乘，轩盖一何高。

弓摧宜山虎②，手接太山猱③。

酒后竞风采，三杯弄宝刀。

杀人如剪草，剧孟④同游遨。

发愤去函谷，从军向临洮。

叱咤⑤经百战[二]，匈奴尽波涛[三]。

归来使酒气，未肯拜[四]萧曹⑥。

羞入原宪⑦室，荒径隐蓬蒿。

〔一〕杂曲歌辞。○郭集录者十家。按：《白马篇》言人当立功立事，尽力为国，不可念私也。鲍照、沈约之作，则言边塞征战之事。　〔二〕经百战：一作万战场。　〔三〕涛：一作逃。〔四〕拜：一作下。

① 五陵豪：聚居长安五陵的豪门贵族。② 宜山虎：用晋周处的典故。宜山白额猛虎为患，周处入山中，射杀猛虎，为民除害。③ 猱（náo）：一种类猿。④ 剧孟：汉代大侠。⑤ 叱咤：发怒吆喝。⑥ 萧曹：指汉初宰相萧何与曹参。⑦ 原宪：孔子的弟子，字子思，以安贫乐道出名。

怨歌行〔一〕

十五入汉宫，花颜笑〔二〕春红。
君王选玉色，侍寝金〔三〕屏中。
荐枕①娇夕月，卷衣②恋春〔四〕风。
宁知赵飞燕，夺宠恨无穷。
沉忧能伤人，绿鬓成霜蓬。
一朝不得意，世事徒〔五〕为空。
鹔鹴③换美酒，舞衣罢雕龙④。
寒苦不忍言，为君奏丝桐。
肠断弦亦绝，悲心夜忡忡。

〔一〕一作长安见内人出嫁，令予代为怨歌行。○相和歌辞。郭集录者七家。　〔二〕笑：一作如。　〔三〕金：一作锦。　〔四〕春：一作香。　〔五〕徒：一作信。

① 荐枕：指侍寝。② 卷衣：收藏衣服。③ 鹔鹴（sù shuāng）：神话传说中的西方神鸟，其羽可制裘，此代指鹔鹴裘。④ 雕龙：此指舞衣弃置不用。

塞下曲六首〔一〕

五月天山雪，无花只有寒。
笛中闻折柳①，春色未曾看。
晓战随金鼓，宵眠抱玉鞍。
愿将腰下剑，直为斩楼兰。

〔一〕新乐府辞。○郭集录者二十二家。

①折柳:古人离别时,有折柳枝相赠之风俗。古笛曲有《折杨柳》。

天兵①下北荒②,胡马欲南饮。
横戈从百战,直为衔恩③甚。
握雪海上餐,拂沙陇头寝。
何当破月氏,然后方高枕。

① 天兵:指汉朝军队。② 北荒:北方。③ 衔恩:受到皇恩。

骏马如风飙,鸣鞭出渭桥①。
弯弓辞汉月,插羽破天骄②。
阵解星芒尽,营空海雾销。
功成画麟阁③,独有霍嫖姚④。

① 渭桥:指中渭桥,在长安北。② 天骄:指匈奴。③ 麟阁:即麒麟阁,汉代供奉功臣的阁楼。④ 霍嫖姚:指汉武帝时的名将霍去病,其战功卓著,被封为嫖姚校尉。

白马黄金塞,云砂①绕梦思。
那堪愁苦节,远忆边城儿。
萤飞秋窗满,月度霜闺迟。
摧残梧桐叶,萧飒沙棠②枝。
无时独不见,泪流空自知。

① 云砂:碎小的石块,指边塞风光。② 沙棠:树名,果味像李子。

塞虏乘秋下,天兵出汉家。
将军分虎竹①,战士卧龙沙②。

边月随弓影,胡霜拂剑花。
玉关③殊未入,少妇莫长嗟。

①虎竹:调兵的信物。②龙沙:指塞外沙漠。③玉关:指玉门关。

烽火动沙漠,连照甘泉①云。
汉皇②按剑起,还召李将军③。
兵〔一〕气天上合④,鼓声陇底⑤闻。
横行负⑥勇气,一战静妖氛⑦。
〔一〕兵:一作杀。

① 甘泉:即甘泉山,秦时在山上造甘泉宫,汉武帝时扩建。
② 汉皇:指汉武帝。③ 李将军:指西汉名将李广。④ 合:充满。
⑤ 陇底:山坡底下。⑥ 负:凭借。⑦ 妖氛:指敌人。

塞上曲三首〔一〕

大汉无中策①,匈奴犯渭桥。
五原秋草绿,胡马一何骄。
〔一〕新乐府辞。○郭集录者九家。

① 中策:合格的对策。

命将征西极①,横行阴山侧。
燕支落汉家,妇女无花色。

① 西极:长安以西的疆域。

转战渡黄河，休兵乐事多。
萧条清万里，瀚海寂无波。

玉阶怨[一]

玉阶生白露，夜久侵罗袜。
却下水精帘，玲珑望秋月。
〔一〕相和歌辞。○郭集录者三家。

襄阳曲四首[一]①

襄阳行乐处，歌舞白铜鞮②。
江城回绿水，花月使人迷。
〔一〕杂歌谣辞。

① 襄阳曲：即《襄阳乐》，汉乐府《清商曲辞》旧题。② 白铜鞮：又名《白铜蹄》，梁时歌谣。

山公①醉酒时，酩酊襄[一]阳下。
头上白接䍦②，倒着还骑马。
〔一〕襄：一作高。

① 山公：指山简，字季伦。② 白接䍦（lí）：白帽。

岘山①临汉江，水绿沙如雪[一]。

上有堕泪碑②，青苔久磨灭。

〔一〕一作水色如霜雪。

① 岘（xiàn）山：山名，在湖北襄阳东南。② 堕泪碑：为怀念西晋的羊祜建立的石碑，因见其碑者莫不堕泪，故称。

且醉习家池①，莫看堕泪碑。
山公欲上马，笑杀襄阳儿。

① 习家池：东汉初年襄阳侯习郁的私家池塘。

大堤曲〔一〕

汉水临〔二〕襄阳，花开大堤暖。
佳期大堤下，泪向南云①满。
春风复无情，吹我梦魂散。
不见眼中人，天长音信断。

〔一〕清商曲辞。○郭集选者四家。　〔二〕临：一作横。

① 南云：南飞之云，常以寄托思亲、怀乡之情。

宫中行乐词八首〔一〕

小小①生金屋，盈盈在紫微②。
山花插宝髻，石竹绣罗衣。

每出深宫里，常随步辇③归。

只愁歌舞散[二]，化作彩云飞。

〔一〕奉诏作。○近代曲辞。　〔二〕散：一作罢。

① 小小：年幼时。② 紫微：星座名，即大帝座，喻天子之居。③ 步辇：皇帝和皇后所乘的代步工具，类似轿子。

柳色黄金嫩，梨花白雪香。

玉楼巢[一]翡翠①，珠殿锁鸳鸯。

选妓随[二]雕辇②，征歌出洞房。

宫中谁第一，飞燕③在昭阳。

〔一〕巢：一作关。　〔二〕雕：一作朝。

① 翡翠：鸟名。② 雕辇：华美的车。③ 飞燕：汉成帝皇后赵飞燕，此指杨贵妃。

卢橘①为秦树，蒲桃②出[一]汉宫。

烟花宜落日，丝管醉春风。

笛奏龙鸣[二]水，箫吟[三]凤下空。

君王多乐事，何必向[四]回中[五]。

〔一〕出：一作是。　〔二〕鸣：一作吟。　〔三〕吟：一作鸣。　〔四〕向：一作在。　〔五〕一作还与万方同。

① 卢橘：即枇杷。② 蒲桃：即葡萄。

玉树[一]春归日[二]，金宫①乐事多。

后庭朝未入，轻辇夜相过②。

笑出花间语，娇来烛下歌。

莫教明月去，留著醉姮娥③。

〔一〕树：一作殿。　　〔二〕日：一作好。

① 金宫：华美的宫室。② 相过：接连而过。③ 姮娥：指嫦娥。

绣户香风暖，沙窗曙色①新。
宫花争笑日，池草暗生春。
绿树闻歌鸟，青楼②见舞人。
昭阳桃李月，罗绮③自〔一〕相亲。

〔一〕自：一作坐。

① 曙色：拂晓时的天色。② 青楼：古时指女子居住的楼。③ 罗绮：罗衣，此代指穿罗绮的美女。

今日明光①里，还须结伴游。
春风开紫殿②，天乐下珠楼。
艳舞全知巧，娇歌半欲羞。
更怜花月夜，宫女笑藏钩③。

① 明光：汉宫名，此代指唐代宫殿。② 紫殿：指帝王宫殿。③ 藏钩：古代的一种游戏，手握东西让别人猜，猜中者获胜。

寒雪梅中尽，春风柳上归。
宫莺娇欲醉，檐燕语还飞。
迟日①明歌席，新花艳舞衣。
晚来移彩仗②，行乐好光辉。

① 迟日：指春天白昼渐长。② 彩仗：宫中的彩旗仪仗。

水绿南薰殿，花红北阙楼①。
莺歌闻太液②，凤吹③绕瀛洲。
素女④鸣珠佩，天人⑤弄彩球。
今朝风日好，宜入未央游。

① 北阙楼：宫城北门楼。北阙多为上书奏事之所，故多代指皇宫。② 太液：指太液池。③ 凤吹：指笙。④ 素女：传说中神女名。⑤ 天人：指美女。

鼓吹入朝曲〔一〕

金陵控海浦①，绿水带②吴京③。
铙歌列骑吹④，飒沓⑤引公卿。
搥钟速严妆，伐鼓启重城。
天子凭玉案，剑履若云行。
日出照万户，簪裾⑥烂明星。
朝罢沐浴⑦闲，遨游阆风亭。
济济双阙⑧下，欢娱乐恩荣。

〔一〕鼓吹曲辞。

① 控海浦：指控制江海口。② 带：环绕。③ 吴京：金陵。④ 骑吹：在马上奏乐。⑤ 飒沓：众多盛大的样子。⑥ 簪裾：显贵达官的服饰。⑦ 沐浴：指休假。⑧ 双阙：宫门前两旁的望楼，此处泛指宫殿。

秦女休行〔一〕

西门秦氏女①,秀色如琼花。
手挥白杨刀②,清昼杀仇家。
罗袖洒赤血,英声凌紫霞。
直上西山去,关吏相邀遮。
婿③为燕国王,身被诏狱加。
犯刑若履虎,不畏落爪牙。
素颈未及断,摧眉伏泥沙。
金鸡④忽放赦,大辟⑤得宽赊。
何惭聂政姊⑥,万古共惊嗟。

〔一〕古词。魏朝协律都尉左延年所作,今拟之。　○杂曲歌辞。按,左延年辞,言秦女休为燕王妇,为宗报仇,杀人都市,遇赦得免。傅玄辞,言庞娥为父报仇,杀人,以烈义称。太白此辞,拟左延年,但左、傅俱用长短句,太白但用五言,为小异耳。

① 秦氏女:即秦女休。② 白杨刀:宝刀名。③ 婿:丈夫。④ 金鸡:古时颁赦诏之日,设金鸡于竿,以示吉辰。⑤ 大辟:死刑。⑥ 聂政姊:战国时,勇士聂政为严仲子刺杀韩相韩傀,事成毁容自杀。聂政姊为扬弟名,前往认尸,然后自杀。后世用作称颂义女的典故。

秦女卷衣〔一〕

天子居未央①,妾来卷衣裳。
顾无紫宫②宠,敢拂黄金床。
水至亦不去,熊来尚可当③。

微身捧日月④,飘若萤火光。

愿君采葑菲,无以下体妨。

〔一〕杂曲歌辞。　　○《乐府解题》曰:《秦王卷衣》,言咸阳春景及宫阙之美,秦王卷衣以赠所欢也。唐李白有《秦女卷衣》。

①未央:汉代宫阙名。②紫宫:指天子居住的地方。③当:抵挡。④日月:指皇帝。

东武吟〔一〕

好古笑流俗,素闻贤达风。
方希佐明主,长揖辞成功。
白日在高天,回光烛微躬。
恭承凤凰诏①,欻起云萝②中。
清切紫霄迥,优游丹禁③通。
君王赐颜色,声价凌烟虹。
乘舆拥翠盖,扈从金城④东。
宝马丽绝景⑤,锦衣入新丰。
倚岩望松雪,对酒鸣丝桐。
因学扬子云⑥,献赋甘泉宫。
天书⑦美片善,清芬播无穷。
归来入咸阳,谈笑皆王公。
一朝去金马⑧,飘落成飞蓬。
宾友日疏散,玉樽亦已空。
才力独可倚〔二〕,不惭世上雄。
闲作东武吟,曲尽情未终。

书此谢知己,吾寻黄绮翁[三]。

〔一〕一作出金门后书怀留别翰林诸公。 ○相和歌辞,郭集录者四家。按,《东武吟》,伤时移事异,荣华徂谢也。
〔二〕倚:一作恃。 〔三〕一作扁舟寻钓翁。

① 凤凰诏:指诏书。② 云萝:喻山野,指隐居之山林。③ 丹禁:犹紫禁城,皇帝所居之处。④ 金城:代指长安。⑤ 丽绝景:意为与绝景并驾。绝景,即绝影,良马名。⑥ 扬子云:即扬雄。⑦ 天书:指皇帝诏书。⑧ 金马:指金马门,官署的代称。

邯郸①才人嫁为厮养卒妇[一]

妾本丛台②女,扬娥③入丹阙④。
自倚颜如花,宁知有凋歇。
一辞玉阶下,去若朝云没。
每忆邯郸城,深宫梦秋月。
君王不可见,惆怅至明发⑤。

〔一〕杂曲歌辞。郭集录者二家。

① 邯郸:战国时赵都。② 丛台:战国时赵王所筑。③ 娥:即娥眉,女子的眉毛。④ 丹阙:指赵王王宫。⑤ 明发:天明。

出自蓟北门行[一]

虏阵横北荒,胡星①曜精芒②。
羽书速惊电,烽火昼连光。

虎竹救边急，戎车森已行。

明主不安席，按剑心飞扬。

推毂③出猛将，连旗登战场。

兵威冲绝漠，杀气凌穹苍。

列卒〔二〕赤山下，开营紫塞④旁。

孟冬风沙紧，旌旗〔三〕飒凋伤。

画角⑤悲海月，征衣卷⑥天霜。

挥刃斩楼兰，弯弓射贤王。

单于一平荡，种落自奔亡。

收功报天子，行歌〔四〕归咸阳。

〔一〕杂曲歌辞。郭集录者四家。　○《乐府解题》曰：《出自蓟北门行》，其大致与《从军行》同，而兼言燕蓟风物，及突骑勇悍之状。　〔二〕卒：一作阵。　〔三〕旗：一作旆。　〔四〕行歌：一作歌舞。

① 胡星：指昴星，古人认为当它特别明亮时就会有战争发生。② 精芒：光芒。③ 推毂：古代的一种仪式，大将出征时，君王为其推车，并郑重地嘱咐一番，授之以指挥作战全权。毂，车轮。④ 紫塞：指长城，因城土紫色，故名。⑤ 画角：古乐器，用竹木或皮革制成，军中用以报告昏晓。⑥ 卷：此指凝聚。

洛阳陌〔一〕

白玉①谁家郎，回车渡天津。

看花东陌②上，惊动洛阳人。

〔一〕横吹曲辞。

① 白玉：指面目皎好。② 东陌：指洛阳城东的大道。

北上行 [一]

北上何所苦，北上缘太行①。
磴道②盘且峻，巉岩凌穹苍。
马足蹶侧石，车轮摧高冈。
沙尘接幽州，烽火连朔方③。
杀气毒剑戟，严风④裂衣裳。
奔鲸夹黄河，凿齿⑤屯洛阳。
前行无归日，返顾思旧乡。
惨戚冰雪里，悲号绝中肠。
尺布不掩体，皮肤剧枯桑。
汲水涧谷阻，采薪垄坂长。
猛虎又掉尾，磨牙皓秋霜。
草木不可餐，饥饮零露浆。
叹此北上苦，停骖为之伤。
何日王道平⑥，开颜睹天光。

〔一〕相和歌辞。　○《乐府解题》曰：魏武帝《苦寒行》，备言冰雪溪谷之苦，其后或谓之《北上行》，盖因武帝辞而拟之也。

① 太行：太行山。② 磴道：登山石径。③"沙尘""烽火"二句：指安史之乱起，战尘烽火东北接幽州，西北连朔方。④ 严风：冬天的寒风。⑤ 凿齿：兽名，其状如凿。相传羿曾凿齿于畴华之野，为民除害。⑥ 王道平：平息叛乱，使天下太平。

短歌行[一]

白日何短短,百年苦易满。
苍穹浩茫茫,万劫太极长。
麻姑①垂两鬓,一半已成霜。
天公见玉女②,大笑亿千场。
吾欲揽六龙③,回车挂扶桑。
北斗酌美酒,劝龙各一觞。
富贵非所愿,为[二]人驻颓光[三]④。

〔一〕相和歌辞。郭集录者十七家。 ○魏武帝《短歌行》,有身世多忧、汲汲求贤之意。各家多及时行乐之意。 〔二〕为:一作与。 〔三〕颓:一作颜,又作流。

① 麻姑:神话中仙女名。② 玉女:仙女。③ 六龙:指太阳。④ 颓光:指逝去的光阴。

空城雀[一]

嗷嗷空城雀,身计何戚促①。
本与鹪鹩②群,不随凤凰族。
提携四黄口③,饮乳未尝足。
食君糠秕余,常恐乌鸢④逐。
耻涉太行险⑤,羞营覆车粟。
天命有定端,守分⑥绝所欲。

〔一〕杂曲歌辞。郭集录者六家。 ○按,《空城雀》自鲍照以下,皆有含辛茹苦、守分安命之意。

① 戚促：困窘。② 鹪鹩（jiāo liáo）：鸟名，一种小黄雀。③ 黄口：指幼鸟。④ 鸢：鹰类的猛禽。⑤ "耻涉"句：欧阳建《临终诗》有"不涉太行险，谁知斯路难"句，指事实中显现真伪。此喻指羞于做分外之事。⑥ 分：职分。

发白马〔一〕

将军发白马①，旌节渡黄河。
箫鼓聒川岳，沧溟涌涛〔二〕波。
武安有震瓦②，易水无寒歌③。
铁骑若雪山，饮流涸滹沱④。
扬兵猎月窟⑤，转战略朝那⑥。
倚剑登燕然⑦，边烽列嵯峨。
萧条万里外，耕作五原⑧多。
一扫清大漠，包虎戢⑨金戈。

〔一〕杂曲歌辞。郭集录者二家。○郭云：卫国曹邑有白马津，郦生云守白马之津，是也。发白马，谓征戍而发兵于此也。
〔二〕涛：一作洪。

① 白马：即白马津。②"武安"句：《史记》载秦国伐魏，赵王令赵奢救魏，秦军驻军在武安西，秦军鼓噪勒兵，武安屋瓦尽震。③"易水"句：指荆轲的故事。荆轲刺秦之前，与高渐离慷慨悲歌，高为之送行，歌曰："风萧萧兮易水寒，壮士一去兮不复还。"④ 滹沱（hū tuó）：水名，即滹沱河。⑤ 月窟：月生的地方，指最西边。⑥ 略朝那：攻取朝那。朝那，古代的城市名。⑦ 燕然：即燕然山。⑧ 五原：郡县名。⑨ 戢（jí）：收藏。

陌上桑〔一〕

美女渭桥东〔二〕,春还〔三〕事蚕作。
五马①飞如花〔四〕,青丝结金络。
不知谁家子,调笑来相谑。
妾本秦罗敷②,玉颜艳名都。
绿条映素手,采桑向城隅。
使君且不顾,况复论秋胡③。
寒螀④爱碧草,鸣凤栖青梧。
托心自有处,但怪旁人愚。
徒令白日暮,高驾空踟蹰。

〔一〕相和歌辞。郭集录者十家。　○郭注:一曰《艳歌罗敷行》。《古今乐录》曰:《陌上桑》,歌瑟调,古辞《艳歌罗敷行》"日出东南隅"篇。崔豹《古今注》曰:《陌上桑》者,出秦氏女子。秦氏,邯郸人,有女名罗敷,为邑人千乘王仁妻。王仁后为赵王家令,罗敷出采桑于陌上,赵王登台,见而悦之,因置酒欲夺焉。罗敷巧弹筝,乃作《陌上桑》之歌以自明,赵王乃止。《乐府解题》曰:古辞言罗敷采桑,为使君所邀,盛夸其夫为侍中郎以拒之,与前说不同。若陆机《扶桑升朝晖》,但歌美人好合,与古词始同而末异。又有《采桑曲》,亦出于此。　〔二〕一作美女绷绮衣,又作游女。　〔三〕春还:又作还来。　〔四〕飞如花:一作如花飞。又作如飞龙。

① 五马:指太守出行时乘坐五马之车。② 秦罗敷:古赵邯郸采桑美女。③ "况复"句:春秋时鲁国人秋胡成婚几日后就赴陈做官,几年后在回家路上看到一个采桑的妇人(罗敷),秋胡就调戏人家并许以千金,被严词拒绝。到家后才知道那个采桑妇是自己的妻子。秋胡十分惭愧,妻子也因悲愤而投河自杀。④ 螀(jiāng):指一种蝉。

枯鱼过河泣〔一〕

白龙常改服，偶被豫且①制。
谁使尔为鱼，徒为诉天帝。
作书报鲸鲵②，勿恃风涛势。
涛落归泥沙，翻③遭蝼蚁④噬。
万乘慎出入，柏人以为诫〔二〕。

〔一〕杂曲歌辞。郭集录古词一首，太白一首，皆以慎出入为诫。　〔二〕诫：一作识。按，柏人用汉高祖过赵事。

① 豫且：春秋时宋国渔人。刘向《说苑·正谏》引伍子胥谏吴王语："天上白龙下于清冷之渊化为鱼，为渔人豫且射中其目。" ② 鲸鲵：大鱼。雄为鲸，雌为鲵。古喻不义之人。③ 翻：反而。④ 蝼蚁：蝼蛄和蚂蚁，比喻力量薄弱、地位很低的人。

丁都护〔一〕歌

云阳①上征去，两岸饶②商贾。
吴牛喘月③时，拖船④一何苦。
水浊不可饮，壶浆半成土。
一唱都护歌，心摧泪如雨。
万人凿盘石，无由达江浒⑤。
君看石芒砀⑥，掩泪悲千古。

〔一〕都护：一作督护。○清商曲辞。郭集录者三家。一曰《阿督护歌》。《宋书·乐志》曰：《督护歌》者，彭城内史徐逵之为鲁轨所杀，宋高祖使府内直督护丁旿收敛殡埋之。逵之妻，高祖长女也，呼旿至阁下，自问殓送之事。每问，辄叹息曰："丁督护！"

其声哀切。后人因其声，广其曲焉。《唐书·乐志》曰：《丁督护》，晋宋间曲也。今歌是宋武帝所制云。

①云阳：地名，在今江苏丹阳。②饶：多。③吴牛喘月：吴地天气炎热，水牛见月亮疑是太阳，因惧怕酷热而不断喘气，此代指夏天。④拖船：纤夫拉船。⑤江浒：江边。⑥石芒砀：又多又大的石头。砀，有花纹的石头。

相逢行二首〔一〕

朝骑五花马①，谒帝出银台。

秀色②谁家子，云车〔二〕珠箔③开。

金鞭遥指点，玉勒近迟回。

夹毂④相借问，疑从天上来〔三〕。

蹙入青绮门⑤，当歌共衔杯〔四〕。

衔杯映歌扇，似月云中见。

相见不得亲〔五〕，不如不相见。

相见情已深，未语可知心。

胡为守空闺，孤眠愁锦衾。

锦衾与罗帏，缠绵会有时。

春风正澹荡⑥，暮雨来何迟〔六〕。

愿因三青鸟，更报长相思。

光景不待人，须臾发成丝。

当年失行乐，老去徒伤悲。

持此道密意，无令旷佳期。

〔一〕一云有赠。〇相和歌辞。郭集录者六家。一曰《相逢狭路间行》，一曰《长安有狭斜行》。《乐府解题》曰：古词文意与《鸡鸣曲》同。晋陆机《长安狭斜行》云："伊洛有歧路，歧路交朱轮。"则言世路险狭邪僻，正直之士无所措手足矣。唐李贺有《难忘曲》，亦出于此。　〔二〕车：一作中。　〔三〕疑：一作知。一本更添：怜肠愁欲断，斜日复相催。下车何轻盈，飘然似落梅。　〔四〕一作娇羞初解佩，语笑共衔杯。　〔五〕得：一作相。　〔六〕一作春风正纠结，青鸟来何迟。

① 五花马：唐人喜将骏马鬃毛修剪成瓣以为饰，分成五瓣，故有此称，后多指珍贵的马。② 秀色：秀美的容色。③ 珠箔：即珠帘。④ 夹毂（gū）：夹车作卫队。⑤ 青绮门：长安古城门名。⑥ 澹（dàn）荡：使人舒畅的样子，多形容春天的景物。

相逢红尘①内，高揖②黄金鞭。
万户垂杨里，君家阿那边③。

① 红尘：纷攘热闹的世俗生活。② 高揖：双手抱拳高举过头作揖。③ 阿那边：在哪里。

千里思〔一〕

李陵没胡沙，苏武还汉家。
迢迢五原关，朔雪乱边花〔二〕。
一去隔绝国，思归但长嗟①。
鸿雁向西北，因〔三〕书报天涯。
　〔一〕一作千里曲。　○杂曲歌辞。郭集录者三家。　〔二〕一作愁见雪如花。　〔三〕因：一作飞。

① 长嗟：长叹。

树中草[一]

鸟衔野田草，误入枯桑里。
客土①植危根，逢春犹不死。
草木虽无情，因依②尚可生。
如何同枝叶，各自有枯荣。

〔一〕杂曲歌辞。郭集录者三家。

① 客土：他乡异地的土壤。② 因依：倚傍，依托。

君马黄[一]

君马黄，我马白。
马色虽不同，人心本无隔。
共作游冶盘，双行洛阳陌。
长剑既照曜，高冠何赩赫①。
各有千金裘，俱为五侯客。
猛虎落陷阱，壮夫时屈厄②。
相知在急难，独好亦[二]何益。

〔一〕鼓吹曲辞。郭集录者三家。 〔二〕亦：一作知。

① 赩赫（xì hè）：赤色光耀的样子。② 屈厄（è）：困窘。

拟古

融融白玉辉①,映我青蛾眉。
宝镜似空水,落花如风吹。
出门望同子,荡漾不可期。
安得②黄鹤羽,一报佳人知。

① 白玉辉:代指月色。② 安得:怎么得到。

折杨柳〔一〕

垂杨〔二〕拂绿水,摇艳〔三〕东风年。
花明玉关雪,叶暖金窗①烟。
美人结长想,对此心悽然。
攀条折春色,远寄龙庭②前〔四〕。

〔一〕横吹曲辞。郭集录者二十三家。 ○《唐书·乐志》曰:梁乐府有《胡吹歌》云:上马不捉鞭,反拗杨柳枝。下马吹横笛,愁杀行客儿。此歌辞元出北国,即鼓角横吹曲《折杨柳》是也。《宋书·五行志》曰:晋太康末,京洛为《折杨柳》之歌,其曲有兵革苦辛之辞。按,古乐府又有《小折杨柳》,相和大曲有《折杨柳行》,清商西曲有《月节折杨柳歌》十三曲,与此不同。 〔二〕垂杨:一作杨柳。 〔三〕摇艳:一作艳裔。 〔四〕龙庭前:一作龙沙边。

① 金窗:闺房窗户。② 龙庭:代指边塞。

凤凰曲〔一〕

嬴女①吹玉箫,吟弄天上春。
青鸾②不独去,更有携手人③。
影灭彩云断,遗声落西秦。

〔一〕清商曲辞。

① 嬴女:指传说中的秦穆公女弄玉。② 青鸾:即青鸟。③ 携手人:此处指青鸾不独飞去,要载着弄玉的爱人萧史,一起携手升天。

少年子〔一〕

青云少年子,挟弹章台①左。
鞍马四边开,突如流星过。
金丸落飞鸟,夜入琼楼卧。
夷齐②是何人,独守西山饿。

〔一〕杂曲歌辞。郭集录者四家。

① 章台:西汉长安城街名,因多妓馆,故车马为盛。② 夷齐:伯夷和叔齐的并称,二人隐居西山,采薇而食。

紫骝马〔一〕

紫骝①行〔二〕且嘶,双翻碧玉蹄。
临流不肯渡,似惜锦障泥②。

白雪关山〔三〕远，黄云海戍迷。

挥鞭万里去，安〔四〕得念〔五〕春闺③。

〔一〕横吹曲辞。郭集录者十四家。　○按，郭集以《紫骝马》为从军久戍怀归而作，此诗末二句反之，语愈沉痛。
〔二〕行：一作骄。　〔三〕山：一作城。　〔四〕安：一作何。　〔五〕念：一作恋。

① 紫骝：赤色马。② 障泥：垂于马腹两侧以遮尘泥的东西。③ 春闺：代指思妇。

少年行〔一〕

击筑饮美酒，剑歌易水湄①。
经过燕太子，结托并州儿②。
少年负壮气，奋烈自有时。
因声③鲁勾践，争情〔二〕勿相欺。

〔一〕杂曲歌辞。　〔二〕情：一作搏。

① 易水湄：易水岸边。② 并州儿：指侠客。③ 因声：寄声；寄言。

豫章行〔一〕

胡风吹代马〔二〕①，北拥鲁阳关。
吴兵照海雪，西讨何时还。

半渡上辽津，黄云惨无颜。
老母与子别，呼天野草间。
白马〔三〕绕旌旗，悲鸣相追攀。
白杨秋月苦，早落豫章山。
本为休明人，斩虏素不闲。
岂惜战斗死，为君扫凶顽。
精感石没羽②，岂云惮险艰。
楼船若鲸飞，波荡落星湾。
此曲不可奏，三军鬓成斑。

〔一〕相和歌辞。郭集录者九家。　○按，《豫章行》，陆机、谢灵运之作，言寿短景驰，容华不久；傅玄之作，言尽力于人，终以华落见弃。太白此作，则似从军之词。　〔二〕一作燕人攒赤羽。　〔三〕白马：一作白鸟。

① 代马：代国所产之马。代，在今河北蔚县与山西东北一带。
② 石没羽：典出《史记·李将军列传》："广出猎，见草中石，以为虎而射之，中石没镞，视之，石也。"

沐浴子〔一〕

沐芳莫弹冠，浴兰莫振衣。
处世忌太洁，至人贵藏晖①。
沧浪有钓叟，吾与尔同归。

〔一〕杂曲歌辞。郭集录者二家。

① 藏晖：即韬光养晦，掩藏才华和名声。

高句骊 [一]

金花①折风帽②,白马小迟③回。
翩翩舞广袖④,似鸟海东来。

〔一〕杂曲歌辞。

① 金花:指插在帽沿的饰金花枝。② 折风帽:古冠名,指高句骊帽。③ 小迟:稍延缓。此指舞者动作,踏着碎步。④ 广袖:又宽又长的衣袖。

静夜思 [一]

床前看月光,疑是地上霜。
举头望山月,低头思故乡。

〔一〕新乐府辞。

渌水曲 [一]

渌水明秋日,南湖采白蘋①。
荷花娇欲语,愁杀荡舟人。

〔一〕琴曲歌辞。

① 白蘋:水草,多生于湖泽。

凤台曲〔一〕

尝闻秦帝①女,传得凤凰声。
是日逢仙子②,当时别有情。
人吹彩箫去,天借绿云迎。
心〔二〕在身不返,空余弄玉名。

〔一〕清商曲辞。郭集录者二家。　〔二〕心:一作曲。

① 秦帝女:即秦穆公女弄玉。② 仙子:即指箫史。

从军行〔一〕

从军玉门道,逐虏金微山①。
笛奏梅花曲②,刀开明月环。
鼓声鸣海上③,兵气拥云间。
愿斩单于首,长驱静铁关④。

〔一〕相和歌辞。郭集录者十九家。　○附七言一首。

① 金微山:古山名,东汉窦宪曾在此击破北匈奴。② 梅花曲:指《梅花落》。③ 海上:大漠之上。④ 铁关:指铁门关,在今新疆库尔勒北。

百战沙场碎铁衣①,城南已合数重围。
突营射杀呼延②将,独领残兵千骑归。

① 碎铁衣:指支离破碎的盔甲。② 呼延:匈奴四姓贵族之一,此指敌军的一员悍将。

秋思二首〔一〕

春阳如昨日，碧树鸣黄鹂。
芜然蕙草①暮，飒尔凉风吹。
天秋木叶下，月冷莎鸡②悲。
坐愁群芳歇，白露凋华滋③。

〔一〕琴曲歌辞。

① 蕙草：香草名。② 莎鸡：一种虫子，即纺织娘，又名络纬、络丝娘。③ 华滋：繁盛的枝叶。

阏氏①黄叶落，妾望白登台。
海上〔一〕碧云断，单于〔二〕秋色来。
胡兵沙塞合，汉使玉关回。
征客无归日，空悲蕙草摧。

〔一〕海上：一作月出。　〔二〕单于：一作蝉声。

① 阏氏（yān zhī）：又作燕支、胭脂等，一种花草中提取的红色，古代匈奴人以之名其妻女，此处为山名。

春思

燕草如碧丝，秦桑低绿枝。
当君怀归日，是妾断肠时。
春风不相识，何事入罗帏。

子夜吴歌四首[一]

秦地罗敷女，采桑绿水边。
素手①青条上，红妆白日鲜。
蚕饥妾欲去，五马莫留连。

〔一〕清商曲辞。　　○春。

① 素手：洁白的手，多指女性的手。

镜湖①三百里，菡萏发荷花。
五月西施采，人看隘若耶②。
回舟③不待月，归去越王家。
○夏。

① 菡萏（hàn dàn）：未开的荷花。② 若耶：指若耶溪。③ 回舟：回船。

长安一片月，万户捣衣声。
秋风吹不尽，总是玉关情。
何日平胡虏，良人罢远征。
○秋。

明朝驿使发，一夜絮征袍。
素手抽针冷，那堪把剪刀。
裁缝寄远道，几日到临洮①。
○冬。

① 临洮（táo）：郡名，唐属陇右道，今在甘肃岷县。

对酒二首[一]

松子栖金华①,安期②入蓬海。
此人古之仙,羽化③竟何在。
浮生速流电,倏忽变光彩。
天地无凋换④,容颜有迁改。
对酒不肯饮,含情欲谁待。

〔一〕相和歌辞。郭集录者八家。 ○按,魏武帝赋《对酒》,其旨言王者德泽广被,政理民和,万物咸遂;范云以下,则言但当及时为乐。

① 金华:指金华山,相传为赤松子得道处。② 安期:传说中的仙人。③ 羽化:道家谓仙去为羽化。④ 凋换:衰落变换。

劝君莫拒杯,春风笑人来。
桃李如旧识,倾花向我开。
流莺啼碧树,明月窥金罍①。
昨来朱颜子,今日白发催。
棘生石虎殿②,鹿走姑苏台③。
自古帝王宅,城阙闭黄埃④。
君若不饮酒,昔人安在哉。

① 金罍(léi):用黄金装饰的酒器。② 石虎殿:后赵石虎建造的宫殿。石虎,字季龙。③ 姑苏台:姑苏台又名姑胥台,建筑极华丽,供吴王夫差享乐所用。④"城阙"句:指宫阙万间都作了土。黄埃,黄尘土。

估客乐〔一〕

海客①乘天风,将船远行役②。
譬如云中鸟,一去无踪迹。

〔一〕清商曲辞。

① 海客:航海者,此指出海经商的估客。② 行役:出行;行旅。

去妇词

古来有弃妇,弃妇有归处。
今日妾辞君,辞君遣何去。
本家零落尽,恸哭来时路。
忆昔未嫁君,闻君却周旋。
绮罗锦绣段,有赠黄金千。
十五许嫁君,二十移所天。
自从〔一〕结发日未几,离君缅山川。
家家尽欢喜,孤妾长自怜。
幽闺多怨思,盛色无十年。
相思苦循环,枕席生流泉。
流泉咽不扫,独梦关山道。
及此见君归,君归妾已老。
物华恶衰贱,新宠方妍好。
掩泪出故房,伤心剧秋草。

自妾为君妻，君东妾在西。
罗帏到晓恨，玉貌一生啼。
自从离别久，不觉尘埃厚。
常嫌玳瑁孤，犹羡鸳鸯偶。
岁华逐霜霰①，贱妾何能久。
寒沼落芙蓉，秋风散杨柳。
以此憔悴颜，空持旧物还。
余生欲何寄，谁肯相牵攀②。
君恩既断绝，相见何年月。
悔倾连理杯，虚作同心结。
女萝附青松，贵欲相依投。
浮萍失绿水，教作若为流。
不叹君弃妾，自叹妾缘业。
忆昔初嫁君，小姑才倚床。
今日妾辞君，小姑如妾长。
回头语小姑，莫嫁如兄夫。

〔一〕按，"自从"二字疑衍，通首皆五言，不应著此一七字句。　○按，此顾况《弃妇词》也，后人窜入太白集中。

① 霜霰（xiàn）：霜和霰的并称。霰，空中降落的小冰粒。
② 牵攀：牵拉。

长歌行 〔一〕

桃李得日开，荣华照当年。
东风动百物，草木尽欲言。

枯枝无丑叶,涸水吐清泉。
大力运天地,羲和①无停鞭。
功名不早著,竹帛将何宣。
桃李务青春②,谁能贯白日。
富贵与神仙,蹉跎成两失。
金石犹销铄③,风霜无久质。
畏落日月后,强欢歌与酒。
秋霜不惜人,倏忽侵蒲柳。

〔一〕相和歌辞。郭集录者十家。 ○按,《长歌行》,言人当努力为乐,无至老大乃伤悲也。 ○已上乐府。

① 羲和:神话中驾御日车的神。② 青春:指春天。③ 销铄:熔化。

南都行〔一〕

南都①信佳丽,武阙②横西关③。
白水真人④居,万商罗鄽阛⑤。
高楼对紫陌,甲第连青山。
此地多英豪,邈然不可攀。
陶朱⑥与五羖⑦,名播天壤间。
丽华⑧秀玉色,汉女娇朱颜。
清歌遏流云,艳舞有余闲。
遨游盛宛洛,冠盖随风还。
走马红阳城,呼鹰白河湾。
谁识卧龙⑨客,长吟愁鬓斑。

〔一〕以下歌吟。

① 南都：即南阳的旧称。② 武阙：山名。③ 西关：即武关。④ 白水真人：指汉光武帝刘秀。⑤ 鄽闤（chán huán）：指市井。鄽，市宅。闤，市垣。⑥ 陶朱：指范蠡。⑦ 五羖（gǔ）：指百里奚。虢为晋所灭，百里奚逃至楚，被执为奴，秦穆公闻其贤，以五羖羊皮赎之，授以国政，号曰五羖大夫。⑧ 丽华：即阴丽华，汉光武帝皇后。⑨ 卧龙：即诸葛亮。诸葛亮，字孔明，号卧龙。

玉真仙人词

玉真之真〔一〕人，时往〔二〕太华①峰。
清晨鸣天鼓②，飙欻③腾双龙。
弄电不辍手，行云本无踪。
几时入少室，王母应相逢。

〔一〕真：一作仙。　〔二〕时往：一作西上。

① 太华：指华山。② 鸣天鼓：道家的一种法术。③ 飙欻（biāo chuā）：迅速的样子。

清溪行〔一〕

清溪清我心，水色异诸水。
借问新安江，见底何如此。
人行明镜中，鸟度屏风里。

向晚猩猩啼，空悲远游子。

〔一〕宣城。一作宣州青溪。

历阳壮士勤将军名思齐歌〔一〕

历阳壮士勤将军，神力出于百夫。则天太后召见，奇之，授游击将军，赐锦袍玉带，朝野荣之。后拜横南将军。大臣慕义，结十友，即燕公张说、馆陶公郭元振为首。余壮之，遂作诗。

太古历阳郡，化为洪川①在。
江山犹郁盘②，龙虎秘光彩。
蓄泄数千载，风云何黮䨴③。
特生勤将军，神力百夫倍④。

〔一〕并序。

① 洪川：指湖泊。② 郁盘：萦回盘旋。③ 黮䨴（dàn duì）：浓云密布的样子。④ 百夫倍：指将军神勇无比，可以一当百。

古意

君为女萝草，妾作兔丝花。
轻条不自引，为逐春风斜。
百丈托远松，缠绵成一家。
谁言会面易，各在青山崖。

女萝发馨香，兔丝断人肠。
枝枝相纠结，叶叶竞①飘扬。
生子不知根，因谁共芬芳。
中巢双翡翠，上宿紫鸳鸯。
君识二草心，海潮亦可量。
○已上歌吟。

① 竞：通"竞"，争逐，比赛。

赠从兄襄阳少府皓〔一〕

结发未识事，所交尽豪雄。
却秦不受赏①，击晋〔二〕宁为功。
托身白刃里，杀人红尘中。
当朝揖高义，举止钦英风。
小节岂足言，退耕舂陵东。
归来无产业，生事如转蓬。
一朝狐〔三〕裘敝，百镒②黄金空。
弹剑③徒激昂，出门悲路穷。
吾兄青云士④，然诺闻诸公。
所以陈片言，片言贵情通。
棣华⑤倘不接⑥，甘与秋草同。

〔一〕皓：一作晧。 ○以下投赠。 〔二〕击晋：一作救赵。 〔三〕狐：一作乌。

①"却秦"句：用战国鲁仲连典故。鲁仲连曾客游赵国，并智

退秦军,于是平原君要封赏鲁仲连,鲁仲连再三辞让,不肯接受。② 镒(yì):古时以二十四两为一镒。③ 弹剑:典出《战国策·齐策》:战国时冯谖因贫穷到齐国贵族孟尝君门下作食客,屡次弹剑作歌,慨叹生活的不如意。④ 青云士:高士。⑤ 棣华:喻兄弟之情谊。⑥ 接:接济。

赠张公洲革处士

列子居郑圃,不将众庶分。
革侯遁南浦①,常恐楚人闻。
抱瓮灌秋蔬,心闲游天云。
每将瓜田叟,耕种汉水滨〔一〕。
时登张公洲,入兽不乱群。
井无桔槔事,门绝刺绣文②。
长揖二千石③,远辞百里君④。
斯为真隐者,吾党慕清芬。

〔一〕滨:一作溃。

① 南浦:此处指张公洲,在长江和府城之南,故又称"南浦"。② 刺绣文:此指官服。③ 二千石:此指太守。④ 百里君:此指县令。

淮海对雪赠傅霭〔一〕

朔雪①落吴〔二〕天,从风渡溟渤②。
海树〔三〕成阳春,江沙皓明月。

飘摇四荒外,想像千花发。
瑶草生阶墀,玉尘散庭闼。
兴从剡溪③起,思绕④梁山发。
寄君郢中歌⑤,曲罢心断绝〔四〕。

〔一〕一作淮南对雪赠孟浩然。　〔二〕吴:一作潮。
〔三〕树:一作木。　〔四〕一云:剡溪兴空在,郢路歌未歇。寄君梁父吟,曲尽心断绝。

① 朔雪:北方的雪。② 溟渤:指溟海和渤海。③ 剡(shàn)溪:指越中,此处用王子猷夜访戴道安事。④ 思绕:思绪围绕着,此指李白思念友人傅霭。⑤ 郢中歌:即《阳春》《白雪》,此代指咏雪的歌诗。

赠徐安宜

白田①见楚老,歌咏徐安宜。
制锦不择地②,操刀良在兹。
清风动百里,惠化③闻京师。
浮人④若云归,耕种满郊歧。
川光净麦陇,日色明桑枝。
讼息但长啸,宾来或解颐⑤。
青槐拂户牖,白〔一〕水流园池。
游子滞安邑,怀恩未忍辞。
繄⑥君树桃李,岁晚托深期。

〔一〕白:一作碧。　　○浮人,犹流水也。游子,太白自谓也。

① 白田：地名。② 择地：选择处所，此指徐安宜娴于吏治，可不择地而治。③ 惠化：惠及百姓。④ 浮人：流散的人口。⑤ 解颐：开颜欢笑。⑥ 繄（yī）：多用于句首，相当于"惟"。

赠任城卢主簿①潜〔一〕

海鸟知天风，窜身鲁门东②。
临觞③不能饮，矫翼思凌空。
钟鼓不为乐，烟霜谁与同。
归飞未忍去，流泪谢鸳鸿④。
〔一〕鲁中。　　○海鸟，太白以自喻也。

① 主簿：县令之佐，位在县丞之下、县尉之上。② 鲁门东：泛指鲁地东。③ 临觞（shāng）：面对着酒。④ 鸳鸿：鹓鶵和鸿雁，比喻贤人，此指主簿卢潜。

早秋赠裴十七仲堪

远海动风色，吹愁〔一〕落天涯。
南星①变大火，热气余丹霞。
光景不可回，六龙②转天车。
荆人泣美玉，鲁叟③悲匏瓜④。
功业若梦里〔二〕，抚〔三〕琴发长嗟。
裴生信〔四〕英迈，崛起多才华。
历抵海岱豪，结交鲁朱家〔五〕⑤。

良图竟未展，意欲飞丹砂。

破产且救人，遗身不为家。

复携两少女〔六〕，艳色惊荷花。

双歌入青云，但惜白日斜。

穷〔七〕溟⑥出宝贝，大泽⑦饶龙蛇。

明主倘〔八〕见收，烟霄路⑧非赊⑨。

知飞万里道，勿使岁寒差〔九〕。

〔一〕愁：一作秋。　〔二〕里：一作中。　〔三〕抚：一作推。　○以上十句，太白自咏也。　〔四〕信：一作实。　〔五〕一作历游赵魏豪，结交列如麻。　〔六〕女：一作妾。　〔七〕穷：一作沧。　〔八〕倘：一作必。　〔九〕一作时命若有会，归应炼丹砂。

①南星：星名，即南箕星。②六龙：神话传说日神乘车，驾以六龙，羲和为御者。③鲁叟：本指孔子，此时李白自喻。④匏（páo）瓜：此比喻志士的怀才不遇。⑤朱家：秦末汉初的游侠，为鲁国人，以"任侠"闻名。⑥穷溟：指海洋。⑦大泽：湖泊。⑧烟霄路：即云霄路，意为登天之路。此喻赴京城长安之路途。⑨赊：远。

赠范金乡二首

君子枉清眄①，不知东走迷②。

离家未几月，络纬鸣中闺。

桃李君不言，攀花愿成蹊。

那能吐芳信，惠好相招携。

我有结绿珍，久藏浊水泥。

时人弃此物，乃与燕珉〔一〕③齐。

拂拭欲赠之,申眉路无梯。
辽东惭白豕,楚客羞山鸡。
徒有献芹④心,终流泣玉〔二〕啼。
只应自索漠,留舌示山妻⑤。

〔一〕珉:一作石。　〔二〕玉:一作血。

① 清眄(miàn):谓被人赏识的客套话。② 东走迷:谦称自己东鲁之行漫无目的。③ 燕珉:燕山所产的一种类似玉的石头,喻不足珍贵之物。④ 献芹:自谦情意微薄。芹,物之微贱者。⑤ 山妻:隐士之妻。后多用为自称其妻的谦词。

范宰不买名,弦歌对前楹。
为邦默自化,日觉冰壶清。
百里鸡犬静,千庐机杼鸣。
浮人少荡析①,爱客多逢迎。
游子睹嘉政,因之听颂声。

○前一首自述,次首颂范。观"枉清眄""相招携"等句,似范有书邀太白东游也。"桃李"二句,谓纵无书信,人犹愿攀附而来。"那能"二句,言况复有书相招也。

① 荡析:动荡离散。

赠瑕丘王少府

皎皎鸾凤姿,飘飘神仙气。
梅生①亦何事,来作南昌尉。
清风佐鸣琴,寂寞道为贵〔一〕。

一见过所闻,操持难与群。
毫挥鲁邑讼,目送瀛洲云。
我隐屠钓②下,尔当玉石分。
无由接高论,空此仰清芬。

〔一〕道为贵:一作为谁贵。

① 梅生:即梅福,字子真,九江寿春人。王莽篡位,隐于九江一带,后传说成为神仙。此以王少府比梅生。② 屠钓:姜子牙曾"屠牛于朝歌,卖饮于孟津",后又隐钓于渭滨之磻溪,此处李白以姜子牙自喻。

赠丹阳横山①周处士惟长

周子横山隐,开门临城隅。
连峰入户牖,胜概凌方壶。
时枉白纻词②,放歌丹阳湖。
水色傲溟渤,川光秀菰蒲。
当其得意时,心与天壤俱。
闲云随舒卷,安识身有无。
抱石耻献玉③,沉泉笑探珠④。
羽化如可作,相携上清都〔一〕。

〔一〕一作携手上清都。

① 横山:又名横望山,在汉丹阳当涂东北六十里。② 白纻词:即《白纻歌》。③ "抱石"句:借用卞和献璞的典故,指向君主或朝廷献才智。④ "沉泉"句:借用探骊取珠的典故,用以比喻得到或见到珍奇之物。

玉真公主①别馆苦雨赠卫尉张卿二首〔一〕

愁坐金张馆②，繁阴昼不开。
空烟送雨色，萧飒望中来。
翳翳③昏垫④苦，沉沉忧恨催⑤。
清秋何以慰，白酒盈吾杯。
吟咏思管乐⑥，此人已成灰。
独酌聊自勉，谁贵经纶才。
弹剑谢公子，无鱼良可哀。

〔一〕长安。

① 玉真公主：唐睿宗之女，唐玄宗之妹。太极元年出家为道士，别馆在终南山观台。② 金张馆：指玉真公主别馆。③ 翳翳（yì）：阴暗的样子。④ 昏垫：陷溺，指困于水灾，亦用来指水患，灾害。⑤ 催：促迫，煎熬。⑥ 管乐：指春秋时齐相管仲和战国时燕将乐毅。

苦雨思白日，浮云何由卷。
稷契①和天人，阴阳仍骄蹇②。
秋霖剧倒井，昏雾横绝巘。
欲往咫尺途，遂成山川限。
潺潺奔溜泻，浩浩惊波转。
泥沙塞中途，牛马不可辨。
饥从漂母食，闲缀羽林〔一〕简。
园家逢秋蔬，藜藿不满眼。
螟蛸结思幽，蟋蟀伤褊浅。
厨灶无青烟，刀机生绿藓。
投箸解鹔鹴，换酒醉北堂。

丹徒布衣者,慷慨未可量④。

何时黄金盘,一斛荐槟榔。

功成拂衣去,摇裔沧洲⑤旁。

〔一〕林:一作陵。曝蠹书于羽陵,出《穆天子传》。　○前路备陈苦雨愁寂之状,末八句自露英雄振奋之概。

① 稷契:指稷和契。② 骄蹇(jiǎn):傲慢,不顺从。③ 灇灇(cóng):形容水流交汇。④"丹徒""慷慨"二句:典出《南史·刘穆之传》:刘穆之少时家贫,常去岳父母家乞食。一日食毕,求槟榔,其妻兄弟戏之曰:"槟榔消食,君乃常饥,何忽须此?"及穆之为丹阳尹,召妻兄弟饮,至醉饱,令厨人以金盘盛槟榔一斛进之。⑤ 沧洲:代指隐居之所。

赠韦秘书子春

谷口郑子真①,躬耕在岩石。

高名动京师,天下皆藉藉。

其人竟不起,云卧从所适。

苟无济世心,独善亦何益。

惟君家世者,偃息逢休明。

谈天信浩荡②,说剑纷纵横③。

谢公④不徒然,起来为苍生。

秘书何寂寂,无乃羁豪英。

且复归碧山,安能恋金阙。

旧宅樵渔地,蓬蒿已应没。

却顾女几峰〔一〕,胡颜见云月。

徒为风尘苦,一官已白发。

气同万里合,访我来琼都。

披云睹青天,扪虱话良图。

留侯⑤将绮季⑥,出处未云殊。

终与安社稷,功成立五湖。

〔一〕女几山在河南府宜阳县。韦秘书此时当暂归山中,行将复出也。　○首八句论贤者宜济世,不宜高隐。"惟君"八句言韦门地甚盛,不宜久于秘书。"且复"八句叙韦暂归山中。末八句叙两人交谊。

① 郑子真:西汉隐士。②"谈天"句:指战国齐人邹衍。善于论辩天地宇宙之事。齐人称其"谈天衍"。③"说剑"句:指韦子春善于武事。④ 谢公:指谢安。⑤ 留侯:指西汉开国功臣张良。⑥ 绮季:指"商山四皓"之一的绮里季。

赠韦侍御黄裳二首

太华①生长松,亭亭凌霜雪。

天与百尺高,岂为微飙折。

桃李卖摇艳,路人行且迷。

春光扫地尽,碧叶成黄泥。

愿君学长松,慎勿作桃李。

受屈不改心,然后知君子。

① 太华:即西岳华山。

见君乘骢马①,知上太山道。

此地果摧轮②,全身以为宝。

我如丰年玉,弃置秋田草。
但勖③冰壶心,无为叹衰老。

①骢马:毛色青白的马。②摧轮:指山路难行。③勖(xù):勉励。

赠薛校书①

我有吴趋曲②,无人知此音。
姑苏成蔓草,麋鹿空悲吟。
未夸观涛作,空郁钓鳌心。
举手谢东海,虚行归故林。

①校书:唐代弘文馆、集贤殿书院等的属官,为九品。②吴趋曲:吴地歌曲名。

赠何七判官昌浩

有时忽惆怅,匡坐至夜分。
平明空啸咤,思欲解世纷。
心随长风去,吹散万里云。
羞作济南生①,九十诵古文。
不然拂剑起,沙漠收奇勋。
老死田陌间,何因扬清芬。

夫子今管乐②,英才冠三军。
终与同出处,岂将沮溺③群。
○五字句中跌宕乃尔。

① 济南生:指秦朝伏胜。② 管乐(yuè):春秋名相管仲与战国名将乐毅的并称。③ 沮溺:春秋时耦耕的隐士长沮与桀溺。

读诸葛武侯传,书怀赠长安崔少府叔封昆季

汉道昔云季①,群雄方战争。
霸图各未立,割据资豪英。
赤伏②起颓运③,卧龙得孔明。
当其南阳时,陇亩躬自耕。
鱼水三顾合,风云四海生。
武侯立岷蜀,壮士吞咸京。
何人先见许,但有崔州平④。
余亦草间人〔一〕,颇怀拯物情。
晚途值子玉,华发同衰荣。
托意在经济,结交为弟兄。
无令管与鲍,千载独知名。

〔一〕人:一作士。　○用崔州平影入少府,针线痕迹宛尔可寻。

① 季:末期。② 赤伏:赤伏符的简称。新莽末年谶纬家所造符箓,谓刘秀上应天命,当继汉统为帝。后亦多借此泛指帝王受命的符瑞。③ 颓运:衰败的命运。④ 崔州平:即三国时期的崔钧。

赠崔侍御

黄河三尺鲤，本在孟津①居。
点额②不成龙，归来伴〔一〕凡鱼。
故人东海客，一见借吹嘘。
风涛倘相因，更欲凌昆墟③。
何当赤草使，再往召相如〔二〕。

〔一〕伴：一作作。　〔二〕杨齐贤本无末二句，似以无之为是；如有此二句，"赤草使"必有误字。

① 孟津：古黄河津渡名。② 点额：跳龙门的鲤鱼头额触撞石壁。③ 昆墟：即昆仑山。传说中神仙所居的仙山。

赠参寥子

白鹤飞天书，南荆访高士。
五云在岘山①，果得参寥子。
肮脏辞故园，昂藏②入君门。
天子分玉帛，百官接话言。
毫墨时洒落，探元③有奇作。
著论穷天人，千春④秘麟阁。
长揖不受官，拂衣归林峦。
余亦去金马，藤萝同所欢。
相思在何处，桂树青云端。

① 岘（xiàn）山：山名。相传此山为赤松子洞府道场，又有

伏羲死后葬在此处,身体化为岷山诸峰的传说。② 昂藏:气宇不凡的样子。③ 探元:探求玄理。④ 千春:形容岁月长久。

赠饶阳张司户璲〔一〕

朝饮苍梧泉,夕栖碧海烟。
宁知鸾凤意,远托椅桐前。
慕蔺①岂曩古②,攀嵇③是当年。
愧非黄石老④,安识子房⑤贤。
功业嗟落日,容华弃徂川。
一语已道意,三山期著鞭。
蹉跎人间世,寥落壶中天⑥。
独见游物祖,探元穷化先。
何当共携手,相与排冥〔二〕筌。

〔一〕燕魏太原。　〔二〕冥:一作置。

① 慕蔺:指西汉司马相如。② 曩(nǎng)古:往古。③ 嵇:指嵇康。④ 黄石老:指秦汉时期的黄石公,辅佐汉高祖刘邦夺得天下。⑤ 子房:指西汉开国功臣张良。⑥ 壶中天:代指仙境。

赠清漳明府侄

我李百万叶①,柯条布中州②。
天开青云器③,日为苍生忧。

小邑④且割鸡⑤,大刀伫烹牛⑥。
雷声动四境,惠与清漳⑦流。
弦歌咏唐尧,脱落隐簪组⑧。
心和得天真,风俗由〔一〕太古。
牛羊散阡陌,夜寝不扃户⑨。
问此何以然,贤人宰吾土。
举邑树桃李,垂阴亦流芬。
河堤绕绿水,桑柘连青云。
赵女不冶容,提笼昼成群。
缲丝鸣机杼,百里声相闻。
讼息鸟下阶,高卧披道帙⑩。
蒲鞭挂檐枝,示耻无扑抶⑪。
琴清月当户,人寂风入室。
长啸无一言,陶然上皇逸。
白玉壶冰水,壶中见底清。
清光洞毫发,皎洁照群情。
赵北美佳政,燕南播高名。
过客览行谣⑫,因之颂德声〔二〕。

〔一〕由:一作独。 〔二〕颂德声:一作得颂声。

①叶:借喻宗族支派。②中州:即中国。③青云器:能飞黄腾达的大器。④小邑:小城。⑤割鸡:比喻处理小事,亦为治理县政之代称。⑥烹牛:喻施展大本领。⑦清漳:水名。⑧隐簪组:此指有隐士风度。簪,插戴官帽用的簪子。组,系帽的带子。簪组:冠簪和冠带,亦代指官服。⑨扃(jiōng)户:闭户。⑩道帙:道书的书衣,此借指道书。⑪扑抶(chì):笞打。⑫行谣:民间流传的歌谣。

赠临洺县令皓弟[一]

陶令去彭泽，茫然元古心。
大音自成曲，但奏无弦琴。
钓水①路非遥，连鳌意何深。
终期龙伯国，与余相招寻。

〔一〕时被讼停官。

① 钓水：即钓鱼。

邺中赠王大劝入高凤石门山幽居

一身竟无托，远与孤蓬征。
千里失所依，复将落叶并。
中途偶良朋，问我将何行。
欲献济时策，此心谁见明。
君王制六合，海塞无交兵。
壮士伏草间，沉忧乱纵横。
飘飘不得意，昨发南都城。
紫燕①枥上嘶，青萍②匣中鸣。
投躯寄天下，长啸寻豪英。
耻学琅邪人③，龙蟠事躬耕。
富贵吾自取，建功及春荣。
我愿执尔手，尔当达我情。
相知同一己，岂唯弟与兄。

抱子④弄白云,琴歌发清声。
临别意难尽,各希存令名。

① 紫燕:紫燕骝,骏马名,汉文帝的九骏马之一。② 青萍:宝剑名。③ 琅邪人:指诸葛亮。④ 抱子:指晋葛洪,曾在白云山炼丹,著有《抱朴子》。

赠卢征君①昆弟〔一〕

明主访贤逸,云泉②今已空。
二卢竟不起,万乘高其风。
河上喜相得,壶中趣每同。
沧洲③即此地,观化④游无穷。
木落海水清,鳌背睹方蓬⑤。
与君弄倒影⑥,携手凌星虹。

〔一〕卢名鸿,字颢然。

① 征君:不就朝廷征辟的隐士。② 云泉:指隐士隐居之地。③ 沧洲:隐士所居之地。④ 观化:观察万物变化。⑤ 方蓬:传说中的海中二神山方丈与蓬莱的并称。⑥ 弄倒影:指升天。

赠新平〔一〕少年

韩信在淮阴,少年相欺凌。
屈体①若无骨,壮心有所凭。

一遭龙颜君②，啸咤从此兴。

　　千金答漂母，万古共嗟称。

　　而我竟胡〔二〕为，寒苦坐相仍。

　　长风入短袂，内〔三〕手如怀冰，

　　故友不相恤，新交宁见矜。

　　摧残槛中虎，羁绁韝上鹰。

　　何时腾风云，搏击申所能〔四〕。

　〔一〕平：一作丰。　〔二〕胡：一作何。　〔三〕内：一作两。　〔四〕搏击申所能，亦有李广斩霸陵尉之意。太白千古英豪，度量亦殊不广。

　　① 屈体：指降低身分。② 龙颜君：指汉高祖刘邦。

赠崔侍御

　　长剑一杯酒，男儿方寸心。

　　洛阳因剧孟，托〔一〕宿话胸襟。

　　但仰山岳秀，不知江海深。

　　长安复携手，再顾重千金。

　　君乃輶轩①佐，余叨翰墨林。

　　高风摧秀木，惊弹落虚禽②。

　　不敢回舟兴③，而来命驾寻。

　　扶摇应借便〔二〕，桃李愿成阴。

　　笑吐张仪舌④，愁为庄舄吟⑤。

　　谁怜明月夜，肠断听秋砧。

　〔一〕托：一作访。　〔二〕便：一作力。

① 辒轩：古代使臣乘坐的一种轻车，后代称使臣。② "惊弹"句：用战国时期著名的射箭能手更赢引弓虚发而射下大雁的典故。③ "不敢"句：用晋王子猷雪夜访戴安道，兴尽而回舟的典故。④ 张仪舌：指能说善辩的口才，喻指安身进取之本。⑤ 庄舄（xì）吟：用战国越人庄舄的典故。庄舄仕楚，虽富贵不忘故国，病中作越吟。

赠嵩山焦炼师〔一〕

嵩丘有神人焦炼师者，不知何许妇人也。又云生于齐梁时，其年貌可称五六十。常胎息绝谷，居少室庐，游行若飞，倏忽万里。世或传其入东海，登蓬莱，竟不能测其往也。余访道少室，尽登三十六峰，闻风有寄，洒翰遥赠。

二室①凌〔二〕青天，三花②含〔三〕紫烟〔四〕。

中有蓬海客，宛疑麻姑仙。

道在喧莫染，迹高想已绵。

时餐金鹅药〔五〕③，屡读青苔篇④。

八极恣游憩，九垓长周旋。

下瓢酌颍水，舞鹤来伊川。

还归空山上，独拂秋霞眠。

萝月⑤挂朝镜，松风鸣夜弦。

潜光⑥隐嵩岳，炼魄栖云幄。

霓衣何飘飘〔六〕，凤吹〔七〕转绵邈。

愿同西王母，下顾东方朔。

紫书⑦倘可传，铭〔八〕骨誓相学。

〔一〕并序。洛阳。　〔二〕凌：一作倚。　〔三〕含：一作明。 〔四〕紫：一作绿。 〔五〕金鹅药：一作金蛾蕊。〔六〕飘飘：一作葳蕤。 〔七〕凤吹：一作羽驾。 〔八〕冥：一作铭。

① 二室：嵩山分太室与少室，此处指嵩山。② 三花：指三花树，一年开三次花。③ 金鹅药：指桂花。④ 青苔篇：指道书。⑤ 萝月：藤萝间的明月。⑥ 潜光：隐藏光彩，比喻才华不外露。⑦ 紫书：代指道经。

秋日炼药院镊白发赠元六兄林宗

木落识岁秋，瓶水知天寒。
桂枝[①]日已绿，拂雪凌云端。
弱龄接光景，矫翼攀鸿鸾。
投分[②]三十载，荣枯同所欢。
长吁望青云，镊白坐相看。
秋颜入晓镜，壮发凋危冠[③]。
穷与鲍生[④]贾，饥从漂母餐。
时来极天人，道在岂吟叹。
乐毅[⑤]方适赵，苏秦初说韩。
卷舒固在我，何事空摧残。

① 桂枝：借喻人才，此喻元林宗。② 投分：结交。③ 危冠：高冠。④ 鲍生：即春秋时齐人鲍叔牙。⑤ 乐毅：战国时燕国的将领，曾率领五国合纵伐齐，报了齐国伐燕国之仇。

书情赠蔡舍人雄〔一〕

尝高谢太傅〔二〕①,携妓东山门。
楚舞醉碧云,吴歌断青猿。
暂因苍生起,谈笑定黎元②。
余亦爱此人,丹霄冀飞翻。
遭逢圣明主,敢进兴亡言。
娥眉积谗妒,鱼目瞒玙璠。
白璧竟何辜〔三〕,青蝇③遂成冤。
一朝去京国,十载客梁园④。
猛犬吠九关,杀人愤精魂。
皇穹雪冤枉,白日开氛昏。
泰阶⑤得夔龙⑥,桃李满中原。
倒海索明月⑦,凌山采芳荪⑧。
愧无横草功,虚负雨露恩。
迹谢云台阁⑨,心随天马辕。
夫子王佐才,而今复谁论〔四〕。
曾飙振六翮,不日思腾骞⑩。
我纵五湖棹,烟涛恣崩奔。
梦钓子陵⑪濑,英风缅犹存。
徒希客星隐,弱植不足援。
千里一回首,万里一长歌。
黄鹤不复来,清风愁奈何。
舟浮潇湘月〔五〕,山倒洞庭波。
投汨⑫笑古人,临濠得天和。
闲时田亩中,搔背牧鸡鹅。
别离解相访,应在武陵多。

〔一〕梁宋。　〔二〕一作尝闻谢安石。　〔三〕竟何辜：一作本无瑕。　〔四〕论：疑当作伦。　〔五〕一作江横罗刹石。　○首八句，自叙凤有用世之志。"遭逢"十句，叙被谗去国。"皇穹"十句，叙谗谤得雪，再被恩宠。"夫子"四句，颂蔡将得志乘时。"我纵"四句至末，自述邈然高蹈之志。

① 谢太傅：指东晋谢安，谢安病逝后获赠太傅。② 黎元：百姓，民众。③ 青蝇：比喻进谗佞人。④ 梁园：指汉梁孝王所筑的梁苑。⑤ 泰阶：喻指朝廷。⑥ 夔龙：相传为舜时两位贤臣。夔为乐官，龙为谏官。⑦ 明月：指明月珠。⑧ 芳荪：香草名，比喻人才。⑨ 云台阁：汉宫中高台峻阁，此处喻指朝廷。⑩ 腾骞：奋飞。⑪ 子陵：指东汉著名隐士严光。⑫ 投汨：指屈原投汨罗江而死。

忆襄阳旧游赠济阴马少府巨

昔为大堤①客，曾上山公②楼。
开窗碑嶂③满，拂镜沧江流。
高冠佩雄剑，长揖韩荆州④。
此地别夫子⑤，今来思旧游。
朱颜君未老，白发我先秋。
壮志恐蹉跎，功名若云浮〔一〕。
归心结远梦，落日悬春愁。
空思羊叔子⑥，堕泪岘山头〔二〕。

〔一〕一作有意未得言，怀贤若沉忧。　〔二〕一作何时共携手，更醉岘山头。

① 大堤：指襄阳城外的汉水大堤。② 山公：指晋山简，曾

为襄阳太守。③ 碧嶂：指青绿色如屏障的山峰。④ 韩荆州：指韩朝宗，曾任襄州刺史兼山南东道采访使。⑤ 夫子：对马巨的尊称。⑥ 羊叔子：即西晋时期的羊祜，字叔子，曾督荆州军事，深得军民之心，后人于岘山头立碑。

访道安陵遇盖寰为予造真箓临别留赠

清水见白石，仙人识青童①。
安陵盖夫子②，十岁与天通。
悬河与微言，谈论安可穷。
能令二千石③，抚背惊神聪。
挥毫赠新诗，高价掩山东。
至今平原客，感激慕清风。
学道北海仙，传书蕊珠宫。
丹田了玉阙，白日思云空。
为我草真箓④，天人惭妙工。
七元洞豁落，八角辉星虹。
三灾荡璇玑，蛟龙翼微躬。
举手谢天地，虚无齐始终。
黄金献高堂，答荷难克充。
下笑世上士，沉魂北罗酆⑤。
昔日万乘坟，今成一科蓬。
赠言若可重，实此轻华嵩。

① 青童：道童，仙童。② 盖夫子：指盖寰。③ 二千石：郡守的代称，汉代郡守俸禄为二千石。④ 箓：符箓。道士画的一种驱

使鬼神的图形。⑤ 北罗酆（fēng）：即罗酆山，道家认为山上有六天鬼神主断人间的生死祸福。

赠郎中崔宗之〔一〕

胡鹰〔二〕拂海翼，翱翔鸣素秋①。
惊云辞沙朔②，飘荡迷河洲〔三〕。
有〔四〕如飞蓬③人，去逐〔五〕万里游。
登高望浮云，仿佛如旧丘。
日从海旁没，水向天边流。
长啸倚孤剑，目极心悠悠。
岁晏④归去来，富贵安所求。
仲尼七十说，历聘⑤莫见收。
鲁连逃千金，珪组⑥岂可〔六〕酬。
时哉苟不会，草木为我俦。
希君同携手，长往南山幽⑦。

〔一〕金陵。 〔二〕鹰：一作雁。 〔三〕一作胡鹰度日边，两龙天地秋。哀鸣沙塞寒，风雪迷河洲。 〔四〕有：一作乃。 〔五〕去逐：一作一去。 〔六〕岂可：一作不足。

① 素秋：指秋季。② 沙朔：北方沙漠之地，后以此代指塞北。③ 飞蓬：代指行踪飘泊不定之人。④ 岁晏（yàn）：一年将尽的时候，指人的暮年。⑤ 历聘：游历天下以求聘用。⑥ 珪（guī）组：玉圭与印绶，此引申为爵位。⑦ 南山幽：南山幽深处，隐居地。

赠崔谘议

骆骥①本天马，素非伏枥驹。
长嘶向〔一〕清风，倏忽凌九区。
何言西北至，却是东南隅。
世道有翻覆，前期〔二〕难预图②。
希君一〔三〕剪拂〔四〕③，犹可骋中衢。

〔一〕向：一作起。 〔二〕期：一作程，又作途。 〔三〕一：一作前，又作相。 〔四〕剪拂：一作拂便。

① 骆骥（lù jì）：骏马。② 预图：预知，事先考虑。③ 剪拂：修整，削除。

赠别从甥高五

鱼目高太山，不如一玙璠①。
贤甥即明月，声价动天门。
能成吾宅相，不减魏阳元②。
自顾寡筹略，功名安所存。
五木思一掷，如绳系穷猿③。
枥中骏马空，堂上醉人喧。
黄金久已罄，为报故交恩。
闻君陇西行，使我惊心魂。
与尔共飘飘，雪天各飞翻。
江水流或卷，此心难具论。
贫家羞好客，语拙觉辞繁。

三朝空错莫,对饭却惭冤。
自笑我非夫,生事多契阔④。
蓄积万古愤,向谁得开豁。
天地一浮云,此身乃毫末。
忽见无端倪,太虚可苞括。
去去何足道,临歧空复愁。
肝胆不楚越,山河亦衾裯⑤。
云龙若相从,明主会见收。
成功解相访,溪水桃花流。

○三朝,谓岁朝、月朝、日朝,即正月元旦也,见《汉书·谷永传》。观"贫家羞好客"六句,盖高五至公家辞别,而公愧款接不能丰腆耳。

① 玙璠(yú fán):美玉,指品德高洁之人。② 魏阳元:即魏舒,字阳元。③ 穷猿:无路可逃的猿猴。④ 契阔:劳苦。⑤ 衾裯(qīn chóu):被子和帐子。

赠裴司马

翡翠黄金缕,绣成歌舞衣。
若无云间月,谁可比光辉。
秀色一如此,多为众女讥。
君恩移昔爱,失宠秋风归。
愁苦不窥邻①,泣上流黄机。
天寒素手冷,夜长烛复微。
十日不满匹,鬓蓬②乱若丝。
犹是可怜人,容华世中稀。

向君发皓齿,顾我莫相违。

○通首皆用比体。"愁苦不窥邻",于人无怨也。"泣上流黄机",反身修德也。"天寒"四句,动心忍性也。"容华世中稀",增益其所不能也。

① 窥邻:典出"窥宋东墙"。战国楚宋玉的《登徒子好色赋》以及汉司马相如的《美人赋》皆描述东邻女子之美。此处活用东邻美女事,借以表现女子的怀念之情。② 鬟蓬:鬟发。

叙旧赠江阳宰陆调

太伯让天下,仲雍扬波涛。
清风荡万古,迹与星辰高。
开吴食东溟^①,陆氏世英髦^②。
多君秉古节,岳立冠人曹^③。
风流少年时,京洛事游遨。
腰间延陵剑,玉带明珠袍。
我昔斗鸡徒,连延武陵豪。
邀遮相组织,呵吓来煎熬。
君开万丛人,鞍马皆辟易。
告急清宪台,脱余北门厄。
间宰江阳邑,剪棘树兰芳〔一〕。
城门何肃穆,五月飞秋霜。
好鸟集珍木,高才列华堂。
时从府中归,丝管俨成行。
但苦隔远道,无由共衔觞。

江北荷花开，江南杨梅熟。

正好饮酒时，怀贤在心目。

挂席④候海色，当风下长川。

多酤新丰醁⑤，满载剡溪船。

中途不遇人，直到尔门前。

大笑同一醉，取乐平生年。

〔一〕一本自"陆氏世英髦"以下云：夫子时峻季，岳立冠人曹。风流少年时，京洛事游遨。骖骊红阳燕，玉剑明珠袍。一诺许他人，千金双错刀。满堂青云士，望美期丹霄。我昔北门厄，摧如一枝蒿。有虎挟鸡徒，连延五陵豪。邀遮来组织，呵吓相煎熬。君披万人丛，脱我如貔牢。此耻竟未刷，且食绥山桃。非天雨文章，所祖记风骚。苍蓬老壮发，长策未逢遭。别君几何时，君无相思否。鸣琴坐高楼，绿水净窗牖。政成闻雅颂，人吏皆拱手。投刃有余地，回车摄江阳。错杂非易理，先威挫豪强。下与此同。

① 东溟：东海。② 英髦（máo）：俊秀杰出的人。③ 人曹：人群。④ 挂席：挂帆。⑤ 醁（lù）：美酒。

赠从孙义兴宰铭〔一〕

天子思茂宰，天枝①得英才。

朗然②清秋月，独出映吴台。

落笔生绮绣，操刀振风雷。

蠖屈③虽百里，鹏骞④望三台。

退食⑤无外事，琴堂向山开。

绿水寂以闲，白云有时来。

河阳富奇藻，彭泽纵名杯。

所恨⁶不见之，犹如仰昭回⁷。
元恶昔滔天，疲人散幽草。
惊川无恬鳞⁸，举邑罕遗老。
誓雪会稽耻⁹，将奔宛陵道。
亚相素所重，投刃应桑林。
独坐伤激扬，神融一开襟。
弦歌欣再理，和乐醉人心。
蠹政⑩除害马，倾巢有归禽。
壶浆候君来，聚舞共讴吟。
农夫弃蓑笠，蚕女堕缨簪。
欢笑相拜贺，则知惠爱深。
历职吾所闻，称贤尔为最。
化洽一邦上，名驰三江外。
峻节冠云霄，通方堪远大。
能文变风俗，好客留轩盖。
他日一来游，因之严光濑。

〔一〕亚相李公重之以能政，中丞李公免罢以移官。　○元恶，谓安史之乱。疲人，即疲民也，因避讳而作人。应桑林，用《庄子》庖丁解牛合于桑林之舞事，谓李铭与亚相投契，如响斯应也。

① 天枝：指皇族后裔。② 朗然：光明的样子。③ 蠖（huò）屈：像尺蠖一样的屈曲之形，比喻人不遇之时。④ 鹏骞（qiān）：大鹏高飞，比喻仕途得意。⑤ 退食：退职在家。⑥ 所恨：所遗憾。⑦ 昭回：星辰光耀回转。⑧ 恬鳞：安适的鱼儿。⑨ 会稽耻：不忘奇耻大辱的典实。春秋时，吴王夫差率兵围攻越国首都会稽，越王勾践屈膝称臣求和。后越王勾践为了洗刷耻辱，卧薪尝胆，经过二十多年的努力，终于灭了吴国，报了"会稽之耻"。⑩ 蠹（dù）政：败坏朝政。

草创大还赠柳官迪

天地为橐籥①,周流行太易。
造化合元符②,交构腾精魄。
自然成妙用,熟知其指的。
罗络四季间,绵微一无隙。
日月更出没,双光岂云只。
姹女乘河车,黄金充辕轭。
执枢相管辖,摧伏伤羽翮。
朱鸟张炎威,白虎守本宅。
相煎成苦老,消铄③凝津液。
仿佛明窗尘,死灰同至寂。
铸冶入赤色,十二周律历。
赫然称大还,与道本无隔。
白日可抚弄,清都在咫尺。
北酆落死名,南斗④上生籍。
抑予是何者,身在方士格。
才术信纵横,世途自轻掷。
吾求仙弃俗,君晓损胜益。
不向金阙游,思为玉皇客。
鸾车速风电,龙骑无鞭策。
一举上九天,相携同所适。

① 橐籥(tuó yuè):古代冶炼时用以鼓风吹火的装置,此指本源。② 元符:大的祥瑞。③ 消铄:指事物由多变少,由大变小,由盛而衰。④ 南斗:星名。相传南斗六星君是管理世间一切人、妖、灵、神、仙等生灵的天官。

赠崔司户文昆季

双珠出海底,俱是连城珍。
明月两特达①,余辉照傍人。
英声振名都,高价动殊邻。
岂伊箕山②故,特以风期③亲。
惟昔不自媒[一],担簦④西入秦。
攀龙九天上,别忝岁星臣。
布衣侍丹墀⑤,密勿⑥草丝纶⑦。
才微惠渥重,谗巧生缁磷⑧。
一去已十年,今来复盈旬。
清霜入晓鬓,白露生衣巾。
侧见绿水亭[二]⑨,开门列华茵。
千金散义士,四座无凡宾。
欲折月中桂[三],持为寒者薪[四]。
路傍已窃笑,天路将何因。
垂恩倘丘山⑩,报德有微身。

〔一〕以下自述。 〔二〕谓崔。 〔三〕指崔。 〔四〕自谓。

① 特达:突出。② 箕山:在今河南登封南部。相传尧让天下于许由,许由以为耻,到箕山隐居。③ 风期:风度品格,此处意为友朋节。④ 簦(dēng):有柄的笠。⑤ 丹墀:红色宫殿台阶。此指宫殿,代指帝王。⑥ 密勿:勤勉努力。⑦ 草丝纶:起草诏令。⑧ 缁磷:受污损。⑨ 绿水亭:指宣城崔八丈的水亭。⑩ 倘丘山:如山重的(恩德)。

赠溧阳宋少府陟

李斯未相秦,且逐东门兔。
宋玉事襄王,能为高唐赋。
尝闻渌水曲①,忽此相逢遇。
扫洒青天开,豁然披云雾。
葳蕤紫鸾鸟,巢在昆山树。
惊风西北吹,飞落南溟去。
早怀经济策②,特受龙颜顾③。
白玉栖青蝇,君臣忽行路。
人生感分义,贵欲呈丹素。
何日清中原,相期廓天步。

○首四句,以李宋二姓引入。"尝闻"四句,喜相见而披豁情愫也。"葳蕤"四句,指宋由京而至江南。"早怀"四句,自叙遭谗失志。末四句,叙投分之意。

① 渌水曲:古雅曲。② 经济策:指经世济民之策。③ 龙颜顾:指被唐玄宗召见。

戏赠郑溧阳

陶令①日日醉,不知五柳春。
素琴本无弦,漉酒用葛巾。
清风北窗下,自谓羲皇人②。
何时到溧〔一〕里,一见平生亲。

〔一〕溧:一作栗。

① 陶令：即陶潜，曾任彭泽县令。② 羲皇人：指隐逸之士。

赠僧崖公

昔在朗陵东，学禅白眉空。
大地了镜彻，回旋寄轮风①。
揽披造化力，持为我神通。
晚谒太山君，亲见日没云。
中夜卧山月〔一〕，拂衣逃人群。
授余金仙道，旷劫②未始闻。
冥机③发天光，独朗谢垢氛④。
虚舟不系物，观化游江濆。
江濆遇同声，道崖乃僧英。
说法动海岳，游方化公卿。
手秉玉麈⑤尾，如登白楼亭。
微言注百川，亹亹⑥信可听。
一风鼓群有，万籁各自鸣。
启开七窗牖，托宿擎雷霆。
自云历天台，搏壁摄翠屏⑦。
凌兢⑧石桥去，恍惚入青冥。
昔往今来归，绝景无不经。
何日更携手，乘杯向蓬瀛。

〔一〕一作夜卧雪上月。

① 轮风：即风轮。佛教认为风轮是构成大千世界的四轮之一，位于水轮之下、空轮之上。② 旷劫：久远的时间。劫，佛教语，

指世界从形成到毁灭的时间。③ 冥机：天机，天意。④ 垢氛：污浊之气。⑤ 玉麈：玉柄麈尾。麈，古书上指鹿一类的动物，其尾可做拂尘。⑥ 亹亹（wěi）：指谈论动人，有吸引力。⑦ 翠屏：指峰峦排列的绿色山岩。⑧ 凌兢（jīng）：战栗、恐惧的样子。

游溧阳北湖亭望瓦屋山怀古赠同旅〔一〕

朝登北湖亭，遥望瓦屋山。
天清白露下，始觉〔二〕秋风还。
游子托主人，仰观眉睫间。
日〔三〕色送飞鸿，邈然①不可攀。
长吁相劝勉，何事来吴关。
闻有贞义女②，振穷溧水湾。
清光了在眼，白日如披颜。
高坟六七墩，崒兀③栖猛虎。
遗迹翳九泉，芳名动千古。
子胥昔乞食，此女倾壶浆。
运开展宿愤，入楚鞭平王④。
凛冽天地间，闻名若怀霜。
壮夫或未达，十步九太行。
与君拂衣去，万里同翱翔。

〔一〕一作赠孟浩然。　〔二〕觉：一作知。　〔三〕日：一作目。

① 邈然：高远的样子。② 贞义女：即春秋时的史贞女。相传楚国伍子胥在逃往吴国的过程中途至濑水，乞食史贞女，史贞女为保全自己的贞节，自纵于濑水之中而死。③ 崒兀（zú wù）：险

峻的样子，高耸的样子。④"入楚"句：《史记·伍子胥列传》载：楚平王听信费无忌谗言，杀伍子胥父兄，伍子胥逃亡至吴国。后伍子胥为报父兄之仇，率吴国军队攻破了楚国国都郢，然此时楚平王已薨，伍子胥为报仇，便令人掘开楚平王坟墓，怒鞭楚平王尸体三百下。

赠秋浦柳少府

秋浦旧萧索，公庭人吏稀。
因君树桃李①，此地忽芳菲。
摇笔望白云，开帘当翠微②。
时来引山月，纵酒酬清辉③。
而我爱夫子，淹留未忍归。

① 树桃李：用西晋潘岳的典故。潘岳为河阳令，种桃李花，人称"河阳一县花"。后多用此典喻地方之美或地方官善于治理。② 翠微：指青翠掩映的山腰幽深处。③ 清辉：皎洁的月光。

宿清溪主人

夜到清溪宿，主人碧岩里。
檐楹①挂星斗②，枕席响风水。
月落西山时，啾啾夜猿起。

① 檐楹：屋檐下厅堂前部的梁柱。② 挂星斗：形容屋宅之高。

赠王判官时余归隐居庐山屏风叠〔一〕

昔别黄鹤楼，蹉跎淮海①秋。
俱飘零落叶，各散洞庭流。
中年不相见，蹭蹬②游吴越。
何处我思君，天台③绿萝月。
会稽风月好，却绕剡溪回。
云山海上出，人物镜中④来。
一度浙江⑤北，十年醉楚台⑥。
荆门倒屈宋，梁苑倾邹枚。
苦笑我夸诞，知音安在哉。
大盗割鸿沟，如风扫秋叶。
吾非济代⑦人，且隐屏风叠。
中夜天中望，忆君思见君。
明朝拂衣⑧去，永与海鸥群。

〔一〕寻阳。

① 淮海：指扬州，当时为淮南道所在地。② 蹭蹬（cèng dèng）：险阻难行。③ 天台：指天台山。④ 镜中：指鉴湖。⑤ 浙江：即钱塘江。⑥ 楚台：泛指楚地。⑦ 济代：即济世。⑧ 拂衣：振衣，此处指隐居。

在水军宴赠幕府①诸侍御〔一〕

月化五白〔二〕龙，翻飞凌九天。
胡沙惊北海，电扫洛阳川。

虏箭雨宫阙,皇舆②成播迁③。

英王④受庙略〔三〕⑤,秉钺⑥清南边。

云旗卷海雪,金戟罗江烟。

聚散百万人,弛张在一贤。

霜台⑦降群彦,水国奉戎旃⑧。

绣服开宴语,天人借楼船。

如登黄金台⑨,遥谒紫霞仙。

卷身编蓬下,冥机四十年。

宁知草间人,腰下有龙泉⑩。

浮云在一决,誓欲清幽燕。

愿与四座公,静谈金匮篇⑪。

齐心戴朝恩,不惜微躯捐。

所冀旄头灭⑫,功成追鲁连⑬。

〔一〕永王军中。　〔二〕白:一作百。　〔三〕英王,即永王璘也。

① 幕府:将帅在外的营幕。② 皇舆:皇帝的车驾。③ 播迁:迁徙,流离。此处意为叛军攻长安,玄宗奔蜀。④ 英王:即永王李璘。⑤ 庙略:朝廷谋略。⑥ 秉钺(yuè):指握军权。⑦ 霜台:即御史台。御史职掌弹劾,为风霜之任,故称御史台为霜台。⑧ 戎旃(zhān):指军旗。⑨ 黄金台:战国燕昭王所筑招贤之台。⑩ 龙泉:即龙渊,避唐高祖李渊讳,为越人欧冶子所制宝剑。⑪ 金匮篇:代指兵书。⑫ 旄头灭:指平定战乱。旄头,即昴宿,白虎七星之中星,主兵乱。⑬ 鲁连:鲁仲连,战国末齐国人。《史记·鲁仲连列传》载鲁连有功于赵,不受平原君千金赏,有功于齐,不受田单封爵,隐于海滨。

赠武十七谔〔一〕

门人武谔,深于义〔二〕者也。质木沉悍,慕要离之风。潜钓川海,不数数于世间事。闻中原作难,西来访余,余爱子伯禽在鲁,许将冒胡兵以致之。酒酣感激,援笔而赠。

马如①一匹练,明日过吴门。
乃是要离②客,西来欲报恩。
笑开燕匕首,拂拭竟无言。
狄犬③吠清洛,天津成塞垣④。
爱子隔东鲁,空悲断肠猿。
林回弃白璧,千里阻同奔。
君为我致之,轻赍⑤涉淮源。
精诚合天道,不愧远游魂〔三〕。

〔一〕并序。 〔二〕义:一作诗。 〔三〕远游魂:一作邓攸魂。

① 匹练:白绢,常形容奔驰的白马。② 要离:春秋末吴国刺客。③ 狄犬:指安史乱军。④ 塞垣:边关城墙。⑤ 轻赍(jī):指携带的资财。

赠张相镐二首〔一〕

神器①难窃弄,天狼②窥紫宸。
六龙迁〔二〕白日,四海〔三〕暗胡尘。
昊穹降元宰,君子方经纶③。
澹然养浩气,欻④起持天钧⑤。

秀骨象山岳，英谋合鬼神。
佐汉解鸿门⑥，兴唐〔四〕思退身〔五〕。
拥旄秉金钺，伐鼓乘朱轮。
虎将如雷霆〔六〕，总戎⑦向东巡。
诸侯拜马首，猛士骑鲸鳞。
泽被鱼鸟悦，令行草木春。
圣智〔七〕不失时，建功及良辰。
丑虏⑧安足纪，可贻帼与巾⑨。
倒泻溟海珠，尽为入幕珍。
冯异献赤伏，邓生欻来臻。
庶同昆阳举，再睹汉仪新。
昔为管将鲍⑩，中奔⑪吴隔秦。
一生欲报主，百代期荣亲⑫。
其事竟不就⑬，哀哉难重陈。
卧病古松滋，苍山空四邻。
风云激壮志，枯槁惊常伦。
闻君自天来，目张气益振。
亚夫⑭得剧孟，敌〔八〕国空〔九〕无人。
扪虱对桓公，愿得论悲辛。
大块⑮方噫气⑯，何辞鼓青蘋。
斯言傥不合，归老汉江滨。

〔一〕时逃难，病，在宿松山作。后一首亦作《书怀重寄张相公》。　〔二〕迁：一作驾。　〔三〕四海：一作九洛。〔四〕兴唐：一作功成。　〔五〕一作生唐为后身。　〔六〕霆：一作电。　〔七〕圣智：一作逢圣。　〔八〕敌：一作七。〔九〕空：一作定。　○"昔为管将鲍"以下皆自述也。

① 神器：指代表国家政权的实物，如玉玺、宝鼎等，此指国

家政权。② 天狼：星名。③ 经纶：代指治理国家的抱负和才能。④ 欻（xū）：忽然。⑤ 大钧：此指天下局势。钧，古代作陶器用的转轮。⑥ "佐汉"句：用汉时张良解刘邦的鸿门宴之厄的典故，此处以汉时张良比唐时张镐。⑦ 总戎：统管军事，统帅。⑧ 丑虏：代指安史叛军。⑨ "可贻"句：三国时司马懿与诸葛亮对峙，诸葛亮数挑战，司马懿不出，诸葛亮便遣人送给司马巾帼妇人之服。巾，头巾。帼，妇女覆于发上的首饰。⑩ 管将鲍：指知己。春秋时管仲和鲍叔牙相知很深，交谊甚厚。⑪ 中奔：指战乱离散。⑫ 荣亲：此指爵禄、名誉。⑬ 就：实现，成功。⑭ 亚夫：指西汉周亚夫。⑮ 大块：大地。⑯ 噫气：气雍塞而突然通畅。

本家〔一〕①陇西人，先为汉边将〔二〕②。

功略盖天地，名飞青云上。

苦战竟不侯③，当年颇惆怅。

世传崆峒④勇，气激金风壮。

英烈遗厥孙，百代神犹王。

十五观奇书，作赋凌相如。

龙颜⑤惠殊宠，麟阁⑥凭天居〔三〕。

晚途未云已，蹭蹬遭谗毁。

想像晋末时，崩腾胡尘起。

衣冠陷锋镝，戎虏盈朝市〔四〕。

石勒窥神州，刘聪⑦劫天子。

抚剑夜吟啸，雄心日千里。

誓欲斩鲸鲵，澄清洛阳水。

六合〔五〕洒霖雨，万物〔六〕无凋枯。

我挥一杯水，自笑何区区。

因人耻成事，贵欲决良图。

灭虏不言功，飘然陟〔七〕蓬壶。

唯有安期舄，留之沧海隅。

〔一〕本家：一作家本。　〔二〕自叙家世本出李广。　〔三〕一作侍从承明庐。　〔四〕一作荆棘生朝市。　〔五〕六合：一作三台。　〔六〕万物：一作六合。　〔七〕陟：一作向。
○"想像"六句借晋事以喻明皇幸蜀。

① 本家：指原籍。② 汉边将：李白自称汉陇西飞将军李广之后。③ 竟不侯：指李广屡立战功，然而未曾封侯。④ 崆峒（kōng tóng）：山名。⑤ 龙颜：指唐玄宗。⑥ 麟阁：汉麒麟阁，此处指翰林院。⑦ 刘聪：为汉光文帝刘渊之子，曾虏晋怀帝与羊皇后，故有"劫天子"之说。

赠闾丘宿松

阮籍①为太守，乘驴上东平。
剖竹②十日间，一朝风化清。
偶来拂衣去，谁测主人情。
夫子理宿松，浮云知古城。
扫地物莽然③，秋来百草生。
飞鸟还旧巢，迁人返躬耕。
何惭宓子贱④，不减陶渊明。
吾知千载后，却掩二贤名。

① 阮籍：（210—263）三国魏国人，字嗣宗，累迁步兵校尉。为竹林七贤之一。② 剖竹：古代授官封爵，以竹符为信，剖分为二，一给本人，一留朝廷，相当于委任状。③ 莽然：草木茂盛的样子。④ 宓子贱：春秋末期鲁国人，名不齐，孔子的学生。

狱中上崔相涣〔一〕

胡马渡洛水，血流征战场。
千门闭秋景，万姓危朝霜。
贤相燮元气①，再欣海县康。
台庭有夔龙，列宿②粲成行。
羽翼三光圣，发辉两太阳。
应念覆盆③下，雪泣④拜天光。

〔一〕寻阳。　○太白坐永王璘事系寻阳狱，宣抚大使崔涣与御史中丞宋若愚验治，以为罪薄宜贳。

① 燮（xiè）元气：调和天地之气，此处指治乱。燮，调和。元气，指天地阴阳之气。② 列宿：天上星宿，此处指人才。③ 覆盆：覆置的盆，此处引申为社会黑暗。④ 雪泣：擦干净眼泪。

系寻阳上崔相涣①二首〔一〕

邯郸四十万，同日陷长平。
能回造化笔，或冀一人生。

〔一〕此题又有一首，"虚传一片雨"云云，非上崔相之诗，今不抄。

① 崔相涣：即宰相崔涣。

毛遂①不堕井，曾参②宁〔一〕杀人。
虚言误公子，投杼惑慈亲。
白璧双明月，方知一玉真。

〔一〕宁:一作不。　　○毛遂、曾参,皆有两人同名,事见《西京杂记》。太白引此以自比其遭谗之枉。

① 毛遂:战国时期赵国平原君的门客。② 曾参:即春秋末年的曾子,孔子的学生。

赠刘都使

东平刘公干①,南国秀余芳。
一鸣即朱绂②,五十佩银章③。
饮冰④事戎幕⑤,衣锦华水乡。
铜官几万人,诤讼清玉堂。
吐言贵珠玉,落笔回风霜。
而我谢明主,衔哀投⑥夜郎。
归家酒债多,门客粲成行。
高谈满四座,一日倾千觞。
所求竟无绪,裘马欲摧藏。
主人若不顾,明发钓沧浪。
○此向刘都使借贷之诗,下语极有斟酌。

① 刘公干:即东汉末年的名士刘桢(?—217),字公干,建安七子之一,擅五言诗,世称"刘公干体"。② 朱绂(fú):古代礼服上的红色蔽膝,后常作官服的代称,此指做官。③ 银章:银印。隋唐以后官不佩印,只有随身鱼袋。凡唐人称朱绂银章者,皆指散官至五品或官至刺史之人。④ 饮冰:指受命从政。⑤ 戎幕:指幕府。⑥ 投:走向。

赠常侍御

安石①在东山，无心济天下。
一起振横流，功成复萧洒。
大贤有舒卷，季叶②轻风雅。
匡复属何人，君为知音者。
传闻武安将，气振长平瓦。
燕赵③期洗清，周秦④保宗社⑤。
登朝若有言，为访南迁贾⑥。
○周、秦，谓东京、西京，时尚未收复也。

① 安石：指东晋名士谢安（320—385），字安石，曾隐居东山无心仕进。② 季叶：指末世。③ 燕赵：指安史叛军的根据地。④ 周秦：代指长安、洛阳一带，两地为唐朝的西东两京。⑤ 宗社：指国家。⑥ 南迁贾：指西汉贾谊。贾谊受朝臣周勃、灌婴排挤，谪居长沙，故后世亦称其"贾长沙"，此处为李白自喻。

赠易秀才

少年解长剑①，投赠即分离。
何不断犀象②，精光暗往时。
蹉跎君自惜，窜逐我因谁。
地远虞翻③老，秋深宋玉悲。
空摧芳桂色，不屈古松姿。
感激平生意，劳歌④寄此辞。

① 解长剑：古人有解剑赠友的风尚。② 犀象：犀牛和大象的并称，此处借指安史叛军。③ 虞翻：三国时期吴国官员，由于"性疏直"而遭迫害，以讲学《易经》闻名。④ 劳歌：忧伤、惜别之歌。

经乱离后天恩流夜郎忆旧游书怀赠江夏韦太守良宰〔一〕

天上白玉京①，十二楼五城②。
仙人抚我顶，结发受长生。
误逐世间乐，颇穷理乱情。
九十六圣君③，浮云挂空名。
天地赌一掷，未能忘战争。
试涉霸王略，将期轩冕荣。
时命乃大谬，弃之海上行。
学剑翻自哂，为文竟何成。
剑非万人敌，文窃四海声。
儿戏④不足道，五噫出西京。
临当欲去时，慷慨泪沾缨。
叹君倜傥才，标举冠群英。
开筵引祖帐⑤，慰此远徂征。
鞍马若浮云，送余骠骑亭⑥。
歌钟不尽意，白日落昆明〔二〕。
十月到幽州，戈铤若罗星。
君王弃北海，扫地借长鲸。
呼吸走百川，燕然可摧倾。

心知不得意[三],却欲栖蓬瀛。
弯弧惧天狼,挟矢不敢张。
揽涕黄金台,呼天哭昭王。
无人贵骏骨,绿耳空腾骧。
乐毅倘再生,于今亦奔亡。
蹉跎[四]不得意,驱马过贵乡⑦。
逢君听弦歌,肃穆坐华堂。
百里独太古,陶然卧羲皇。
徽乐昌乐馆,开筵列壶觞。
贤豪间青娥,对烛俨成行。
醉舞纷绮席,清歌绕飞梁⑧。
欢娱未终朝,秩满[五]归咸阳。
祖道拥万人,供帐遥相望。
一别隔千里,荣枯异炎凉[六]。
炎凉几度改,九土中横溃⑨。
汉甲连胡兵,沙尘暗云海。
草木摇杀气,星辰无光彩。
白骨成丘山,苍生竟何罪。
函关壮帝居,国命悬哥舒⑩。
长戟三十万,开门纳凶渠⑪。
公卿如犬羊,忠谠⑫醢与菹⑬。
二圣出游豫,两京遂丘墟[七]。
帝子许专征,秉旄⑭控强楚。
节制非桓文,军师拥熊虎。
人心失去就,贼势腾风雨。
惟君固房陵⑮,诚节冠终古。
仆卧香炉顶,餐霞漱瑶泉。

门开九江转，枕下五湖连。
半夜水军来，寻阳满旌旃。
空名适自误，迫胁上楼船。
徒赐五百金，弃之若浮烟。
辞官不受赏，翻谪夜郎天。
夜郎万里道，西上令人老。
扫荡六合清，仍为负霜草。
日月无偏照，何由诉苍昊〔八〕。
良牧称神明，深仁恤交道。
一忝青云客，三登黄鹤楼。
顾惭祢处士⑯，虚对鹦鹉洲。
樊山霸气尽，寥落天地秋〔九〕。
江带蛾眉雪，横穿三峡流。
万舸此中来，连帆过扬州。
送此万里目，旷然散我〔十〕愁。
纱窗倚天开，水树绿如发〔十一〕。
窥日〔十二〕畏衔山，促酒喜见月。
吴娃与越艳，窈窕夸铅红。
呼来上云梯，含笑出帘栊。
对客小垂手⑰，罗衣舞春风。
宾跪请休息，主人情未极。
览君荆山作，江鲍堪动色。
清水出芙蓉，天然去雕饰〔十三〕。
逸兴横素襟，无时不招寻。
朱门〔十四〕拥虎士，列戟何森森。
剪凿竹石开，萦流涨清深。
登楼〔十五〕坐〔十六〕水阁，吐论多英〔十七〕音。

片辞贵白璧，一诺轻黄金⑱。
谓我不愧君，青鸟〔十八〕明丹心。
五夜云间鹊，飞鸣天上来。
传闻赦书至，却放夜郎回。
暖气变寒谷，炎烟生死灰。
君登凤池去，勿弃贾生才。
桀犬尚吠尧，匈奴笑千秋⑲。
中夜四五叹，常为大国忧。
旌旆夹两山，黄河当中流。
连鸡⑳不得进，饮马空夷犹。
安得羿善射，一箭落旄头〔十九〕。

〔一〕江夏、岳阳。　〔二〕已上自叙少时以谪仙之才，讲匡时之略，曾承韦太守饯别于长安。　〔三〕意：一作语。〔四〕蹉跎：一作苍茫。　〔五〕秩满：一作解印。　〔六〕已上自叙薄游燕齐，知禄山之必反而未敢言；又与韦相见于昌乐，亲见韦秩满归朝之事。　〔七〕已上叙安史之乱。　〔八〕已上叙永王璘东巡，已因迫胁赐金而获罪。　〔九〕一作彤襜冠白笔，爽气凌清秋。　〔十〕我：一作烦。　〔十一〕一作水绿树如发。　〔十二〕日：一作光。　〔十三〕已上叙至江夏后，韦太守顾遇之厚并赞其诗句之工。　〔十四〕门：一作旄。〔十五〕楼：一作台。　〔十六〕坐：一作入。　〔十七〕英：一作奇。　〔十八〕鸟：一作鸾。〔十九〕已上叙与韦绸缪日久，得闻赦书，仍思见用于世，破贼立功。

① 白玉京：指帝所居之处。② 十二楼五城：道教认为昆仑山上有五城十二楼，此处代指仙人所居之处。③ 九十六圣君：指自秦始皇至唐玄宗，中国共有九十六代皇帝。④ 儿戏：处理事情轻率玩忽，此指轻信谗言。⑤ 祖帐：古人饯别所设帐幕。⑥ 骠骑亭：在长安昆明池附近。⑦ 贵乡：县名。当时韦良宰为贵乡县令。⑧ 绕飞梁：出自"余音绕梁，三日不绝"的典故。先秦时的韩娥从韩国到齐国去，来到齐国都城雍门时，她身上带的干粮吃完了，

就在雍门城门外卖唱来换取食物。在她离开后人们仍觉得歌声萦绕在房梁,三天时间也没有消失。⑨ 横溃:形容社会动乱,此处指安史之乱。⑩ 哥舒:指唐朝将领哥舒翰。唐突骑施哥舒部之裔,初为王忠嗣衙将,以功封西平郡王,因疾归京师。安史之乱,起为先锋兵马元帅,守潼关,出战不利,投降被杀。⑪ 凶渠:凶徒的元首,此代指安禄山。⑫ 忠谠:忠诚正直之士。⑬ 醢(hǎi)与菹(zū):指古代酷刑。⑭ 秉旄(máo):即持节,总领军戎之事。⑮ 房陵:即房州。当时韦良宰为房陵太守,不跟随永王。此处盛赞韦良宰忠于唐室,固守房陵。⑯ 祢处士:即东汉末年名士祢衡,作《鹦鹉赋》。⑰ 小垂手:一种舞蹈名称。⑱ "一诺"句:称赞韦良宰讲义气、重信誉。⑲ 千秋:指汉武帝时丞相车千秋,其无才能学术,以一言悟主,取宰相封侯,为匈奴所笑。⑳ 连鸡:缚在一起的鸡,比喻互相牵制,行动不一致。

江夏使君叔席上赠史郎中

凤凰丹禁里,衔出紫泥书①。
昔放三湘②去,今还万死余。
仙郎久为别,客舍问何如。
涸辙③思流水,浮云失旧居。
多惭华省④贵,不以逐臣⑤疏。
复如竹林下,而陪芳宴初。
希君生羽翼,一化北溟鱼。

① 紫泥书:代指皇帝的诏书,古代诏书常以紫泥封。② 三湘:指湖南湘乡、湘潭、湘阴,此指湘江流域及洞庭湖地区。③ 涸辙:指干涸的车辙中的鱼,喻身处困境急需救助。④ 华省:指达官显贵的官署。⑤ 逐臣:被朝廷放逐的官吏,此处为李白自谓。

流夜郎半道承恩放还兼欣克复之美书怀示息秀才

黄口①为人罗,白龙乃鱼服。
得罪岂怨天,以愚陷网目。
鲸鲵②未剪灭,豺狼③屡翻覆。
悲作楚地囚,何因秦庭哭。
遭逢二明主,前后两迁逐。
去国愁夜郎,投身窜荒谷。
半道云屯蒙④,旷如鸟出笼。
遥欣克复⑤美,光武⑥安可同。
天子巡剑阁,储皇守扶风。
扬袂正北辰,开襟揽群雄。
胡兵⑦出月窟,雷破关之东。
左扫因右拂,旋收洛阳宫。
回舆入咸京,席卷六合通。
叱咤开帝业〔一〕,手成天地功。
大驾还长安,两日⑧忽再中。
一朝让宝位,剑玺传无穷。
愧无秋毫力,谁念矍铄翁。
弋者何所慕,高飞仰冥鸿。
弃剑学丹砂,临炉双玉童。
寄言息夫子,岁晚陟方蓬。

〔一〕业:一作宇。

① 黄口:雏雀。② 鲸鲵(ní):比喻凶恶的敌人,此处借喻安禄山。③ 豺狼:指史思明,降而复叛。④ 屯蒙:《易》的两卦,指艰难塞滞。⑤ 克复:以武力收复失地,此指郭子仪收复长安、洛阳。⑥ 光武:汉光武帝刘秀,号称中兴之主,此指肃宗。⑦ "胡兵""雷破"二句:此处指借助回纥之兵,横扫函谷关以东,收复洛阳。⑧ 两日:代指唐玄宗与肃唐宗。

卷五

李太白五古中

一百五十三首

博平①郑太守自庐山千里相寻,入江夏北市门见访,却之武陵②,立马赠别

大梁贵公子,气盖苍梧云。
若无三千客,谁道信陵君③?
救赵复存魏④,英威天下闻。
邯郸能屈节,访博从毛薛⑤。
夷门⑥得隐沦,而与侯生⑦亲。
仍要鼓刀者,乃是袖锤人⑧。
好士不尽心,何能保其身?
多君重然诺⑨,意气遥相托。
五马⑩入市门,金鞍照城郭。
都忘虎竹⑪贵,且与荷衣⑫乐。
去去桃花源,何时见归轩。
相思无终极,肠断朗江〔一〕猿。

〔一〕江:一作陵。

① 博平:今属山东聊城。② 武陵:今属湖南常德。③ 信陵君:即魏无忌,战国时期魏国公子,受封于信陵(今河南商丘市宁陵县),故称"信陵君",其他礼贤下士,门客众多,是"战国四公子"之一。④ "救赵"句:指信陵君窃符救赵的故事。⑤ 毛薛:指毛公和薛公,是隐于市井的贤能之士。信陵君留赵十年不归,毛、薛劝其回魏击秦。⑥ 夷门:战国时魏国都城大梁的东门。⑦ 侯生:即侯嬴,战国时魏国人,原是夷门守关者,后为信陵君门客,献计窃符救赵。⑧ 袖锤人:袖中暗藏铁椎的人,即朱亥,战国时期魏国侠客,其袖藏四十斤铁椎,椎杀魏将晋鄙,助信陵君使夺取兵权救赵。⑨ 然诺:许诺;答应。⑩ 五马:太守的代称。⑪ 虎竹:用于调兵遣将的信物。⑫ 荷衣:指代隐士。

赠王汉阳

天落白玉棺〔一〕，王乔①辞叶县。
一去未千年，汉阳复相见。
犹乘飞舄②，尚识仙人面。
鬓发何青青，童颜皎如练。
吾曾弄海水，清浅嗟三变。
果惬麻姑③言，时光速流电。
与君数杯酒，可以穷欢宴。
白云归去来，何事坐交战。

〔一〕一作天上堕玉棺。

① 王乔：汉显宗时叶县县令，有道术。② 舄（xì）：加木底的鞋子。③ 麻姑：传说中的女仙。

赠别舍人弟台卿①之江南

去国客行远，还山秋梦长。
梧桐落金井，一叶飞银床②。
觉罢把朝镜，鬓毛飒已霜。
良图③委蔓草，古貌成枯桑。
欲道心下事，时人疑夜光。
因为洞庭叶，飘落之潇湘〔一〕。
令弟经济士〔二〕④，谪居⑤我何伤〔三〕。
潜虬隐尺〔四〕水，著论谈兴亡。
玄遇王子乔⑥，口传不死方。

入洞过天地，登真⑦朝玉皇。
吾将抚尔背，挥手遂翱翔〔五〕。

〔一〕一作流浪至潇湘。 〔二〕士：一作才。 〔三〕一作出门见我伤。 〔四〕尺：一作斗。 〔五〕一作携手凌苍苍。

① 台卿：即李台卿，曾辅佐永王李璘。② 银床：即井栏。③ 良图：远大的谋略。④ 经济士：指具有治国理政能力的有才之人。⑤ 谪居：官吏被贬到偏远的地方去居住。⑥ 王子乔：传说为古代仙人。⑦ 登真：得道成仙。

赠卢司户①

秋色无远近，出门尽寒山。
白云遥相识，待我苍梧②间。
借问卢耽鹤，西飞几岁还。
○卢耽，广州人，为州治中，少学仙术，身能奋飞，尝化为白鹤，参与朝列。

① 卢司户：永州司户参军卢象，字伟卿，曾任左拾遗、膳部员外郎。受安禄山伪职，贬永州司马参军。② 苍梧：苍梧山，又名九嶷山，相传为舜埋葬之地。

醉后赠王历阳〔一〕①

书秃千兔毫②，诗裁两牛腰③。
笔踪起龙虎，舞袖拂云霄。

双歌〔二〕二胡姬，更奏〔三〕远清朝。

举酒挑朔雪④，从君不相饶。

〔一〕历阳。　　〔二〕歌：一作寄。　　〔三〕奏：一作唱。

① 王历阳：王姓历阳郡守。历阳，唐代郡名，治所在今安徽和县。② "书秃"句：形容勤于书法。③ "诗裁"句：形容诗作多。④ 朔雪：北方的雪。

赠历阳褚司马，时此公为稚子舞

北堂①千万寿，侍奉有光辉。

先同稚子舞，更着老莱衣②。

因为小儿啼，醉倒月下归。

人间无此乐，此乐世中希。

① 北堂：古指居室东房的后部，为妇女洗涤之所。代指母亲。② 老莱衣：相传春秋时期的老莱子，七十岁身穿五彩衣，模仿小孩子啼哭，以使父母高兴。后代指孝子。

赠宣城宇文太守兼呈崔侍御〔一〕

白若白鹭鲜，清如清唳蝉。

受气①有本性，不为外物迁。

饮水箕山②上，食雪首阳③巅。

回车避朝歌④，掩口去盗泉⑤。

岩崝⑥广成子⑦，倜傥鲁仲连。
卓绝二公外，丹心无间然〔二〕。
昔攀六龙飞，今作百炼铅⑧。
怀恩欲报主，投佩⑨向北燕。
弯弓绿弦开，满月不惮坚。
闲骑骏马猎，一射两虎穿。
回旋若流光，转背落双鸢⑩。
胡虏三叹息，兼知五兵权。
铮铮突云将，却掩我之妍。
多逢剿绝儿，先着祖生鞭⑪。
据鞍空矍铄⑫，壮志竟谁宣〔三〕。
蹉跎复来归，忧恨坐相煎。
无风难破浪，失计长江边。
危苦惜颓光，金波⑬忽三圆。
时游敬亭⑭上，闲听松风眠。
或弄宛溪⑮月，虚舟信洄沿⑯。
颜公⑰三十万，尽付酒家钱。
兴发每取之，聊向醉中仙。
过此无一事，静谈秋水⑱篇〔四〕。
君从九卿来，水国有丰年。
鱼盐满市井，布帛如云烟。
下马⑲不作威，冰壶照清川。
霜眉邑中叟，皆美太守贤。
时时慰风俗，往往出东田⑳。
竹马数小儿㉑，拜迎白鹿㉒前。
含笑问使君，日〔五〕晚可回旋。
遂〔六〕归池上酌，掩抑清风弦。

曾标㉓横浮云〔七〕，下抚谢朓㉔肩。
楼高碧海出，树古青萝悬〔八〕。
光禄紫霞杯㉕，伊昔忝相传。
良图扫沙漠，别梦绕旌旃㉖。
富贵日成疏，愿言杳无缘。
登龙㉗有直道，倚玉阻芳筵。
敢献绕朝策，思同郭泰船㉘。
何言一水浅，似隔九重天。
崔生何傲岸，纵酒复谈玄。
身为名公子，英才苦迍邅㉙。
鸣凤托高梧，凌风何翩翩。
安知慕群客，弹剑拂秋莲〔九〕。

〔一〕宣城。　〔二〕已上太白自叙高洁之性。　〔三〕已上自叙平生有灭胡之壮志。　〔四〕已上自叙功名不遂，薄游江南，留连宣城之状。　〔五〕日：一作早。　〔六〕遂：一作还。　〔七〕横浮云：一作游云端。　〔八〕已上颂宇文太守之贤。　〔九〕秋：一作青。已上叙己与宇文交谊，兼及崔侍御。

① 受气：接受自然之气中的精华熏陶。② 箕（jī）山：山名，相传尧欲禅位给许由，许由不受，逃至箕山。③ 首阳：山名，相传为周代伯夷、叔齐隐居之山。④ "回车"句：墨子主张非乐，当他听说朝歌这个地名，便回车离去。⑤ 盗泉：相传孔子路过盗泉，因泉名恶而忍渴不饮。⑥ 岧峣（tiáo yáo）：高峻的样子。⑦ 广成子：传说中的仙人。⑧ 百炼铅：比喻人经历磨练后更为柔顺的性格。⑨ 投佩：指辞官。⑩ 双鸢：后魏拓跋翰曾两箭射下两只鸢鸟，被赐御弓，号为射鸢都尉。⑪ "先着"句：据《晋书》载，刘琨与祖逖为友，闻逖被用，与亲旧书曰："吾枕戈待旦，志枭逆虏，常恐祖生先我着鞭。"⑫ "据鞍"句：据《后汉书》载，马援披甲上马，据鞍顾盼，以示可用。帝笑曰："矍铄哉，是翁也。"⑬ 金波：指月光。⑭ 敬亭：敬亭山，在湖北宣城境内。⑮ 宛溪：又名

澄江,在湖北宣城境内。⑯ 洄(huí)沿:逆流而上和顺流而下。⑰ 颜公:颜延之(384—456),南朝宋人,与陶渊明为友,二人时常饮酒。颜延之临去留钱给陶渊明作买酒钱。⑱ 秋水:《庄子》篇目之一。⑲ 下马:指刚到任。⑳ 东田:谢朓曾任宣州太守,作《游东田》诗。㉑ "竹马"句:竹马指儿童游戏时当马骑的竹竿。据《后汉书·郭汲传》载,其到西河美稷,有童儿数百,各骑竹马,道次拜迎。后用竹马称颂地方官吏。㉒ 白鹿:据《太平御览》引《后汉书》载,郑弘为临淮太守,行春,有两白鹿随车,夹毂而行。㉓ 曾标:高尚的风姿。㉔ 谢朓(tiǎo):谢朓(464—499),字玄晖,陈郡阳夏(今河南省太康县附近)人,南朝诗人,曾任宣城太守,后亦称"谢宣城"。㉕ "光禄"句:颜延之官至金紫光禄大夫。此以颜延之比字文太守,以陶渊明自比。㉖ 旌旃(jīng zhān):指旗帜。㉗ 登龙:比喻得到名人提携而声誉大增。㉘ "思同"句:东汉时期,郭泰游于洛阳,得到名士李膺提携,于是名震京师。归乡时,李膺送至河上,二人同舟而行。此处形容二人相契。㉙ 迍邅(zhūn zhān):指处境不利,行路艰难。

赠宣城赵太守悦

赵得宝符盛,山河功业存。
三千堂上客,出入拥平原。
六国扬清风,英声何喧喧。
大贤茂远业,虎竹光南藩。
错落千丈松,虬龙盘古根。
枝下无俗草,所植唯兰荪〔一〕①。
忆在南阳时,始承国士恩。
公为柱下史②,脱绣归田园。
伊昔簪白笔③,幽都逐游魂④。
持斧佐三军,霜清天北门。

差池宰两邑，鹗⑤立重飞翻。
焚香入兰台⑥，起草多芳言。
夔龙一顾重，矫翼凌翔鹓⑦。
赤县⑧扬雷声，强项⑨闻至尊。
惊飙⑩摧秀木，迹屈道弥敦。
出牧历三郡，所居猛兽奔〔二〕。
迁人同卫鹤，谬上懿公轩⑪。
自笑东郭履，侧惭狐白⑫温。
闲吟步竹石，精义忘朝昏。
憔悴成丑士，风云何足论。
猕猴骑土牛，羸马夹双辕。
愿借羲和景，为人照覆盆。
溟海不震荡，何由纵鹏鲲。
所期要津⑬日，倜傥假腾骞〔三〕⑭。

〔一〕已上叙赵世胄之盛。　〔二〕已上叙昔相见之早，并颂太守之贤。　〔三〕已上谢赵款接之厚，仍冀其汲引也。

① 兰荪（sūn）：香草名。② 柱下史：周秦官名，因其常侍立殿柱之下，故名。汉以后指御史。③ 簪白笔：把未蘸墨汁的笔插在头上。汉代文官奏事，一般都用毛笔将所奏之事写在竹简上，写完之后将笔杆插入耳边发际。后来凡文官上朝，皆插笔用作装饰，称为"簪白笔"。④ 游魂：游寇盗徒。⑤ 鹗（è）：鱼鹰。⑥ 兰台：指御史台。⑦ 鹓（yuān）：古代传说中一种类似凤凰的鸟。⑧ 赤县："赤县神州"的省称，指古代中国。⑨ 强项：谓刚正不屈。⑩ 惊飙：突发的狂风。⑪ "迁人""谬上"二句：意谓谬受赵公宠遇。迁人，李白自称。卫鹤，《左传·闵公二年》有"卫懿公好鹤，鹤有乘轩者"之句。⑫ 狐白：狐狸腋下的白毛皮。⑬ 要津：泛指水陆交通要道，比喻显要的地位。⑭ 腾骞：向上升腾，谓仕途得意。

赠从弟宣州长史昭

淮南〔一〕望江南①,千里碧山对。
我行倦〔二〕过之,半落青天外。
宗英②佐雄郡,水陆相控带。
长川豁中流,千里泻吴会③。
君心亦如此,包纳无小大。
摇笔起风霜,推诚结仁爱。
讼庭垂桃李,宾馆罗轩盖。
何意苍梧云,飘然忽相会。
才将圣不偶,命与时俱背。
独立山海间,空老圣明代。
知音不易得,抚剑增感慨。
当结九万期,中途莫先退。

〔一〕南:一作北。　〔二〕倦:一作尽。

①"淮南"句:淮南指唐代淮南道,江南指唐代江南道,二者都在扬州境内,中隔一江。② 宗英:指皇室中的杰出人才。③ 吴会:古郡名,郡治在吴县(今苏州),亦泛指江浙一带。

书怀赠南陵常赞府①

岁星②入汉年,方朔见明主。
调笑当时人,中天谢云雨。
一去麒麟阁③,遂将朝市乖。
故交不过门,秋草日上阶。

当时何特达,独与我心谐。
置酒凌歊台④,欢娱未曾歇。
歌动白纻山⑤,舞回天门⑥月。
问我心中事,为君前致辞。
君看我才能,何似鲁仲尼。
大圣犹不遇,小儒安足悲。
云南五月中,频丧渡泸师⑦。
毒草杀汉马,张兵夺秦旗。
至今西二〔一〕河⑧,流血拥僵尸。
将无七擒略⑨,鲁女惜园葵。
咸阳天地枢,累岁人不足。
虽有数斗玉,不如一盘粟。
赖得契⑩宰衡⑪,持钧⑫慰风俗。
自顾无所用,辞家方未归。
霜惊壮士发,泪满逐臣衣。
以此不安席,蹉跎身世违。
终当灭卫谤⑬,不受鲁人讥。

〔一〕二:当作洱。

① 赞府:县丞的别称。② 岁星:即木星。相传东方朔为岁星下凡。③ 麒麟阁:汉代阁名,在未央宫中,供奉功臣画像。④ 凌歊(xiāo)台:位于安徽当涂城关镇。⑤ 白纻(zhù)山:位于安徽当涂城东。⑥ 天门:即天门山,位于安徽当涂城西南。⑦ "云南"二句:化用《出师表》语"五月渡泸,深入不毛"之句。⑧ 西二河:即西洱河,又称洱海,位于今云南大理市东。⑨ 七擒略:诸葛亮曾在云南七擒七纵孟获。⑩ 契:传说为商朝的祖先,是舜的臣子,曾助禹治水。⑪ 宰衡:周公为太宰,伊尹为阿衡,后以宰衡指宰相。⑫ 持钧:执政。⑬ 卫谤:孔子周游列国,至卫,见卫灵公夫人南子。南子素有淫行,子路以夫子见

淫乱之人为辱,不悦。

于五松山①赠南陵常赞府

为草当作兰,为木当作松。
兰秋香风远,松寒不改容。
松兰相因依,萧艾徒丰茸②。
鸡与鸡并食,鸾与鸾同枝。
拣珠去沙砾,但有珠相随。
远客投名贤,真堪写怀抱。
若惜方寸心,待谁可倾倒。
虞卿弃赵相,便与魏齐行③。
海上五百人,同日死田横④。
当时不好贤,岂传千古名。
愿君同心人,于我少留情。
寂寂还寂寂,出门迷所适。
长剑归乎来〔一〕,秋风思归客。

〔一〕归乎来:一作歌归来。

① 五松山:在今安徽铜陵。② 丰茸(qì):茂盛的样子。③ "虞卿""便与"二句:《史记·范雎蔡泽列传》载,秦昭王的仇人魏齐逃亡到赵国,向赵相虞卿求助。虞卿料知赵王不肯得罪秦王,于是解除相印,和魏齐一起逃走。④ "海上""同日"二句:田横原是齐国贵族,西汉立国,田横不肯称臣,率五百门客逃往海岛,刘邦派人招抚,田横赴洛阳途中自杀,刘邦复召其部属,五百人到中原后听说田横死,全部自杀。事见《史记·田儋列传》。

自梁园至敬亭山见会公,谈陵阳山水,兼期同游。因有此赠[一]

我随秋风来,瑶草恐衰歇。
中途寡名山,安得弄云月。
渡江如昨日,黄叶向人飞。
敬亭惬①素尚,弭②棹流清辉。
冰谷明且秀,陵峦抱江城。
粲粲吴与史,衣冠耀天京。
水国饶英奇,潜光卧幽草。
会公真名僧,所在即为宝。
开堂振白拂③,高论横青云。
雪山扫粉壁,墨客多新文。
为余话幽栖④,且述陵阳美。
天开白龙潭,月映清秋水。
黄山望石柱⑤,突兀谁开张[二]。
黄鹤久不来,子安⑥在苍茫。
东南焉可穷,山鸟绝飞处[三]。
稠叠千万峰,相连入云去。
闻此期振策⑦,归来空闭关。
相思如明月,可望不可攀。
何当移白足⑧,早晚凌苍山。
且寄一书札,令余解愁颜。

〔一〕宣州作。　〔二〕一作白柱插星汉,西崖谁开张。〔三〕一作猿狄绝行处。　○子明、子安,俱于陵阳得仙,黄鹤栖于园,即子安之仙迹也。

① 惬(qiè):满足,合乎。② 弭(mǐ):停止,消歇。③ 白拂:

白色的拂尘。④ 幽栖：幽静的居所。⑤ 石柱：石柱山。在今安徽宁国。⑥ 子安：传说中的仙人。⑦ 振策：扬鞭走马。⑧ 白足：光脚。

赠友人三首

兰生不当户，别是闲庭草。
夙①被霜露欺，红荣已先老。
谬接瑶华枝，结根君王池。
顾无馨香美，叨②沐清风吹。
余芳若可佩，卒岁长相随。

① 夙：早。② 叨（tāo）：承受。

袖中赵匕首，买自徐夫人①。
玉匣闭霜雪，经燕复历秦。
其事竟不捷②，沦落归沙尘。
持此愿投赠，与君同急难〔一〕。
荆卿③一去后，壮士多摧残。
长号④易水上，为我扬波澜。
凿井当及泉，张帆当济川。
廉夫唯重义，骏马不劳鞭。
人生贵相知，何必金与钱。

〔一〕急难：一作岁寒。

① 徐夫人：战国时赵国铸剑师，铸有锋利匕首，匕首后为燕太子丹购。② 捷：成功。③ 荆卿：荆轲，战国刺客，曾受燕太

子所托刺杀秦王，事败被杀。④号（háo）：大声哭。

  慢世①薄功业，非无胸中画。
  谑浪②万古贤，以为儿童剧。
  立产如广费，匡君怀长策。
  但苦山北寒，谁知道南宅。
  岁酒③上逐风，霜鬓两边白。
  蜀主思孔明，晋家望安石。
  时来列五鼎④，谈笑期一掷。
  虎伏避胡尘，渔歌游海滨。
  敝裘⑤耻妻嫂，长剑托交亲。
  夫子秉家义，群公难与邻。
  莫持西江水，空许东溟臣。
  他日青云去，黄金报主人。

①慢世：放浪不羁，不拘礼法。②谑浪：戏谑放荡。③岁酒：新年饮的酒，又称屠苏酒。④五鼎：古代行祭礼时，大夫用五个鼎，分别盛羊、豕、肤（切肉）、鱼、腊五种供品。⑤敝裘：破旧的衣裳，此借指苏秦落魄时。

陈情赠友人

  延陵①有宝剑，价重千黄金。
  观风历上国，暗许故人深。
  归来挂坟松，万古知其心。
  懦夫感达节②，壮气激素衿③。

鲍生④荐夷吾⑤，一举致齐相。

斯人无良朋，岂有青云望。

临财不苟取，推分固辞让。

后世称其贤，英风邈难尚。

论交但若此，有道孰云丧。

多君骋逸藻，掩映当时人。

舒文⑥振颓波，秉德冠彝伦⑦。

卜居乃此地，共井为比邻。

清琴弄云月，美酒娱冬春。

薄德中见捐⑧，忽之如遗尘。

英豪未豹变⑨，自古多艰辛。

他人纵以疏，君意宜独亲。

奈何成离居，相去复几许。

飘风吹云霓，蔽目不得语。

投珠冀有报，按剑恐相拒⑩。

所思采芳兰，欲赠隔荆〔一〕渚⑪。

沉忧心若醉，积恨泪如雨。

愿假东壁辉，余光照贫女。

〔一〕荆：一作修。

① 延陵：春秋时期吴国公子季札的封邑。② 达节：不拘常规而合于节义。③ 素矜：本来的胸怀。④ 鲍生：鲍叔牙（？—前644），春秋时齐国大臣，辅佐齐桓公。⑤ 夷吾：管仲（？—前645），名夷吾，字仲，春秋时期齐国之相，经过一系列改革，使齐国成为"春秋五霸"之首。⑥ 舒文：指驰骋文思。⑦ 彝伦：指伦常。⑧ 见捐：被抛弃。⑨ 豹变：古人用豹变形容君子的长成，此处指辅佐王业。⑩ "投珠"二句：典出《史记·鲁仲连邹阳列传》："臣闻明月之珠，夜光之璧，以暗投人于道路，人无不按剑相眄者。何则？无因而至前也。"此指李白希望报答朋友之情，担心对方怀

疑自己的忠诚而拒不相见。⑪荆渚：指荆州。

赠从弟冽

楚人不识凤，重〔一〕价求山鸡。
献主昔云是，今来方觉迷。
自居漆园①北，久别咸阳西。
风飘落日去，节变流莺啼。
桃李寒未开，幽关岂来蹊。
逢君发花萼，若与青云齐。
及此桑叶绿，春蚕起中闺②。
日出拨谷③鸣，田家拥锄犁。
顾余乏尺土，东作④谁相携。
傅说⑤降霖雨，公输⑥造云梯。
羌戎事未息，君子悲涂泥⑦。
报国有长策，成功羞执珪⑧。
无由谒明主，杖策还蓬藜。
他年尔相访，知我在磻溪⑨。

〔一〕重：一作高。

①漆园：庄子曾为漆园吏，此处以庄子自比。②中闺：闺室，闺房。此谓妇女养蚕。③拨谷：即布谷鸟。④东作：指春耕，泛指农事。⑤傅说（yuè）：殷商时期版筑之人，举为相，辅佐武丁治国。⑥公输：公输班，战国著名工匠，曾为楚国造云梯。⑦涂泥：指地位卑下。⑧执珪：珪为卿大夫在举行典礼时手中所执之一种玉版，爵高者始能用之。此指封爵。⑨磻（pán）溪：水名，在今陕西宝鸡东南，相传姜太公垂钓于此遇周文王。

赠闾丘①处士

贤人有素业②,乃在沙塘陂③。
竹影扫秋月,荷衣落古池。
闲读《山海经》,散帙④卧遥帷。
且耽田家乐,遂旷〔一〕⑤林中期。
野酌劝芳酒,园蔬烹露葵⑥。
如能树桃李,为我结茅茨⑦。

〔一〕旷:一作广。

① 闾丘:复姓。② 素业:清白的操守。③ 陂(bēi):水边。④ 散帙(zhì):打开书卷,借指读书。⑤ 旷:荒废,耽误。⑥ 露葵:莼菜。⑦ 茅茨(cí):茅屋。

赠宣州灵源寺冲濬公

敬亭白云气,秀色连苍梧。
下映双溪水,如天落镜湖。
此中积龙象①,独许濬公殊。
风韵逸江左②,文章动海隅③。
观〔一〕心同水月,解领④得明珠。
今日逢支遁⑤,高谈出有无。

〔一〕观:一作了。

① 龙象:指高僧。② 江左:古时在地理上以东为左,江左指长江下游南岸地区。③ 海隅(yú):海边,也指偏远的地方。④ 解领:领会,理解。⑤ 支遁:东晋高僧。

赠僧朝美

水客凌洪波,长鲸涌溟海。
百川随龙舟,嘘噏①竟安在?
中有不死者,探得明月珠。
高价倾宇宙,余辉照江湖。
苞卷②金缕褐③,萧然若空无。
谁人识此宝,窃笑有狂夫。
了心何言说,各勉黄金躯。

① 嘘噏(xī):吐纳,呼吸。② 苞卷:怀抱卷藏。③ 金缕褐(hè):指用金丝织成的衣服。

赠僧行融

梁日汤惠休①,常从鲍照②游。
峨眉史怀一③,独映陈公出。
卓绝二道人,结交凤与麟。
行融亦俊发④,吾知有英骨。
海若不隐珠,骊龙⑤吐明月。
大海乘虚舟,随波任安流。
赋诗旃檀阁⑥,纵酒鹦鹉洲⑦。
待我适东越,相携上白楼⑧。

① 惠休:南朝僧人,本姓汤。② 鲍照(?—466):字明远,祖籍东海(今山东),南朝诗人,长于乐府。与颜延之、谢灵运

合称"元嘉三大家"。③ 史怀一：唐代峨眉僧人。④ 俊发：谓才识、性情、文采等充分表现出来。⑤ 骊（lí）龙：黑色的龙。⑥ 旃（zhān）檀阁：檀香缭绕的禅室。⑦ 鹦鹉洲：在今湖北武汉西南长江中。⑧ 白楼：白楼亭，故址在今浙江绍兴。

赠黄山胡公求白鹇[一]①

闻黄山胡公有双白鹇，盖是家鸡所伏，自小驯狎②，了无惊猜③。以其名呼之，皆就掌取食。然此鸟耿介，尤难畜之。余平生酷好，竟莫能致。而胡公辍赠④于我，唯求一诗。闻之欣然，适会宿意⑤，因援笔⑥三叫，文不加点以赠之。

请以双白璧，买君双白鹇。
白鹇白如锦，白雪耻容颜。
照影玉潭里，刷毛琪树间。
夜栖寒月静，朝步落花闲。
我愿得此鸟，玩之坐碧山。
胡公能辍赠，笼寄野人⑦还。

〔一〕并序。

① 鹇（xián）：一种观赏鸟。雄鹇背为白色，有黑纹，腹部黑蓝色，雌鹇全身棕绿。② 驯狎（xiá）：谓驯顺可亲近。③ 惊猜：惊恐猜疑。④ 辍赠：赠送。⑤ 宿意：往日的心意。⑥ 援笔：执笔，拿起笔。⑦ 野人：山野之人，李白自谓。

登敬亭山南望怀古赠窦主簿

敬亭一回首,目尽天南端。
仙者五六人,常闻此游盘。
溪流琴高水①,石耸麻姑坛②。
白龙降陵阳,黄鹤呼子安。
羽化骑日月,云行翼鸳鸾。
下视宇宙间,四溟皆波澜。
决绝目下事,从之复何难。
百岁落半途,前期浩漫漫。
强食不成味,清晨起长叹。
愿随子明去,炼火烧金丹。

① 琴高水:指琴溪。相传琴高曾在琴高山修炼得道,山中钓台下有琴溪。② 麻姑坛:宣州麻姑山。相传麻姑修道在此飞升。

经乱后将避地剡中①留赠崔宣城

双鹅飞洛阳,五马渡江徼②。
何意上东门③,胡雏④更长啸。
中原走豺虎,烈火焚宗庙。
太白⑤昼经天,颓阳⑥掩余照。
王城皆荡覆,世路成奔峭⑦。
四海望长安,颦眉寡西笑⑧。
苍生疑落叶,白骨空相吊。

连兵似雪山,破敌谁能料。
我垂北溟翼,且学南山豹⑨。
崔子贤主人,欢娱每相召。
胡床紫玉笛,却坐青云叫。
杨花满州城,置酒同临眺。
忽思剡溪去,水石远清妙。
雪昼天地明,风开湖山貌。
闷为洛生咏,醉发吴越调。
赤霞动金光,日足森海峤⑩。
独散万古意,闲垂一溪钓。
猿近天上啼,人移月边棹。
无以墨绶⑪苦,来求丹砂要⑫。
华发长折腰,将贻陶公诮。

① 剡(shàn)中:指剡县一带,位于今浙江省嵊州市境内。② 徼(jiào):边界。③ 上东门:洛阳城门之一。④ 胡雏:此指安禄山。⑤ 太白:星名,即金星,又名长庚、启明。⑥ 颓阳:指落日。⑦ 奔峭:崩坍的崖岸。⑧ 西笑:指对帝都的渴慕。⑨ 南山豹:比喻隐居伏处、爱惜其身、有所不为的人。⑩ 海峤(qiáo):海边山岭。⑪ 墨绶(shòu):结在印钮上的黑色丝带,县官及其职权的象征。⑫ 要:要诀。

献从叔当涂宰阳冰〔一〕①

金镜②霾六国,亡新乱天经。
焉知高光起,自有羽翼生。
萧曹③安岷岉④,耿贾⑤摧榱枪⑥。

吾家有季父,杰出圣代英。
虽无三台⑦位,不借四豪⑧名。
激昂风云气,终协龙虎精。
弱冠燕赵来,贤彦⑨多逢迎。
鲁连擅谈笑,季布折公卿。
遥知礼数绝,常恐不合并。
惕想⑩结宵梦,素心久已冥。
顾惭青云器⑪,谬奉⑫玉樽倾。
山阳⑬五百年,绿竹忽再荣。
高歌振林木,大笑喧雷霆。
落笔洒篆文,崩云⑭使人惊。
吐辞又炳焕⑮,五色罗华星。
秀句满江国,高才揿⑯天庭。
宰邑艰难时,浮云空古城。
居人若薙⑰草,扫地无纤茎。
惠泽及飞走,农夫尽归耕。
广汉水万里,长流玉琴声。
雅颂播吴越,还如太阶⑱平。
小子别金陵,来时白下亭。
群凤怜客鸟,差池⑲相哀鸣。
各拔五色毛,意重太山⑳轻。
赠微所费广,斗水浇长鲸。
弹剑歌苦寒,严风起前楹。
月衔天门晓,霜落牛渚㉑清。
长叹即归路,临川空屏营㉒。

〔一〕当涂。　○首六句以萧、曹、耿、贾,引起阳冰,不甚精切。"浮云"三句,言邑中艰难瘵苦。　○已上投赠。

① 阳冰：李阳冰，唐代书法家，工篆书，曾任当涂令。② 金镜：比喻正道。③ 萧曹：指萧何、曹参，二人曾辅佐刘邦建立西汉王朝。④ 峴屼（niè wù）：同"嵲屼"，原意为高峻的山，此处指不安定。⑤ 耿贾：指耿弇、贾复，二人辅佐汉光武帝平定世乱。⑥ 欃（chán）枪：彗星。古人认为不吉。⑦ 三台：比喻三公，古代辅佐国君的最高官员。⑧ 四豪：战国四公子，即魏国信陵君、赵国平原君、齐国孟尝君、楚国春申君，他们礼贤下士，广纳门客。⑨ 贤彦：德才俱佳的人。⑩ 惕想：忧思。⑪ 青云器：指胸怀旷达、志趣高远的人才。⑫ 谬奉：不恰当地承受，自谦词。⑬ 山阳：山阳县，故城在今河南省修武县境内。魏晋时期，嵇康、向秀等人在此作竹林之游，后用以指高雅人士聚会之地。⑭ 崩云：碎裂的云彩，多形容波涛飞洒，此处形容书法艺术之高。⑮ 炳焕：华丽鲜艳的样子。⑯ 掞（shàn）：舒展，铺张。⑰ 薙（tì）：除去杂草。⑱ 太阶：古星名，即三台。上台、中台、下台共六星，两两并排而斜上，如阶梯，故名。⑲ 差池：指舒张羽翼。⑳ 太山：即泰山。㉑ 牛渚（zhǔ）：地名，即采石矶，在今安徽马鞍山境内。㉒ 屏营：意为惶恐，多作谦词，用于信札。

安陆白兆山①桃花岩寄刘侍御绾 [一]

云卧三十年，好闲复爱仙。
蓬壶②虽冥绝，鸾鹤心悠然。
归来桃花岩，得憩云窗眠 [二]。
对岭人共语，饮潭猿相连。
时升翠微上，邈若罗浮③巅。
两岑④抱空壑，一嶂横西天。
树杂日易隐，崖倾月难圆。
芳草换野色，飞萝摇春烟。
入远构石室，选幽开山田。

独此林下意，杳无区中缘⑤。

永辞霜台⑥客〔三〕，千载方来旋。

〔一〕安陆。一作春归桃花岩贻许侍御。　○以下寄怀。
〔二〕一本云：幼采紫房谈，早爱沧溟仙。心迹颇相误，世事空俎
迁。归来丹岩曲，得憩青霞眠。　〔三〕霜台客：一作绣衣客。
○此等诗似谢宣城。

① 白兆山：又名碧山，在今湖北安陆。② 蓬壶：即蓬莱，传
说中的海上仙山。③ 罗浮：山名，在广东惠州东江北岸，为道
教胜地。相传晋代葛洪曾在此山修道，道教称之为"第七洞天"。
④ 岑：小而高的山。⑤ 区中缘：世间尘缘。⑥ 霜台：即御史台。

淮南卧病书怀，寄蜀中赵征君蕤〔一〕

吴会一浮云，飘如远行客〔二〕。

功业莫从就，岁光屡奔迫。

良图俄弃捐，衰疾乃绵剧①。

古琴藏虚匣，长剑挂空壁。

楚怀奏钟仪②，越吟比庄舄〔三〕。

国门遥天外，乡路远山隔。

朝忆相如台，夜梦子云宅。

旅情初结缉〔四〕③，秋气方寂历。

风入松下清，露出草间白。

故人不在此〔五〕，而我〔六〕谁与适。

寄书西飞鸿，赠尔慰离析④。

〔一〕淮南。　〔二〕一作万里无主人，一身独为客。
〔三〕一作卧来恨已久，兴发思逾积。　〔四〕初结缉：一作如结

骨。　〔五〕不在此：一作不可见。　〔六〕而我：一作幽梦。

①绵剧：谓病势缠绵加剧。②钟仪：春秋时期楚国人。成为晋国俘虏后，还带着楚国的帽子，国君使操琴，奏楚音。后指怀念乡土故国之人。③结绖：指忧乱纠结的心情。④离析：指离别之情。

寄弄月溪吴山人

尝闻庞德公^①，家住洞^②湖水。
终身栖鹿门，不入襄阳市。
夫君弄明月，灭景^③清淮里。
高踪邈难追，可与古人比。
清扬杳莫睹，白云空望美。
待我辞人间，携手访松子^④。

①庞德公：东汉末年隐士，南郡襄阳（今湖北襄阳）人。②洞（jiǒng）：形容水清澈深邃。③灭景：指隐居。④松子：赤松子，古代仙人。

秋山寄卫尉^①张卿及王征君〔一〕

何以折相赠，白花青桂枝。
月华^②若夜雪，见此令人思。
虽然剡溪兴^③，不异山阴时。
明发怀二子，空吟招隐诗^④。

〔一〕会稽。

①卫尉：官名。始于秦，统率卫士守禁宫，隋以后改掌军器仪仗帐幕等事。②月华：指月光。③剡溪兴：形容隐居时造访故友的兴致。典出《世说新语》，王子猷居山阴时，夜雪，眠觉，咏左思《招隐》，忽忆戴安道，时戴在剡，乘小舟就之，造门不前而返。曰："吾本乘兴而行，兴尽而返，何必见戴？"④招隐诗：晋左思曾作《招隐》诗，表达隐世的志向。

望终南山寄紫阁①隐者〔一〕

出门见南山，引领②意无限。
秀色难为名③，苍翠日在眼。
有时白云起，天际自舒卷。
心中与之然，托兴每不浅。
何当造幽人，灭迹栖绝巘④。

〔一〕长安。

①紫阁：终南山的山峰之一。②引领：伸直脖子向远处眺望。③难为名：难以名状。④绝巘（yǎn）：极高的山峰。

夕霁①，杜陵登楼寄韦繇

浮阳灭霁景，万物生秋容。
登楼送远目，伏槛②观群峰。

原野旷超缅③,关河纷错重④。
清辉映竹日〔一〕,翠色明云松。
蹈海寄遐想,还山迷旧踪。
徒然迫晚暮,未果谐心胸。
结桂空伫立⑤,折麻⑥恨莫从〔二〕。
思君达永夜,长乐闻疏钟⑦。

〔一〕竹日:一作水竹。 〔二〕一作采菊竟谁举,游兰恨莫从。

① 霁(jì):雨雪初停,天气放晴。② 伏槛(jiàn):伏倚栏杆。③ 超缅:邈远状。④ 错重:错杂繁多、纷乱的样子。⑤ "结桂"句:化用《楚辞》"结桂枝兮延伫"句。⑥ 折麻:出自《楚辞》"折疏麻兮瑶华,将以遗兮离居",比喻离别思念之情。⑦ 疏钟:稀疏的钟声。

秋夜宿龙门①香山寺奉寄王方城十七丈、奉国莹上人、从弟幼成、令问〔一〕

朝发汝海东,暮栖龙门中。
水寒夕波急,木落秋山空。
望极九霄迥,赏幽万壑通。
目皓沙上月,心清松下〔二〕风。
玉斗②生〔三〕纲户,银河耿③花宫。
兴在趣方逸,欢余情未终〔四〕。
凤驾④忆王子,虎溪⑤怀远公。
桂枝坐萧瑟〔五〕,棣华⑥不复同。
流恨〔六〕寄伊水,盈盈焉可穷。

〔一〕洛阳。　〔二〕下：一作里。　〔三〕生：一作横。
〔四〕一作咫尺世喧隔，微冥真理融。　〔五〕萧瑟：一作销歇。
〔六〕恨：一作浪。

① 龙门：龙门山。在河南洛阳境内。② 玉斗：北斗星。③ 耿：明亮的样子。④ 凤驾：仙人的车乘。⑤ 虎溪：在今江西九江。相传晋代慧远法师居此，送客过溪，虎辄号鸣。⑥ 棣华：比喻兄弟。《诗经·小雅·常棣》有"常棣之华，鄂不韡（wěi）韡。凡今之人，莫如兄弟"之句。

闻丹丘子于城北山营石门幽居，中有高凤①遗迹，仆离群远怀，亦有栖遁②之志，因叙旧以寄之

春华〔一〕沧江月，秋色碧海云。
离居盈寒暑，对此长思君。
思君楚水南，望君淮山北。
梦魂虽飞来，会面不可得。
畴昔③在嵩阳，同衾卧羲皇④。
绿萝笑簪绂⑤，丹壑贱岩廊⑥。
晚途各分析，乘兴任所适。
仆在雁门关，君为峨眉客。
心悬万里外，影滞两乡隔。
长剑复归来，相逢洛阳陌。
陌上何喧喧，都令心意烦。
迷津觉路失，托势随风翻。
以兹谢朝列，长啸归故园。
故园恣闲逸，求古散缥帙⑦。

久欲入[二]名山，婚嫁殊未毕。

人生信多故，世事岂惟一。

念此忧如焚，怅然若有失。

闻君卧石门，宿昔契弥敦。

方从桂树隐，不羡桃花源。

高凤起遐旷⑧，幽人迹复存。

松风清瑶瑟，溪月湛芳樽。

安居偶佳赏，丹心期此论。

〔一〕华：一作弄。　〔二〕入：一作寻。　○叙嵩阳一会，旋别向雁门；洛阳一会，旋别向故园。脉络分明，而行间一种跌宕飘逸之气，独迈群贤。

① 高凤：东汉南阳叶县（今河南叶县）人，勤勉于学，为名儒，终身不仕，隐居渔钓。② 栖遁：隐居避世。③ 畴昔：往昔，以前。④ 羲皇：指伏羲，此处借用陶渊明"自谓是羲皇上人"来指自己的隐居之志。⑤ 绂（fú）：同"黻"，指绣有花纹的礼服。⑥ 岩廊：高峻的廊庑，借指朝廷。⑦ 缥帙：指书卷。⑧ 遐旷：志向远大，胸襟宽广。

淮阴书怀寄王宗成一首[一]

沙墩①至梁苑，二十五长亭。

大舶夹双橹，中流鹅鹳②鸣。

云天扫空碧，川岳涵余清。

飞凫③从西来，适与佳兴并。

眷言王乔舄，婉娈故人情。

复此亲懿④会，而增交道荣。

沿洄且不定,飘忽怅徂征。
暝投淮阴宿,欣得漂母迎。
斗酒烹黄鸡,一餐感素诚。
予为楚壮士,不是鲁诸生。
有德必报之,千金耻为轻。
缅书羁孤⑤意,远寄棹歌声。

〔一〕再至淮南。一作王宋城。　　○前十二句,言昔在梁苑与王相会聚。后十二句,叙近至淮阴心怀。

① 沙墩:沙墩镇,在今山东郯城。② 鹅鹳(guàn):水鸟。③ 飞凫(fú):野鸭。④ 亲懿:犹至亲。⑤ 羁孤:羁旅的孤独之人。

月夜江行寄崔员外宗之①

飘飘江风起,萧飒海树秋。
登舻美清夜,挂席移轻舟。
月随碧山转,水合清天流。
杳如〔一〕星河上,但觉云林幽。
归路方浩浩,徂川②去悠悠。
徒悲蕙草歇,复听菱歌愁。
岸曲迷后浦,沙明瞰③前洲。
怀君不可见,望远增离忧。

〔一〕如:一作然。

① 崔员外宗之:崔宗之,李白友人,"饮中八仙"之一,后任礼部员外郎。② 徂(cú)川:比喻岁月流逝。③ 瞰(kàn):远望。

宿白鹭洲①寄杨江宁②

朝别朱雀门③,暮栖白鹭洲。
波〔一〕光摇海月,星影入城楼。
望美金陵宰④,如思琼树⑤忧。
徒令魂作梦,翻觉夜成秋。
绿水解人意,为余西北流。
因声玉琴里,荡漾寄君愁。

〔一〕波:一作沙。

① 白鹭洲:在今江苏南京。② 杨江宁:即杨利物,时为江宁县令。③ 朱雀门:南京的城门之一。④ 金陵宰:此指杨江宁。⑤ 琼树:指人物品性高洁。

新林浦①阻风寄友人〔一〕

潮水定可信,天风难与期。
清晨西北转,薄暮东南吹。
以此难挂席,佳期益相思〔二〕。
海月破圆〔三〕景,菰蒋②生绿池。
昨日北湖③梅,开花已满枝〔四〕。
今朝〔五〕白门④柳,夹道垂青丝。
岁物忽如此,我来定〔六〕几时。
纷纷江上雪,草草客中悲。
明发新林浦〔七〕,空吟谢朓诗。

〔一〕一云:金陵阻风雪书怀寄杨江宁。 〔二〕一本云:

以此难挂席,洄沿颇淹迟。使索金陵书,又叨贤宰知。弦歌止过客,惠化闻京师。 〔三〕圆:一作团。 〔四〕一作昨日北湖花,初开未满枝。 〔五〕朝:一作看。 〔六〕定:一作复。 〔七〕新林浦:一作板桥浦。

① 新林浦:地名,位于江苏南京城外,源于牛首山。② 菰(gū)蒋:茭白叶。菰,茭白。③ 北湖:指玄武湖。④ 白门:金陵(今南京)的西城门。

北山独酌寄韦六

巢父将许由,未闻买山隐。
道存迹自高,何惮去①人近。
纷吾下兹岭,地闲喧亦泯。
门横群岫②开,水凿众泉引。
屏高而在云,窦③深莫能准。
川光④昼昏凝,林气夕凄紧。
于焉摘朱果,兼得养玄牝⑤。
坐月观宝书,拂霜弄瑶轸⑥。
倾壶事幽酌,顾影还独尽。
念君风尘游,傲尔令自哂〔一〕。

〔一〕一作安知世上人,名利空蠢蠢。

① 去:距离。② 岫(xiù):山。③ 窦:洞。④ 川光:波光水色。⑤ 玄牝(pìn):比喻万物的本源。⑥ 瑶轸(zhěn):瑶琴。

寄东鲁二稚子〔一〕

吴地桑叶绿，吴蚕已三眠①。
我家寄东鲁，谁种龟阴田②。
春事已不及，江行复茫然。
南风吹归心，飞堕酒楼前。
楼东一株桃，枝叶拂青烟。
此树我所种，别来向三年。
桃今与楼齐，我行尚未旋③。
娇女字平阳，折花倚桃边。
折花不见我，泪下如流泉。
小儿名伯禽，与姊亦齐肩。
双行桃树下，抚背复谁怜。
念此失次第④，肝肠日忧煎。
裂素⑤写远意，因之汶阳川⑥。

〔一〕在金陵作。

① 三眠：指蚕第三次蜕皮。② 龟阴田：此指李白在东鲁的田产。③ 旋：归来。④ 次第：指常态。⑤ 裂素：裁剪白绢写诗文，代指绢帛。⑥ 汶阳川：即汶水，今大汶河，山东省境内黄河下游支流。

独酌清溪①江石上寄权昭夷〔一〕

我携一樽酒，独上江祖石②。
自从天地开，更长几千尺。

举杯向天笑,天回日西照。
永愿坐此石,长垂严陵钓。
寄谢山中人,可与尔同调。

〔一〕秋浦。

① 清溪:水名,在今安徽池州境内。② 江祖石:山名,在今安徽池州境内。

禅房怀友人岑伦南游罗浮,兼泛桂海①。自春徂秋,不返。仆旅江外,书情寄之〔一〕

婵娟罗浮月,摇艳桂水云。
美人竟独往,而我安能群。
一朝语笑隔,万里欢情分。
沉吟彩霞没,梦寐琼芳歇。
归鸿度三湘②,游子在百越③。
边尘染衣剑,白日凋华发〔二〕。
春气变楚关,秋声落吴山。
草木结悲绪,风沙凄苦颜。
揭④来已永久,颓思如循环。
飘飘限江裔⑤,想像空留滞。
离忧每醉心,别泪徒盈袂。
坐愁青天末,出望黄云蔽〔三〕。
目极何悠悠,梅花南岭头。
空长灭征鸟,水阔无还舟。

宝剑终难托⁶，金囊非易求。

归来傥有问，桂树山之幽〔四〕。

〔一〕寻阳。　〔二〕已上叙岑在岭南。　〔三〕已上叙己在寻阳。　〔四〕已上叙怀想之殷。

① 桂海：指南方边远地方。② 三湘：湖南湘乡、湘潭、湘阴，合称三湘。泛指湖南。③ 百越：指岭南一带。④ 揭（qiè）：离去。⑤ 江裔（yì）：江边。⑥ "宝剑"句：《史记·吴太伯世家》载，季札有宝剑，徐国君见而慕之，季札返赠剑，徐君已死，于是解剑挂冢树而去。

下寻阳城①泛彭蠡②寄黄判官

浪动灌婴井③，寻阳〔一〕江上风。

开帆入天镜，直向彭湖东。

落景转疏雨，晴云散远空。

名山发佳兴〔二〕，清赏亦何穷。

石镜挂遥月，香炉灭彩虹〔三〕。

相思俱对此，举目与君同。

〔一〕寻阳：一作吾知。　〔二〕一作返景照疏雨，轻烟散远空。中流得佳兴。　〔三〕一作瀑布洒青壁，遥山挂彩虹。

① 寻阳城：即浔阳，唐天宝间设浔阳郡，今属江西九江。② 彭蠡（lǐ）：即鄱阳湖，位于江西省北部。③ 灌婴井：灌婴，西汉开国功臣，曾在江州筑古城。东汉末年，孙权令人打井，正得灌婴筑城时古井，铭为"颖阴侯（灌婴封爵）井"。

书情寄从弟邠①长史昭

自笑客行久,我行定几时。
绿杨已可折,攀取最长枝。
翩翩〔一〕弄春色,延伫②寄相思。
谁言贵此物,意愿〔二〕重琼蕤③。
昨梦见惠连④,朝吟谢公⑤诗。
东风引碧草,不觉生华池。
临玩忽云夕,杜鹃夜鸣悲。
怀君芳岁歇,庭树落红滋。

〔一〕翩翩:一作翻翻。　〔二〕愿:一作厚。

① 邠(bīn)州:州名,在今陕西省境内,唐开元十三年(725)改豳州为邠州。② 延伫(zhù):长久站立。③ 琼蕤(ruí):玉花。④ 惠连:谢惠连,南朝宋文人,谢灵运从弟,幼聪慧。⑤ 谢公:谢灵运(385—433),陈郡阳夏(今河南太康)人,南朝宋诗人,谢玄之孙,袭封康乐公。以诗名世,有"池塘生春草"句。

寄上吴王三首

淮王①爱八公②,携手绿云中。
小子③添枝叶,亦攀丹桂丛。
谬以词赋重,而将枚马④同。
何日背淮水,东之观土风。

① 淮王:指汉淮南王刘安。② 八公:刘安曾招天下方士,有八公求见,授其仙术。③ 小子:李白自称。④ 枚马:指汉代辞赋

家枚乘、司马相如。

　　坐啸庐江静，闲闻进玉觞。
　　去时无一物，东壁挂胡床。

　　英明庐江守，声誉广平籍①。
　　扫洒黄金台②，招邀青云客。
　　客曾与天通，出入清禁中。
　　襄王③怜宋玉④，愿入兰台宫⑤。

　①广平籍：据《晋书》载，晋郭奕任广平太守，以德化人，百姓深爱之。广平，地名。籍，盛大。②黄金台：相传战国时燕昭王曾置千金于台上，延揽贤士。故址在今河北易县境内。③襄王：楚顷襄王。此指代吴王。④宋玉：战国时期楚国人，屈原之后的楚辞家，与唐勒、景差齐名，此指代李白。⑤兰台宫：战国楚国台名。

流夜郎①永华寺寄寻阳群官〔一〕

　　朝别凌烟楼②，贤豪③满行舟。
　　暝投永华寺，宾散予独醉。
　　愿绝九江流，添成万行泪。
　　写意寄庐岳，何当来此地。
　　天命有所悬④，安得苦愁思。
　〔一〕流夜郎。

　①夜郎：唐代设夜郎县，在今贵州桐梓境内。②凌烟楼：在江西浔阳，南朝宋临川王刘义庆造。③贤豪：指送别李白的官员

文士。④悬：关联，系连。

流夜郎至西塞驿①，寄裴隐〔一〕②

扬帆借天风，水驿苦不缓。
平明及西塞，已先投沙伴③。
回峦引群峰，横蹙楚山断。
砯④冲万壑会，震沓百川满。
龙怪潜溟波，候时救炎旱。
我行望雷雨，安得沾枯散。
鸟去天路长，人悲春光短。
空将泽畔吟⑤，寄尔江南管⑥。

〔一〕上峡。

① 西塞驿：西塞山旁之驿站，在今湖北黄石境内。② 裴隐：疑为当时另一位流放的逐臣。③ 投沙伴：汉代贾谊被贬谪到长沙，借指裴隐。④ 砯（pīng）：水撞击岩石的声音。⑤ 泽畔吟：相传屈原放逐，曾行吟泽畔，此指流放之人的忧闷。⑥ 江南管：指南方的音乐。

江夏寄汉阳辅录事

谁道此水广，狭如一匹练。
江夏黄鹤楼，青山汉阳县。
大语①犹可闻，故人难可见。

君草陈琳檄②,我书鲁连箭③。
报国有壮心,龙颜不回眷。
西飞精卫鸟,东海何由填。
鼓角徒悲鸣,楼船习征战。
抽剑步霜月,夜行空庭遍。
长呼结浮云④,埋没顾荣⑤扇。
他日观军容,投壶⑥接高宴。

① 大语:高声说话。② 陈琳檄:三国时陈琳擅长作檄文。③ 鲁连箭:燕将攻占齐国聊城,齐派田单收复聊城却久攻不下。鲁仲连写了一封义正辞严的书信,射入城中,燕将读后,忧惧自刎,齐军遂攻下聊城。典出《史记·鲁仲连邹阳列传》。后以"鲁连书"谓以文克敌,不战而胜。④ 浮云:骏马名。⑤ 顾荣:西晋大臣、名士,在陈敏叛乱中反戈,使陈敏所部溃不成军。⑥ 投壶:古代宴会时的娱乐活动,大家轮流把筹投入壶中。

江上寄元六林宗

霜落江始寒,枫叶绿未脱。
客行悲清秋,永路①苦不达。
沧波眇川汜,白日隐天末。
停棹依林峦,惊猿相叫聒。
夜分河汉转,起视溟涨阔。
凉风何萧萧,河水鸣活活。
浦沙净如洗,海月明可掇。
兰交②空怀思,琼树讵解渴。
勖③哉沧洲心,岁晚庶不夺。

幽赏颇自得，兴远与谁豁④。

① 永路：长途。② 兰交：形容知心朋友。③ 勖（xù）：勉励。④ 豁：排遣，诉说。

宣城九日，闻崔四侍御①与宇文太守②游敬亭，余时登响山，不同此赏。醉后寄崔侍御二首

九日茱萸③熟，插鬓伤早白。
登高望山海，满目悲古昔。
远访投沙人，因为逃名客。
故交竟谁在，独有崔亭伯④。
重阳不相知，载酒任所适。
手持一枝菊，调笑二千石。
日暮岸帻⑤归，传呼隘阡陌。
彤襜⑥双白鹿，宾从何辉赫。
夫子在其间，遂成云霄隔。
良辰与美景，两地方虚掷。
晚从南峰归，萝月下水壁。
却登郡楼望，松色寒转碧。
咫尺〔一〕不可亲，弃我如遗舄。

〔一〕咫尺：一作望美。

① 崔四侍御：崔成甫（约713—758），京兆长安（今陕西长安）人，开元进士，李白友人。② 宇文太守：即宇文融，时为宣城太守。③ 茱萸（zhū yú）：植物名，古时有重阳节登高插茱萸的习俗。

④崔亭伯：崔骃，东汉人，博学有伟才，通古今训诂，与班固、傅毅齐名。⑤岸帻（zé）：推起头巾，露出前额。形容衣着简率不拘常礼，态度洒脱。⑥彤幨（tóng chān）：赤色的车帷。

九卿天上落，五马①道傍来。
列戟②朱门晓，褰帷③碧嶂开。
登高望远海，召客得英才。
紫丝欢情洽，黄花逸兴催。
山从图上见，溪即〔一〕镜中回。
遥羡重阳作，应歌戏马台④。

〔一〕即：一作向。　　○此首本五言排律，附抄入五古中。

①五马：古代太守的车乘为五马，此指太守。②列戟：官庙、官府及显贵府第门前陈列戟仗。③褰（qiān）帷：揭开帷幔，比喻官吏亲近百姓。④戏马台：传说为项羽观看戏马所筑的台，在今江苏徐州。

泾溪①南蓝山下有落星潭②，可以卜筑③。余泊舟石上，寄何判官昌浩

蓝岑竦天壁，突兀如鲸额。
奔蹙④横澄潭，势吞落星石。
沙带秋月明，水摇寒山碧。
佳境宜缓棹，清辉能留客。
恨君阻欢游，使我自惊惕⑤。
所期俱卜筑，结茅炼金液。

①泾溪：在安徽泾县西南。②落星潭：在安徽泾县蓝山下，相传晋时有陈霸兄弟捕鱼，见星落潭中，故名。③卜筑：择地建住宅，定居之意。④奔蹙（cù）：奔跑践踏。⑤惊惕：惊怕，惊惧。

早过漆林渡①寄万巨

西经大蓝山，南来漆林渡。
水色倒空青，林烟横积素。
漏流昔吞翕②，沓浪③竞奔注。
潭落天上星，龙开水中雾。
巉岩④注公栅⑤，突兀陈焦墓⑥。
岭峭纷上干，川明屡回顾。
因思万夫子，解渴同琼树。
何日睹清光，相欢咏佳句。

①漆林渡：为泾溪的重要渡口之一。因绕岸有漆树，故名。②翕（xī）：迅疾。③沓浪：汹涌的波浪。④巉（chán）岩：高而险的山岩。⑤注公栅：应为"左公栅"。隋末，泾县龙门乡左难当筑城栅固守乡里。⑥陈焦墓：在泾县五城山左。

游敬亭寄崔侍御〔一〕

我家敬亭下，辄继谢公作〔二〕。
相去数百年，风期①宛如昨。
登高素秋月〔三〕，下望青山郭。

府中鸿鹭群[四],饮啄自鸣跃。

夫子虽蹭蹬②,瑶台雪中鹤。

独立窥浮云,其心在寥廓③。

时来一顾我,笑饭葵与藿[五]④。

世路如秋风,相逢尽萧索。

腰间玉具剑,意许无遗诺[六]。

壮士不可轻[七],相期在云阁[八]。

〔一〕一本作登古城望府中奉寄崔侍御。其不同处,悉重出。
〔二〕一作我登谢公楼,辄继敬亭作。　　〔三〕一作高城素秋日。
〔四〕一作俯视鸳鹭群。　　〔五〕一作时来顾我笑,一饭与葵藿。
〔六〕一作愿为经冬柏,不逐天霜落。　　〔七〕轻:一作疏。
〔八〕一作相随集云阁。

① 风期:风度品格。② 蹭蹬(cèng dèng):路途险阻难行,不如意。③ 寥廓(liáo kuò):高远空旷。④ 葵与藿(huò):菜名,指冬葵和豆类植物的叶子。

自金陵溯流①,过白璧山②玩月,达天门。寄句容王主簿

沧江溯流归,白璧见秋月。

秋月照白璧,皓如山阴雪。

幽人停宵征,贾客忘早发。

进帆天门山,回首牛渚没。

川长信风来,日出宿雾歇。

故人在咫尺,新赏成胡越③。

寄君青兰花,惠好④庶不绝。

○新赏句,谓虽有新赏,而隔绝不得与同,咫尺万里如胡越

也。　　○已上寄怀。

①溯（sù）流：逆水而上。②白璧山：在今安徽当涂。③胡越：胡地在北，越在南，比喻距离遥远。④惠好：友爱和谐。

秋日鲁郡尧祠①亭上宴别杜补阙②范侍御〔一〕

我觉秋兴逸，谁云秋兴悲。
山将落日去，水与晴空宜。
鲁酒白玉壶，送行驻金羁③。
歇鞍憩古木，解带挂横枝。
歌鼓川上亭，曲度神飙④吹〔二〕。
云归碧海夕，雁没青天时。
相失各万里，茫然空尔思。

〔一〕鲁中。　　○以下留别。　　〔二〕一本无"歌鼓川上亭，曲度神飙吹"十字，却添"南歌忆郢客，东转见齐姬。清波忽澹荡，白雪纷逶迤。一隔范杜游，此欢各弃遗"三韵。

①尧祠：在今山东兖州境内。②补阙：官名。唐代武后垂拱元年（685）置，分左补阙、右补阙。③金羁：指马。④神飙（biāo）：比喻迅疾若有神灵的风。

留别鲁颂

谁道太山高，下却①鲁连节。
谁云秦军众，摧却鲁连舌。

独立天地间,清风洒兰雪。
夫子还倜傥,攻文②继前烈。
错落石上松,无为秋霜折。
赠言镂宝刀,千岁庶不灭。

① 却:后退,此指逊让。② 攻文:指读书作文。

留别曹南群官之江南

我昔钓白龙,放龙溪水傍。
道成本欲去,挥手凌苍苍。
时来不关人,谈笑游轩皇。
献纳①少成事,归休辞建章②。
十年罢西笑,览镜如秋霜。
闭剑琉璃匣,炼丹紫翠房。
身佩豁落图③,腰垂虎盘囊④。
仙人借彩凤,志在穷遐荒。
恋子四五人,徘徊未翱翔。
东流送白日,骤歌兰蕙芳。
仙宫两无从,人间久摧藏⑤。
范蠡脱勾⑥践,屈平去怀王。
飘飘紫霞⑦心,流浪忆江乡。
愁为万里别,复此一衔觞。
淮水帝王州,金陵绕丹阳。
楼台照海色,衣马摇川光。

及此北望君，相思泪成行。
朝云落梦渚，瑶草空高唐⑧。
帝子⑨隔洞庭，青枫满潇湘。
怀归路绵邈⑩，览古情凄凉。
登岳眺百川，杳然万恨长。
却恋峨眉去，弄景偶骑羊。

① 献纳：进献忠言供采纳。② 建章：汉代长安宫殿名，此处指朝廷。③ 豁落图：道教的符箓。④ 虎盘囊：道教中人的配饰。⑤ 摧藏（cáng）：心中忧伤。⑥ 勾：原本作"句"，"句"同"勾"。⑦ 紫霞：紫色云霞，道家谓神仙乘紫霞而行。⑧ 高唐：战国时楚国台观名，在云梦泽中。⑨ 帝子：指娥皇、女英，二人乃尧帝之女，嫁于舜。⑩ 绵邈（miǎo）：悠长的样子。

留别王司马嵩

鲁连卖谈笑，岂是顾千金。
陶朱①虽相越，本有五湖心。
余亦南阳子②，时为梁甫吟③。
苍山容偃蹇④，白日惜颓侵。
愿一佐明主，功成还旧林。
西来何所为，孤剑托知音。
鸟爱碧山远〔一〕，鱼游沧海深。
呼鹰过上蔡⑤，卖畚⑥向嵩岑。
他日闲相访，丘中有素琴。

〔一〕一作凤集碧梧秀。

① 陶朱：即范蠡（前536—前448），春秋末期越国大夫，辅助勾践灭吴后退隐。后来成为巨商，定居于陶（今山东菏泽陶区），自号"陶朱公"。② 南阳子：诸葛亮早年隐居南阳，故称。李白以此比喻自己的功名抱负。③ 梁甫吟：相传为诸葛亮所创。④ 偃蹇（yǎn jiǎn）：困顿，窘迫。⑤ "呼鹰"句：李斯曾牵黄犬、臂苍鹰，出上蔡东门行猎，后入秦为相。⑥ 卖畚（běn）：王猛少贫贱，以卖畚为业，后来成为前秦苻坚之相。畚，簸箕，多为竹制。

还山留别金门知己〔一〕

好古笑流俗，素闻贤达风。
方希佐明主，长揖辞成功。
白日在青天，回光烛〔二〕微躬①。
恭承凤凰诏，欻②起云罗〔三〕③中。
清切紫霄回，优游丹禁通。
君王赐颜色，声价凌烟虹。
乘舆拥翠盖，扈从金城东。
宝马骤〔四〕绝景，锦衣入新丰。
倚岩望松雪，对酒鸣丝桐。
方〔五〕学扬子云④，献赋甘泉宫。
天书美片善，清芳〔六〕播无穷。
归来入咸阳，谭笑皆王公。
一朝去金马，飘落成飞蓬。
宾友〔七〕日疏散，玉樽亦〔八〕已空。
长才〔九〕犹可倚，不惭世上雄。
闲来东武吟⑤，曲尽情未终。
书此谢知己，扁舟〔十〕寻钓翁。

〔一〕一本云：出金门后书怀留别翰林诸公。　〔二〕瞩：一作照。　〔三〕云罗：一作藤萝。　〔四〕骤：一作丽。〔五〕方：一作因。　〔六〕芳：一作芬。　〔七〕友：一作从。〔八〕亦：一作寻。　〔九〕长才：一作才力。　〔十〕扁舟：一作沧波。

① 微躬：谦辞，谓卑贱的身子。② 欻（xū）：忽然。③ 云罗：轻柔如云的丝绸织品，借指衣着华贵的权贵。④ 扬子云：扬雄（前53—前18），字子云，蜀郡郫县（今四川成都郫都区）人，汉代文人，善辞赋。⑤ 东武吟：乐府楚调曲名，内容多咏叹人生短促，荣华易逝。东武，齐地名。

魏郡①别苏少府因北游

魏都接燕赵，美女夸芙蓉。
淇水②流碧玉，舟车日奔冲。
青楼夹两岸，万室喧歌钟③。
天下称豪贵〔一〕，游此〔二〕每相逢。
洛阳苏季子④，剑戟森词锋。
六印⑤虽未佩〔三〕，轩车若飞龙。
黄金数百镒，白璧有几双。
散尽空掉臂⑥，高歌赋还〔四〕邛⑦。
合从⑧又连横⑨，其意未可封。
落拓乃如此，何〔五〕人不相从。
远别隔两河，云山杳千重〔六〕。
何时更杯酒，再得论心胸。

〔一〕称豪贵：一作豪贵游。　〔二〕游此：一作此中。

〔三〕一作说赵复过秦。　　〔四〕还：一作临。　　〔五〕何：一作谁。　　〔六〕一作云天满愁容。

① 魏郡：魏州，属河北道。天宝元年（742），改名魏郡，在今河北大名县东南。② 淇水：黄河支流，大部位于河南省北部林州市。③ 歌钟：编钟，指代音乐。④ 苏季子：苏秦（？—前284），字季子，洛阳人，战国时期纵横家，主张合纵攻秦。⑤ 六印：苏秦游说齐、楚、燕、韩、赵、魏六国合纵抗秦，任"纵约长"，佩六国相印。⑥ 空掉臂：指空无一钱。⑦ 还邛（huán qióng）：司马相如因家徒四壁，和卓文君返回临邛。此借指功名不成而返家。⑧ 合从：即合纵。战国时苏秦游说六国诸侯实行纵向联合与秦国对抗的政策。⑨ 连横：指战国时张仪游说六国共同事奉秦国之事。

留别西河①刘少府

秋〔一〕发已种种②，所为竟无成。
闲倾鲁壶酒，笑对刘公荣〔二〕③。
谓我是方朔④，人间落岁星。
白衣⑤千万乘，何事去天庭。
君亦不得意，高歌羡鸿冥⑥。
世人若醯鸡⑦，安可识梅生⑧。
虽为刀笔吏⑨，缅怀在赤城。
余亦如流萍，随波乐休明。
自有两少妾，双骑骏马行。
东山春酒绿，归隐谢浮名。

〔一〕秋：一作我。　　〔二〕阮籍与王戎饮酒，不与刘公荣，谓其相知甚深，无所疑忌也。

①西河：西河郡，今山西汾阳。②种种：头发短的样子。③刘公荣：刘昶，字公荣，沛国（今安徽）人，魏晋名士。④方朔：东方朔（前154—前93），字曼倩，平原厌次（今山东省惠民县）人，武帝时为太中大夫、给事中，性格诙谐滑稽，善辞赋。⑤白衣：平民，未得功名之人。⑥鸿冥：指高空。⑦醯（xī）鸡：即蠛蠓（miè měng），虫名。体微细，将雨，群飞塞路。⑧梅生：汉代梅福，官南昌尉，王莽当政后弃家隐居，传说其修炼成仙。⑨刀笔吏：文书小吏。

颍阳别元丹丘之淮阳〔一〕

吾将元夫子，异姓为天伦①。
本无轩裳②契，素以烟霞亲。
尝恨迫世网，铭意③俱未伸。
松柏虽寒苦，羞逐桃李春。
悠悠世朝间，玉颜日缁磷④。
所共重山岳，所得轻埃尘。
精魄渐芜秽，衰老相凭因。
我有锦囊诀，可以持君身。
当餐黄金药，去为紫阳⑤宾。
万事难并立，百年犹崇晨⑥。
别尔东南去，悠悠多悲辛。
前志庶不易，远途期所遵。
已矣归去来，白云飞天津⑦。

〔一〕河南。

①天伦：此指兄弟。②轩裳（cháng）：指官位爵禄。③铭

意：表示归隐之志。④ 缁磷（zī lín）：指容颜衰老、憔悴。⑤ 紫阳：古代神仙常以紫阳为号，故泛指道士。⑥ 崇晨：指早晨，比喻时光短促。⑦ 天津：星名，位于北方七宿中的女宿之北，凡九星。

留别广陵诸公〔一〕

忆昔作少年，结交赵与燕。
金羁络骏马，锦带横龙泉①。
寸心②无疑事，所向非徒然。
晚节觉此疏，猎精草太玄。
空名束壮士，薄俗弃高贤。
中回圣明顾，挥翰凌云烟。
骑虎不敢下，攀龙忽堕天。
还家守清真，孤洁励秋蝉。
炼丹费火石，采药穷山川。
卧海不关人③，租税辽东田。
乘兴忽复起，棹我溪中船。
临醉谢葛强④，山公欲倒鞭。
狂歌自此别，垂钓沧浪前。

〔一〕淮南。　○一作留别邯郸故人。

① 龙泉：宝剑名，泛指剑。② 寸心：指心。古人认为心的大小在方寸之间。③ "卧海"句：据《三国志·魏志·管宁传》载，东汉末年，管宁避乱，行海外，至辽东。不关人，指不关人事。④ 葛强：西晋山简身边的将领，并州（今山西太原）人。

感时留别从兄徐王延年〔一〕、从弟延陵

天籁何参差，噫然大块①吹。
玄元②苞橐籥③，紫气何逶迤〔二〕④。
七叶⑤运皇化，千龄光本枝。
仙风生指树⑥，大雅⑦歌螽斯⑧。
诸王若鸾虬⑨，肃穆列藩维〔三〕。
哲兄锡茅土⑩，圣代含荣滋。
九卿领徐方，七步继陈思⑪。
伊昔全盛日，雄豪动京师。
冠剑朝凤阙，楼船侍龙池。
鼓钟出朱邸，金翠照丹墀。
君王一顾盼，选色献蛾眉。
列戟十八年，未曾辄迁移。
大臣小喑呜⑫，谪窜天南陲。
长沙不足舞，贝锦⑬且成诗。
佐郡浙江西，病闲绝趋驰。
阶轩日苔藓，鸟雀噪檐帷。
时乘平肩舆，出入畏人知。
北宅聊偃憩，欢愉恤芳菱⑭。
羞言梁苑地，烜赫耀旌旗〔四〕。
兄弟八九人，吴秦各分离。
大贤达机兆，岂独虑安危。
小子谢麟阁，雁行忝肩随。
令弟字延陵，凤毛出天姿。
清英神仙骨，芬馥茝⑮兰蕤。
梦得春草句，将非惠连谁。

深心紫河车⑯，与我特相宜。
金膏犹罔象，玉液尚磷缁。
伏枕⑰寄宾馆，宛同清漳湄。
药物多见馈，珍羞亦兼之。
谁道溟渤深，犹言浅恩慈〔五〕。
鸣蝉游子意，促织念归期。
骄阳何火赫，海水铄龙龟。
百川尽凋枯，舟楫阁中逵⑱。
策马摇凉月，通宵出郊岐。
泣别目眷眷，伤心步迟迟。
愿言保明德，王室佇清夷。
掺袂何所道，援毫投此辞〔六〕。

〔一〕延年：一作延平。 〔二〕逶迤：一作融怡。 〔三〕已上叙李氏本老子贵胄，至唐而宗支蕃衍。 〔四〕已上叙徐王事。 〔五〕已上叙延陵与己交契之厚。 〔六〕已上述留别之意，时方枯旱也。

① 噫然大块：指风，语出《庄子·齐物论》"夫大块噫气，其名为风"。② 玄元：道家所称天地万物本源的道。③ 橐籥（tuó yuè）：造化，大自然。④ 逶迤（wēi yí）：蜿蜒曲折的样子。⑤ 七叶：七代，七世，此指唐高祖至唐肃宗七朝。⑥ 指树：传说老子在李树下诞生，指树为姓。⑦ 大雅：《诗经》中的雅诗，多记叙周代历史和赞美周王功绩。⑧ 螽（zhōng）斯：《诗经》篇目。比喻子孙众多。⑨ 鸾虬：凤凰和有角的龙。⑩ 锡茅土：指袭爵。茅土，指王、侯的封爵。⑪ 陈思：曹植（192—232），字子建，曹操第三子，生前为陈王，死后谥"思"，故称"陈思王"，以诗才著。⑫ 喑（yīn）呜：悲咽，此指李林甫奏使徐王被贬。⑬ 贝锦：指诬陷他人的谗言。⑭ 茕嫠（qióng lí）：无兄弟与无丈夫的人，泛指孤苦无依的人。⑮ 茞（chǎi）：香草名。⑯ 紫河车：道家称修炼而成的仙液，色紫，谓服之可长生。⑰ 伏枕：卧病在床。⑱ 中逵：道路交错处。

留别金陵诸公〔一〕

海水昔飞动,三龙①纷战争〔二〕。
钟山危波澜,倾侧骇奔鲸。
黄旗一扫荡,割壤开吴京。
六代②更霸王,遗迹见都城〔三〕。
至今秦淮间,礼乐秀群英。
地扇③邹鲁学,诗腾颜谢④名〔四〕。
五月金陵西,祖⑤余白下亭。
欲寻庐峰顶,先绕汉水行。
香炉紫烟灭,瀑布落太清。
若攀星辰去,挥手缅含情。

〔一〕金陵。 〔二〕谓魏、蜀、吴。 〔三〕一作遗都见空城。 〔四〕已上赋金陵。

① 三龙:指魏、蜀、吴三国。② 六代:南京是六朝都城,东吴、东晋、宋、齐、梁、陈均在此建都。③ 扇:炽盛。④ 颜谢:指南朝宋时文人颜延之、谢灵运。⑤ 祖:出行时祭路神,此指送行。

金陵白下亭留别

驿亭三杨树,正当白下门。
吴烟暝长条,汉水啮古根。
向来送行处,回首阻笑言。
别后若见之,为余一攀翻。

窜夜郎于乌江留别宗十六璟〔一〕①

君家全盛日,台鼎②何陆离。
斩鳌翼娲皇,炼石补天维。
一回日月顾,三入凤凰池。
失势青门傍,种瓜③复几时。
犹会旧宾客,三千光路歧。
皇恩雪愤懑,松柏含荣滋。
我非东床人④,令姊忝齐眉⑤。
浪迹未出世,空名动京师。
适遭云罗解,翻谪〔二〕夜郎悲。
拙妻莫邪剑⑥,及此二龙⑦随。
惭君湍波苦,千里远从之。
白帝晓猿断,黄牛过客迟。
遥瞻明月峡,西去益相思。

〔一〕疑乌江及宗字误。 〔二〕谪:一作遣。

①宗十六璟:宗璟,排行十六,李白妻弟。②台鼎:古称三公为台鼎,如星之有三台、鼎之有三足。③种瓜:秦时广陵人邵平,本为东陵侯,秦灭后,平为布衣,在青门外种瓜,后借指失势。④"我非"句:化用王羲之坦腹东床,为郗大傅快婿之典。东床,指女婿。⑤齐眉:指夫妻相敬如宾。⑥莫邪(yé)剑:古代传说中的宝剑名,因铸造者干将的妻子叫莫邪而得名。⑦二龙:指干将、莫邪两把宝剑。

将游衡岳过汉阳双松亭留别族弟浮屠谈皓

秦欺赵氏璧①,却入邯郸宫。
本是楚家玉,还来荆山中。

符彩②照沧溟，清辉凌白虹。
青蝇③一相点，流落此时同。
卓绝道门秀，谈玄乃支公④。
延萝结幽居，剪竹绕芳丛。
凉花拂户牖，天籁〔一〕鸣虚空。
忆我初来时，蒲萄开景风⑤。
今兹大火⑥落，秋叶黄梧桐。
水色梦沅湘，长沙去何穷。
寄书访衡峤，但与南飞鸿。

〔一〕籁：一作乐。

① 赵氏璧：即和氏璧。② 符彩：同"符采"，指美玉的纹理色彩。③ 青蝇：苍蝇，借指谗佞。④ 支公：支遁，东晋高僧。⑤ 景风：夏至后的南风。⑥ 大火：星宿名。即心宿，七月后而西流。指秋天到来。

留别贾舍人至①二首

大梁②白云起，飘飖来南洲。
徘徊苍梧野③，十见罗浮秋。
鳌挟山海倾，四溟扬洪流。
意欲托孤凤，从之摩天游。
凤苦道路难，翱翔还昆丘。
不肯衔我去，哀鸣惭不周。
远客谢主人，明珠难暗投。
拂拭倚天剑，西登岳阳楼。

长啸万里风,扫清胸中忧。
谁念刘越石④,化为绕指柔⑤。

① 贾舍人至:贾至(718—772),字幼邻。天宝末任中书舍人。② 大梁:今河南开封。③ 苍梧野:相传舜葬于苍梧之野。④ 刘越石:刘琨(270—318),字越石。善文学,通音律。官至并州刺史,后兵败被杀。⑤ "化用"句:用刘琨《重赠卢谌》"何意百炼钢,化为绕指柔"之句。

秋风吹胡霜,凋此檐下芳。
折芳怨岁晚,离别凄以伤。
谬攀青琐①贤,延我于此堂。
君为长沙客②,我独之夜郎。
劝此一杯酒,岂唯道路长。
割珠两分赠,寸心贵不忘。
何必儿女仁③,相看泪成行。

① 青琐:装饰皇宫门窗的青色连环花纹,借指宫廷。② 长沙客:指汉代贾谊曾被贬为长沙王太傅,此借指被贬之人。③ 儿女仁:妇孺的不忍之心,比喻感情脆弱。

闻李太尉①大举秦兵②百万,出征东南,懦夫请缨,冀申一割③之用,半道病还,留别金陵崔侍御十九韵〔一〕

秦出天下兵,蹴踏④燕赵倾。
黄河饮马竭,赤羽⑤连天明。
太尉杖旄钺⑥,云旗绕彭城。

三军受号令，千里肃雷霆。

函谷绝飞鸟，武关⑦拥连营。

意在斩巨鳌，何论鲙⑧长鲸〔二〕。

恨无左车⑨略，多愧鲁连生。

拂剑照严霜，雕戈鬘⑩胡缨。

愿雪会稽耻，将期报恩荣。

半道谢病还，无因〔三〕⑪东南征。

亚夫⑫未见顾，剧孟⑬阻先行。

天夺壮士心，长吁别吴京⑭。

金陵遇太守，倒履欣〔四〕逢迎。

群公咸祖饯⑮，四座罗朝英。

初发临沧观⑯，醉栖征虏亭⑰。

旧国见秋月，长江流寒声。

帝车〔五〕信回转，河汉纵复横。

孤凤向西海，飞鸿辞北溟。

因之出寥廓，挥手谢公卿。

〔一〕复至金陵。　〔二〕脍长鲸：一作鲵与鲸。　〔三〕因：一作由。　〔四〕欣：一作相。　〔五〕车：一作居。

① 李太尉：李光弼（708—764），营州柳城（今辽宁朝阳）人，唐代著名将领，平定安史之乱的重要统帅。② 秦兵：指大唐军队。③ 一割：本指切割一次，用以表示行使一次或负责一次，一展其才。④ 蹴（cù）踏：践踏、踩蹋。⑤ 赤羽：指赤色的旗帜。⑥ 旄钺（máo yuè）：旄，古代在旗杆上用牦牛尾作装饰的旗帜。钺，古代兵器，青铜或铁制成，形状如板斧而较大。此处借指军权。⑦ 武关：古代晋楚、秦楚国界出入检查处，位于今陕西商洛。⑧ 鲙（kuài）：细切肉。⑨ 左车：李左车，战国时期赵国大将李牧之孙，有谋略。秦末，被封为赵国广武君。韩信率大军攻赵，左车献破敌之计于赵国统帅成安君，不被采纳。后韩信破赵，斩成安君，令毋杀李左车，师事之。⑩ 鬘（mán）：形容头发秀美。⑪ 因：机会。⑫ 亚夫：西

汉大将周亚夫。⑬剧孟：西汉洛阳人，以侠著称，后归附周亚夫。⑭吴京：吴国的京都，即金陵。⑮祖饯：饯行。⑯临沧观：又名劳劳亭，位于南京西南。⑰征虏亭：亭名，位于今江苏江宁东。

别韦少府〔一〕

西出苍龙门①，南登白鹿原②。
欲寻南〔二〕山皓③，犹恋汉皇恩。
水国④远行迈，仙经⑤深讨论。
洗心句溪月，清耳敬亭猿。
筑室在人境，闭关无世喧⑥。
多君枉高驾，赠我以微言。
交乃意气合，道因风雅存。
别离有相思，瑶瑟与金樽。

〔一〕宣州。　〔二〕南：一作商。　○已上留别。

① 苍龙门：指长安宫阙。② 白鹿原：位于今陕西西安境内的黄土台原。③ 南山皓：商山四皓，秦汉战乱隐居的四位高人。④ 水国：多河流、湖泊的地区。⑤ 仙经：指道教经典。⑥"筑室"二句：化用陶渊明《饮酒》"结庐在人境，而无车马喧"之句。

赠别王山人归布山〔一〕

王子析道论，微言破秋毫。
还归布山隐，兴入天云高。

尔去安可迟，瑶草恐衰歇。
我心亦怀归，屡梦松上月。
傲然遂独往，长啸开岩扉。
林壑久已芜，石道生蔷薇。
愿言弄笙鹤，岁晚来相依。

〔一〕以下送别。

送王屋山人魏万还王屋①

王屋山人魏万，云自嵩、宋②沿吴相送，数千里不遇，乘兴游台、越③，经永嘉④，观谢公石门，后于广陵相见。美其爱文好古，浪迹方外，因述其行而赠是诗〔一〕。

仙人东方生⑤，浩荡弄云海。
沛然⑥乘天游，独往失所在〔二〕。
魏侯继大名⑦，本家聊摄城⑧。
卷舒入元化〔三〕⑨，迹与古贤并。
十三弄文史，挥笔如振绮。
辩折田巴生⑩，心齐鲁连子。
西涉清洛源，颇惊人世喧。
采秀卧王屋，因窥洞天门〔四〕。
揭来游嵩峰，羽客何双双。
朝携月光子，暮宿玉女窗⑪。
鬼谷⑫上窈窕，龙潭下奔潈〔五〕⑬。
东浮汴河水，访我三千里〔六〕。
逸兴满吴云，飘飘浙江汜〔七〕⑭。

挥手杭越间,樟亭⑮望潮还。

涛卷海门石,雪横天际山。

白马走素车,雷奔骇心颜〔八〕。

遥闻会稽美,一弄〔九〕耶溪⑯水。

万壑与千岩,峥嵘镜湖里。

秀色不可名,清辉满江城。

人游月边去,舟在空中行。

此中久延伫,入剡寻王许〔十〕⑰。

笑读曹娥碑⑱,沉吟黄绢语〔十一〕⑲。

天台连四明,日入向国清〔十二〕。

五峰转月色,百里行松声。

灵溪⑳恣沿越,华顶㉑殊超忽。

石梁横青天,侧足履半月〔十三〕。

眷〔十四〕然思永嘉,不惮海路赊㉒。

挂席历海峤,回瞻赤城㉓霞。

赤城渐微没,孤屿前峣兀。

水续万古流,亭空千霜月〔十五〕。

缙云㉔川谷难,石门最可观。

瀑布挂北斗,莫穷此水端。

喷壁洒素雪,空濛生昼寒。

却寻恶溪去,宁惧恶溪恶。

咆哮七十滩,水石相喷薄。

路创李北海〔十六〕㉕,岩开谢康乐〔十七〕㉖。

松风和猿声,搜索连洞壑〔十八〕。

径出〔十九〕梅花桥㉗,双溪㉘纳归潮。

落帆金华岸,赤松若可招。

沈约㉙八咏楼,城西孤岧峣。

岩峣四荒外,旷野群川会。

云卷天地开,波连浙西大[二十]。

乱流新安口,北指严光濑㉚。

钓台碧云中,邈与苍梧对[二十一]。

稍稍来吴都,徘徊上姑苏。

烟绵横九疑㉛,浟荡[二十二]㉜见五湖。

目极心更远,悲歌但长吁[二十三]。

回桡㉝楚江滨[二十四],挥策扬子津㉞。

身着日本裘[二十五]㉟,昂藏㊱出风尘。

五月造我语,知非伧儜㊲人[二十六]。

相逢乐无限,水石日在眼。

徒干五诸侯,不致百金产。

吾友扬子云,弦歌播清芬。

虽为江宁宰,好与山公群。

乘兴但一行,且知我爱君。

君来几何时,仙台应有期。

东窗绿玉树,定长三五枝。

至[二十七]今天坛人,当笑尔归迟。

我苦惜远别,茫然使心悲。

黄河若不断,白首长相思。

〔一〕一作见王屋山魏万云:自嵩历衮,游梁入吴,计程三千里,相访不遇,因下江东,寻诸名山,往复百越,后于广陵一面,遂乘兴共过金陵。美此公爱奇好古,独往物表,因述其行李,遂有此赠。　〔二〕一作东方不辞家,独访紫泥海。时人少相逢,往往失所在。　〔三〕入元化:一作杂仙隐。　〔四〕已上叙魏万邈然独往,高卧王屋。　〔五〕游嵩山。　〔六〕游汴宋。　〔七〕游吴下。　〔八〕游浙观潮。　〔九〕一弄:一作且度。　〔十〕王许:谓王羲之、许迈也。　〔十一〕游会稽。

〔十二〕僧惠虚居天台国清寺，与同侣游山，独过石桥，得见仙迹。
〔十三〕游天台。　〔十四〕眷：一作忽。　〔十五〕游永嘉。
〔十六〕李公邕昔为括州，开此岭路。　〔十七〕恶溪有康乐题诗处。一作岭路始北海，岩诗题康乐。　〔十八〕游石门观瀑布。
〔十九〕径出：一作岸接。　〔二十〕游金华。　〔二十一〕游严州。　〔二十二〕潆洄：一作荡潆。　〔二十三〕还过苏州。
〔二十四〕大江自三峡以下直至濡须口，皆楚境也，故称曰楚江。
〔二十五〕裘则朝卿所赠日本布为之。　〔二十六〕张揖注相如《大人赋》曰：佁儗，不前也。　〔二十七〕至：一作如。

① 王屋：王屋山，道教圣地之一，位于今河南济源。② 嵩、宋：地名，分别指嵩山、河南商丘。③ 台、越：地名，分别指浙江台州、越州。④ 永嘉：今浙江温州。⑤ 东方生：即西汉文臣东方朔。⑥ 沛然：充盛、盛大的样子。⑦ "魏侯"句：指春秋时晋国的毕万，曾被赐为魏大夫。此指魏万继承了毕万的大名，视其能取得辉煌的成就。⑧ 聊摄城：聊城在今山东聊城西北，摄城在今山东博平西面。⑨ 元化：造化，天地。⑩ 田巴生：田巴，战国齐国辩士，相传其辩于徂丘，议于稷下，一日服十人。后泛指口才敏捷之人。⑪ 玉女窗：嵩山古迹之一，相传汉武帝于此窗中见到玉女。⑫ 鬼谷：在今河南登封北，相传战国时期鬼谷子曾隐居于此。⑬ 漎（cóng）：急流。⑭ 汜（sì）：水边。⑮ 樟亭：古地名，位于今浙江杭州，为观潮胜地。⑯ 耶溪：若耶溪，传说为西施浣纱处。⑰ 王许：指晋王羲之与许迈，二人均不慕仕进，向往归隐生活。⑱ 曹娥碑：东汉年间，人们为纪念曹娥的孝行为其立碑。⑲ 黄绢语：蔡邕为曹娥碑题"黄绢幼妇 外孙齑臼"，意为"绝妙好辞"。⑳ 灵溪：水名，在今浙江天台西北。㉑ 华顶：天台山最高峰。㉒ 赊：遥远。㉓ 赤城：山名，在今浙江天台北。㉔ 缙云：山名，位于浙江缙云境内。㉕ 李北海：李邕（678—747），字泰和，广陵江都（今江苏扬州）人，善行书，曾任北海太守。㉖ 谢康乐：南朝诗人谢灵运，袭康乐公爵位，故称。㉗ 梅花桥：位于今浙江金华梅花溪。㉘ 双溪：水名，在浙江。㉙ 沈约（441—513）：字休文，吴兴武康（今浙江德清）人，南朝梁文学家，与谢朓等人开创诗歌的"永明体"。㉚ 严光濑（lài）：又名七里濑，在浙江桐庐南。北岸为富春山，相传为东汉严光耕作垂钓处。㉛ 九疑：九疑山。

在湖南宁远境内。㉜ 渀（bēn）荡：奔腾激荡。㉝ 桡（ráo）：桨。
㉞ 扬子津：扬子渡，古津渡名。位于今江苏扬州邗江区南长江边。
㉟ 日本裘：李白自注，晁衡（原名阿倍仲麻吕）赠其日本布所制
裘衣。㊱ 昂藏（cáng）：形容人仪表雄伟。㊲ 怡偩（chì yì）：停滞
不前的样子。

送当涂赵少府赴长芦①

我来杨都市②，送客回轻舠③。
因夸吴太子，便睹广陵涛。
仙尉赵家玉，英风凌四豪。
维舟至长芦，目送烟云高。
摇扇对酒楼，持袂把蟹螯。
前途倘相思，登岳一长谣。

① 长芦：地名，今属江苏南京。② 杨都市：即扬州。③ 舠
（dāo）：小船。

送友人游梅湖

送君游梅湖，应见梅花发。
有使寄我来，无令红芳歇。
暂行新林浦，定醉金陵月。
莫惜一雁书，音尘坐胡越。

送崔十二游天竺寺①

还闻天竺寺,梦想怀东越②。
每年海树霜,桂子落秋月。
送君游此地,已属流芳③歇。
待我来岁行,相随浮溟渤。

① 天竺寺:寺名,在今浙江杭州。② 东越:指闽东、浙东一带。③ 流芳:指春色。

送杨山人归天台

客有思天台,东行路超忽①。
涛落浙江秋,沙明浦阳月。
今游方厌楚,昨梦先归越。
且尽秉烛欢,无辞凌晨发。
我家小阮②贤,剖竹赤城边。
诗人多见重,官烛③未曾然。
兴引登山屐④,情催泛海船。
石桥如可度,携手弄云烟。

① 超忽:遥远。② 小阮:阮籍之侄阮咸,后用以指侄子。③ 官烛:公方供官吏办公用的蜡烛。④ 登山屐:南朝宋诗人谢灵运游山时常穿的一种有齿的木屐。

送温处士归黄山白鹅峰旧居

黄山四千仞，三十二莲峰。
丹崖夹石柱，菡萏①金芙蓉。
伊昔②升绝顶，下窥天目③松。
仙人炼玉④处，羽化留余踪。
亦闻温白雪〔一〕⑤，独往今相逢。
采秀辞五岳，攀岩历万重。
归休白鹅岭，渴饮丹沙井。
凤吹我时来，云车尔当整。
去去陵阳⑥东，行行芳桂丛。
回溪十六度，碧嶂尽晴空。
他日还相访，乘桥蹑⑦彩虹。

〔一〕雪：一作云。　○首八句自叙曾游黄山。"亦闻"六句，叙温归白鹤峰。"凤吹"八句，送温去而又约相访也。

① 菡萏（hàn dàn）：荷花。② 伊昔：从前。③ 天目：天目山，位于浙江杭州西北。④ 炼玉：指炼丹。⑤ 温白雪：春秋时高士，此借以美誉温处士是有道之人。⑥ 陵阳：陵阳山，今安徽宣城境内，相传为陵阳子得道成仙之地。⑦ 蹑（niè）：踩。

送方士赵叟之东平①

长桑晚洞视，五藏无全牛。
赵叟得秘诀，还从方士游。
西过获麟台②，为我吊孔丘。
念别复怀古，潸然空泪流。

○首句用扁鹊遇长桑君事。

① 东平：东平郡，治所在今山东郓城。② 获麟台：春秋时期，鲁哀公西行狩猎时获麒麟，后人在获麟处筑土台以示纪念，位于今山东巨野东南。

送韩准、裴政〔一〕、孔巢父①还山〔二〕

猎客张兔罝②，不能挂龙虎。
所以青云人，高歌〔三〕在岩户。
韩生③信英〔四〕彦，裴子④含清真。
孔侯⑤复秀出，俱与云霞亲。
峻节凌远松，同衾卧盘石。
斧冰漱寒泉，三子同〔五〕二屐。
时时或乘兴，往往〔六〕云无心。
出山揖牧伯，长啸轻衣簪。
昨宵梦里还，云弄竹溪月。
今晨鲁东门，帐饮与君别。
雪崖滑去马，萝迳迷归人。
相思若烟草，历乱无冬春。

〔一〕政：一作正。　〔二〕鲁中。　〔三〕歌：一作卧。
〔四〕英：一作豪。　〔五〕同：一作传。　〔六〕往往：一作去去。

① 韩准、裴政、孔巢父：李白友人，与李白、张叔明、陶沔同隐徂徕山，时号"竹溪六逸"。② 兔罝（jū）：捕兔的网。③ 韩生：指韩准。④ 裴子：指裴政。⑤ 孔侯：孔巢父，字弱翁，冀州人。唐德宗时任给事中、御史大夫等职，招抚李怀光时遇害。

送杨少府赴选

大国置衡镜①,准平天地心。
群贤无邪人,朗鉴②穷清深。
吾君咏南风③,衮冕④弹鸣琴。
时泰多美士,京国会缨簪⑤。
山苗落涧底,幽松出高岑。
夫子有盛才,主司得球琳⑥。
流水非郑曲⑦,前行遇知音。
衣工剪绮绣,一误伤千金。
何惜刀尺余,不裁寒女衾。
我非弹冠者,感别但开襟。
空谷无白驹,贤人岂悲吟。
大道安弃物,时来或招寻。
尔见山吏部⑧,当应无陆沉⑨。

○首十句言吏部选政之平。"山苗"二句,用左思"郁郁涧底松,离离山上苗"之诗,而反其意。"夫子"四句,送其赴选之正文也。"衣工"句以下,太白亦有用世之志,冀时有山公者甄拔及之耳。

① 衡镜:衡器和镜子。衡可以称轻重,镜可以照美丑,此比喻辨别是非善恶的标准。② 朗鉴:指明镜。③ 南风:古代乐曲名,相传为虞舜所作。④ 衮冕(gǔn miǎn):即衮衣和冕,是古代皇帝及上公的礼服和礼冠。⑤ 缨簪(yīng zān):古代达官贵人的冠饰,借指高官显宦。⑥ 球琳:球、琳皆美玉名,泛指美玉,亦比喻贤才。⑦ 郑曲:春秋时期郑国的乐曲,与雅正之音不同。⑧ 山吏部:晋时山涛为吏部尚书,善于甄选人才。⑨ 陆沉:比喻埋没人才。

鲁郡尧祠送吴五之琅琊[①]

尧没三千岁,青松古庙存。
送行奠桂酒,拜舞[②]清心魂。
日色促归人,连歌倒芳樽[③]。
马嘶俱醉起,分手更何言。

① 琅琊(láng yá):古地名,在今山东东南部。② 拜舞:古代朝拜的礼节,下跪叩首之后舞蹈而退。③ 芳樽:精致的酒器,借指美酒。

金乡送韦八之西京

客自长安来,还归长安去。
狂〔一〕风吹我心,西挂咸阳树。
此情不可道〔二〕,此别何时遇。
望望不见君,连山起烟雾。

〔一〕狂:一作秋。　〔二〕道:一作论。

送薛九被谗去鲁

宋人不辨玉,鲁贱东家丘。
我笑薛夫子〔一〕,胡为两地游。
黄金消众口,白璧竟难投。

梧桐生蒺藜①,绿竹乏佳实。

凤皇宿谁家,遂与群鸡匹。

田〔二〕家养老马,穷士归其门。

蛾眉笑躄者,宾客去平原②。

却斩美人首,三千还骏奔。

毛公一挺剑,楚赵两相存③。

孟尝④习〔三〕狡兔,三窟赖冯谖⑤。

信陵夺兵符,为用侯生言〔四〕。

春申⑥一何愚,刎首为李园⑦。

贤哉四公子,抚掌黄泉里。

借问笑何人,笑人不好士。

尔去且勿喧〔五〕,桃花竟何言。

沙丘无漂母,谁肯饭王孙。

〔一〕一作而我笑夫子。 〔二〕田:一作方。 〔三〕习:一作悦。 〔四〕一作朱生击晋鄙,为感信陵恩。 〔五〕喧:一作论。

① 蒺藜(jí lí):植物名,小叶长椭圆形,开黄色小花,果皮有尖刺。② "蛾眉""宾客"二句:指赵国的平原君的爱妾曾嘲笑隔壁的跛脚者,跛脚者要求平原君杀掉美人,平原君不愿杀之,门下宾客因其爱色贱士而离开了一大半。躄(bì),跛脚。③ "毛公""楚赵"二句:战国时期,秦围赵国邯郸,平原君与门客毛遂同往楚求救。楚王迟迟不决断,毛遂按剑上前,侃侃言之,说服楚王救赵。毛公,指毛遂。④ 孟尝:战国时期齐国的孟尝君田文,善于养士,战国四公子之一。⑤ 冯谖(xuān):孟尝君门客,曾为孟尝君收买薛地民心、令其得齐王重用、立宗庙于薛,称为狡兔三窟。⑥ 春申:战国时期楚国的春申君黄歇,礼贤下士,招养门客,战国四公子之一。⑦ 李园:战国时楚国权臣,养死士,刺杀春申君。

送族弟凝至晏堌①单父②三十里〔一〕

雪满原野白,戎装出盘游。
挥鞭布猎骑,四顾登高丘。
兔起马足间,苍鹰下平畴。
喧呼相驰逐,取乐销人忧。
舍此戒禽荒③,徵声④列齐讴⑤。
鸣鸡发晏堌,别雁惊涞沟。
西行有东音,寄与长河流。

〔一〕金乡、单县等处,村庄多名堌者,如今日定陶之冉堌,巨野之龙堌,皆巨镇也。其字亦作固。《通鉴》有薄旬固。涞水,在单县西南。

① 晏堌:地名,在今山东单县境内。② 单父:单父城,在今山东单县境内。③ 禽荒:沉迷于田猎。④ 徵(zhǐ)声:古代五音之一。⑤ 齐讴(ōu):齐地的歌曲。

鲁城①北郭曲腰桑下送张子还嵩阳

送别枯桑下,凋叶落半空。
我行懵②道远,尔独知天风。
谁念张仲蔚③,还依蒿与蓬。
何时一杯酒,更与李膺④同。

① 鲁城:曲阜的别称。② 懵(měng):懵懂无知的样子。③ 张仲蔚:据《高士传》载,张仲蔚,平陵人,隐身不仕。④ 李

膺(yīng)(110—169)：字元礼，颍川襄城（今河南襄城）人，东汉名士。

送鲁郡刘长史迁宏农①长史

鲁国一杯水，难容横海鳞②。
仲尼且不敬，况乃寻常人。
白玉换斗粟，黄金买尺薪③。
闲门木叶下，始觉秋非春。
闻君向西迁，地即鼎湖④邻。
宝镜匣苍藓，丹经⑤埋素尘。
轩后⑥上天时，攀龙遗〔一〕小臣⑦。
及此留惠爱，庶几风化淳。
鲁缟如白烟，五缣不成束。
临行赠贫交，一尺重山岳。
相国齐晏子，赠行不及言。
托阴当树李，忘忧当树萱⑧。
他日见张禄，绨袍怀旧恩。

〔一〕遗：一作唯。

① 弘农：弘农郡，唐时分为陕州、虢州，后废郡名，虢州治弘农县（今河南灵宝）。② 横海鳞：大鱼。③ 尺薪：长一尺的柴火，言其量极少。④ 鼎湖：古代传说黄帝在鼎湖乘龙升天，借指帝王。⑤ 丹经：讲述炼丹术的书。⑥ 轩后：黄帝轩辕氏。⑦ "攀龙"句：相传黄帝采首山铜铸鼎，鼎成，有龙垂胡须下迎黄帝。黄帝上骑，群臣后宫从。上龙者七千余人，龙乃去，余小臣不得上。典出《史记·孝武帝本纪》。⑧ 萱：萱草，又名忘忧草。

送族弟单父主簿凝摄宋城主簿,至郭南月桥,却回栖霞山留饮赠之

吾家青萍剑[1],操割[2]有余闲。
往来纠二邑,此去何时还。
鞍马月桥南,光辉歧路间。
贤豪相追饯,却到栖霞山。
群花散芳园,斗酒开离颜。
乐酣相顾起,征马无由攀。

[1] 青萍剑:古宝剑,此指李凝。[2] 操割:执刀而割,比喻出仕处理政事。

鲁郡尧祠送张十四游河北

猛虎伏尺草,虽藏难蔽身。
有如张公子,肮脏[1]在风尘。
岂无横腰剑,屈彼淮阴人[2]。
击筑向北燕,燕歌易水滨[3]。
归来太山上,当与尔为邻。

[1] 肮脏(kǎng zǎng):形容高亢刚直。[2] 淮阴人:指韩信。韩信被封淮阴侯,功成前曾受胯下之辱。[3] "击筑""燕歌"二句:《史记·刺客列传》载,荆轲入燕国,燕高渐离击筑,荆轲和而歌。

送张遥之寿阳①幕府

寿阳信天险,天险横荆关②。
苻坚③百万众,遥阻八公山④。
不假筑长城,大贤在其间。
战夫若熊虎,破敌有余闲。
张子勇且英,少轻卫霍⑤孱。
投躯紫髯将⑥,千里望风颜。
勖尔效才略,功成衣锦还。

① 寿阳:又名寿春,今安徽寿县。② 荆关:荆门山,泛指险要之地。③ 苻(fú)坚:前秦第三位君主。征讨东晋时,与谢安指挥的军队对战淝水,兵败。④ 八公山:今安徽淮南西。淝水之战中,苻坚等人望见八公山上草木,以为晋兵,遂有惧色。⑤ 卫霍:指汉代大将卫青和霍去病。⑥ 紫髯将:指孙权。据《三国志》载,张辽问吴国降士紫髯将军是谁,答曰孙会稽,即孙权。此借指有勇略的将领。

送裴十八图南①归嵩山二首

何处可为别,长安青绮门②。
胡姬招素手,延〔一〕客醉金樽。
临当上马时,我独〔二〕与君言。
风吹〔三〕芳兰折,日没鸟雀喧。
举手指飞鸿,此情难具论。
同归无早晚,颍水③有清源。

〔一〕延:一作留。　〔二〕独:一作因。　〔三〕吹:一作惊。　　○ "风吹"句谓贤人遭谗毁。"日没"句谓小人鸣得意。

① 裴十八图南：裴图南，行次十八。② 青绮门：即青门。长安古城门名，常作送别之处。③ 颍水：颍河，发源于河南，流入安徽。

君思颍水绿，忽复归嵩岑。
归时莫洗耳①，为我洗其心。
洗心得真情，洗耳徒买名②。
谢公终一起，相与济苍生。

① 洗耳：相传尧欲让位于许由，许由不受，逃至箕山。尧召为九州长，许由不欲闻之，洗耳颍水滨。② 买名：骗取虚名。

送于十八应四子举①落第还嵩山

吾祖〔一〕吹橐籥②，天人信森罗。
归根复太素，群动熙元和。
炎炎四真人③，摛④辩若涛波。
交流无时寂，杨墨⑤日成科。
夫子闻洛诵⑥，夸才才故多。
为金好踊跃，久客方蹉跎。
道可东卖之，五宝溢山河。
劝君还嵩丘，开酌眄庭柯⑦。
三花如未落，乘兴一来过。

〔一〕吾祖：谓老聃。

① 四子举：唐代帝王崇尚道学，设立崇玄馆和道学校。道举

考试测试《老子》《文子》《列子》《庄子》，即"四子"，合格者称道学举士。②橐籥（tuó yuè）：亦作"橐龠"，指古代冶炼时用以鼓风吹火的装置，犹今之风箱。③四真人：天宝元年（742），庄子号南华真人，文子号通元真人，列子号冲虚真人，庚桑子号洞虚真人。④摛（chī）：铺陈。⑤杨墨：战国时期杨子和墨子，二者善于宏辩。⑥洛诵：反复诵读。⑦"开酌"句：化用陶渊明《归去来兮辞》"引壶觞以自酌，眄庭柯以怡颜"之句。

送梁公昌从信安王①北征

入幕②推英选，捐书③事远戎。
高谈百战术，郁④作万夫雄。
起舞莲华剑，行歌明月宫。
将飞天地阵，兵出塞垣⑤通。
祖席留丹景，征麾⑥拂彩虹。
旋应献凯入，麟阁伫深功。

① 信安王：信安郡王李祎，唐宗室，吴王恪之孙，其父为张掖郡王李琨，有武略，战功卓著。② 入幕：文人成为官员或将领的幕僚。③ 捐书：废书不读。④ 郁：文采名盛。⑤ 塞垣：指边关城墙、北方边境。⑥ 征麾（huī）：古代官吏远行所持的旗帜。

送张秀才从军

六驳①食猛虎，耻从驽马群。
一朝长鸣去，矫若龙行云。

壮士怀远略，志存解世纷。
周粟犹不顾②，齐珪安肯分。
抱剑辞高堂，将投霍冠军③。
长策扫河洛，宁亲归汝坟。
当令千古后，麟阁著奇勋。

① 六驳：兽名。② "周粟"句：《史记·伯夷列传》载，商末伯夷、叔齐二人不做周民，饿死首阳山。③ 霍冠军：霍去病（前140—前117），河东平阳（今山西临汾）人，西汉大将，官至骠骑将军，封冠军侯。

送崔度还吴，度，故人礼部员外国辅之子〔一〕

幽燕①沙雪地，万里尽黄云。
朝吹归秋雁，南飞日几群。
中有孤凤雏，哀鸣九天闻。
我乃重此鸟，彩章五色分。
胡为杂凡禽，鸡鹜②轻贱君。
举手捧尔足，疾心若火焚。
拂羽泪满面，送之吴江濆③。
去影忽不见，踟蹰日将曛。

〔一〕幽燕。

① 幽燕：今河北北部及辽宁一带。② 鸡鹜：鸡和鸭，喻指小人或平庸的人。③ 江濆（fén）：江岸，亦指沿江一带。

送侯十一〔一〕

朱亥已击晋,侯嬴尚隐身。
时无魏公子,岂贵抱关人①。
余亦不火食②,游梁同在陈。
空余湛卢剑③,赠尔托交亲④。

〔一〕梁宋。

① 抱关人:把守城门的人,指侯嬴。② 火食:谓吃熟食。③ 湛卢剑:古代宝剑,传为春秋时欧冶子所铸。④ 交亲:亲戚朋友。

鲁中送二从弟赴举之西京〔一〕

鲁客向西笑,君门若梦中。
霜凋逐臣发,日忆明光宫①。
复羡二龙②去,才华冠世雄。
平衢③骋高足,逸翰凌长风。
舞袖拂秋月,歌筵闻早鸿。
送君日千里,良会何由同。

〔一〕再至鲁中。　○一作送族弟锽。

① 明光宫:汉代宫殿名。② 二龙:指二位从弟。③ 平衢(qú):平坦的四通八达的大路。

送纪秀才游越

海水不满眼，观涛难称心。
即知蓬莱石，却是巨鳌簪。
送尔游华顶，令余发皓吟。
仙人居射的①，道士住山阴。
禹穴②寻溪入，云门隔岭深。
绿萝秋月夜，相忆在鸣琴。

① 射的（dì）：山名，即今安徽南陵西北的笔架山。② 禹穴：相传为夏禹的葬地，在今浙江绍兴会稽山。

送杨燕之东鲁

关西杨伯起①，汉日旧称贤。
四代三公族，清风播人天。
夫子华阴居，开门对玉莲②。
何事历衡霍③，云帆今始还。
君坐稍解颜，为我〔一〕歌此篇。
我固侯门士，谬登圣主筵。
一辞金华殿，蹭蹬长江边。
二子④鲁门东，别来已经年。
因君此中去，不觉泪如泉。

〔一〕我：一作君。

① 杨伯起：西汉杨震，字伯起，弘农华阴（今陕西华阴市）

人,博学群经,为当时大儒。② 玉莲:指华山的玉女峰、莲花峰。
③ 衡霍:即衡山。衡山一名霍山,故称。④ 二子:指李白的儿子伯禽、女儿平阳。

送蔡山人

我本不弃世,世人自弃我。
一乘无倪舟,八极纵远柁。
燕客期跃马,唐生安敢讥。
采珠勿惊龙,大道可暗归。
故山有松月,迟尔玩清晖。

送殷淑三首

海水不可解,连江夜为潮。
俄然浦屿阔,岸去酒船遥。
惜别耐取醉,鸣桹且长谣。
天明尔当去,应有便风飘。

白鹭洲前月,天明送客回。
青龙山后日,早出海云来。
流水无情去,征帆逐吹开。
相看不忍别,更进手中杯。

痛饮龙筇下，灯青月复寒。
醉歌惊白鹭，半夜起沙滩。

送岑征君归鸣皋山①

岑公相门子，雅望归安石②。
奕世③皆夔龙，中台竟〔一〕三折。
至人达机兆，高揖九州伯。
奈何天地间，而作隐沦客。
贵道皆〔二〕全真，潜辉卧幽邻〔三〕。
探元入窅默④，观化游无垠。
光武有天下，严陵为故人⑤。
虽登洛阳殿，不屈巢由身。
余亦谢明主，今称偃蹇臣。
登高览万古，思与广成邻。
蹈海宁受赏⑥，还山非问津。
西来〔四〕一摇扇，共拂元规⑦尘。

〔一〕竟：一作有。　〔二〕皆：一作能。　〔三〕邻：一作鳞。　〔四〕西来：一作终期。

① 鸣皋山：在今河南嵩县东北。② 安石：东晋谢安，字安石。③ 奕世：累世，代代。④ 窅（yǎo）默：深奥精微。⑤ "光武""严陵"二句：《后汉书·逸民列传》载，东汉光武帝与严子陵少友善，严子陵不就征聘，隐于富春山。⑥ "蹈海"句：指鲁仲连不受赵平原君千金赏赐。⑦ 元规：指庾亮，东晋王导恶庾亮权重，称"元规尘污人"。

送范山人归太山

鲁客抱白鸡〔一〕，别余往太山。
初行若片雪〔二〕，杳在青崖间。
高高至天门①，海日〔三〕近可攀。
云生望不及，此去何时还。

〔一〕鸡：一作鹤。　　〔二〕雪：一作云。　　〔三〕海日：一作日观。

① 天门：指泰山的南天门。

送张秀才谒高中丞〔一〕

余时系寻阳狱中，正读留侯传①。秀才张孟熊蕴灭胡之策，将之广陵谒②高中丞③。余喜子房④之风，感激于斯人，因作是诗以送之。

秦帝沦玉镜〔二〕⑤，留侯降氛氲。
感激黄石老，经过沧海君。
壮士挥金槌，报仇六合闻。
智勇冠终古，萧陈⑥难与群。
两龙⑦争斗时，天地动风云。
酒酣〔三〕舞长剑，仓卒解汉纷。
宇宙初倒悬，鸿沟势将分。
英谋信奇绝，夫子扬清芬〔四〕。
胡月入紫微，三光乱天文。
高公镇淮海，谈笑廓⑧妖氛。

采尔幕中画，戡⁹难光殊勋。

我无燕霜感，玉石俱烧焚。

但洒一行泪，临歧竟何云。

〔一〕并序。寻阳。　〔二〕一作六雄灭金虎。　〔三〕酒酣：一作纵横。　〔四〕一作夫子称卓绝，超然继清芬。

① 留侯传：《史记·留侯世家》，记西汉开国大臣张良事。② 谒（yè）：拜见。③ 高中丞：高适（704—765），字达夫，渤海（今河北景县）人，唐代诗人、将领。④ 子房：张良，字子房。⑤ 玉镜：比喻清明之道。⑥ 萧陈：指西汉开国大臣萧何与陈平。⑦ 两龙：指秦末起义的项羽和刘邦。⑧ 廓（kuò）：清除。⑨ 戡（kān）：用武力平定叛乱。

寻阳送弟昌岠鄱阳司马作

桑落洲①渚连，沧江无云烟。

寻阳非剡水，忽见子猷船。

了见②欲相近，来迟杳若仙。

人乘海上月，帆落湖中天。

一睹无二诺，朝欢更胜昨。

尔则吾惠连，吾非尔康乐。

朱绂③白银章，上官佐鄱阳④。

松门拂中道，石镜回清光。

摇扇及干越，水亭风气凉。

与尔期此亭，期在秋月满。

时过或未来，两乡心已断。

吴山对楚岸，彭蠡当中州。

相思定如此，有穷尽年愁。

①桑落洲：地名，今江西九江附近。②了见：望见。③朱绂（fú）：古代礼服上的红色蔽膝，后多借指官服。④佐鄱阳：担任鄱阳司马。

饯校书叔云

少年费白日，歌笑矜朱颜。
不知忽已老，喜见春风还。
惜别且为欢，徘徊桃李间。
看花饮美酒，听鸟临晴山。
向晚竹林寂，无人空闭关。

洞庭醉后送绛州①吕使君杲流澧州〔一〕②

昔别若梦中，天涯忽相逢。
洞庭破秋月，纵酒开愁容。
赠剑刻玉字，延平两蛟龙。
送君不尽意，书及雁回峰③。

〔一〕江夏。

①绛州：今山西新绛。②澧（lǐ）州：今湖南澧县。③雁回峰：回雁峰，相传北雁南飞，至衡阳回雁峰而北归。

送赵判官赴黔府中丞叔幕

廓落青云心,结交黄金尽。
富贵翻相忘,令人忽自哂。
蹭蹬鬓毛班①,盛时难再还。
巨源咄石生,何事马蹄间〔一〕。
绿萝长不厌,却欲还东山。
君为鲁曾子②,拜揖高堂里。
叔继赵平原,偏承明主恩。
风霜推〔二〕独坐,旌节③镇雄藩。
虎士秉金钺,蛾眉开玉樽。
才高幕下去,义重林中言。
水宿五溪月,霜啼三峡猿。
东风春草绿,江上候归轩。

〔一〕山涛字巨源,解河阳从事,与石鉴共宿,夜起蹴鉴共语。鉴答云云,涛曰:"咄石生!无事马蹄间邪!"投传而去。未二年,果有曹爽之事。 〔二〕推:一作催。

① 班:同"斑"。② 鲁曾子:即曾参,亦称"曾子",孔子贤弟子。③ 旌节:古代使者所持的节,以为凭信。借指军权。

送郗昂①谪巴中②

瑶草寒不死,移植沧江滨。
东风洒雨露,会入天地〔一〕春。
予若洞庭叶,随波送逐臣。

思归未可得,书此谢情人。

〔一〕地:一作池。

① 郗(xī)昂:字高卿,举进士,官至太子詹事,李白友人。
② 巴中:古巴州,今四川巴中。

送二季^①之江东

初发强中^②作,题诗与惠连〔一〕。
多惭一日长,不及二龙贤。
西塞当中路,南风欲进船。
云峰出远海,帆影挂清川。
禹穴藏书地,匡山^③种杏田。
此行俱有适,迟尔早归旋。

〔一〕谢灵运有《登临海峤初发强中作与从弟惠连见羊何共和之》诗。

① 二季:二位兄弟。② 强中:地名,在今浙江嵊县。③ 匡山:即庐山。

江西送友人之罗浮〔一〕

桂水分五岭,衡山朝九疑。
乡关眇^①安西,流浪将何之。
素色愁明湖,秋渚晦寒姿。

畴昔紫芳意〔二〕，已过黄发期。
君王纵疏散，云壑借巢夷〔三〕②。
尔去之罗浮，我还憩峨眉。
中阔道万里，霞月遥相思。
如寻楚狂子③，琼树有芳枝。

〔一〕南昌。　　〔二〕李善注江淹诗曰：紫芳，紫芝也。〔三〕二句太白自谓供奉翰林不合，诏赐金还山也。

① 眇（miǎo）：遥远。② 巢夷：指巢父和伯夷，均为古代隐士。③ 楚狂子：指狂士。典出《论语·微子》，指楚人陆接舆。

宣城送刘副使入秦

君即刘越石，雄豪冠当时。
凄清横吹曲①，慷慨扶风词②。
虎啸俟③腾跃，鸡鸣遭乱离。
千金市骏马，万里逐王师。
结交楼烦④将，侍从羽林儿⑤。
统兵捍吴越，豺虎不敢窥。
大勋竟莫叙，已过秋风吹〔一〕。
秉钺有季公⑥，凛然负英姿。
寄深且戎幕，望重必台司⑦。
感激一然诺，纵横两无疑。
伏奏归北阙，鸣驺忽西驰。
列将咸出祖，英寮惜分离。
斗酒满四筵，歌笑宛溪湄。

君携东山妓⑧,我咏北门诗⑨。

贵贱交不易,恐伤园中葵。

昔赠紫骝⑩驹,今倾白玉卮⑪。

同欢万斛酒,未足解相思。

此别又千里〔二〕,秦吴眇天涯。

月明关山苦,水剧陇头悲。

借问几时还,春风入黄池⑫。

无令长相思,折断绿杨枝。

〔一〕已过秋风吹:言事过之后,略无形迹,犹如浮云之过太虚,如东风之射马耳也。 〔二〕一作此外别千里。

① 横吹曲:乐府歌曲名。② 扶风词:西晋刘琨曾作《扶风歌》,凡九首。③ 俟(sì):等待。④ 楼烦:古代北方部族名,精于骑射,此指善射的将士。⑤ 羽林儿:护卫皇帝的羽林军。⑥ 季公:季广琛,字延献,寿春(今安徽寿县)人。随永王李璘起兵后背降,后为右散骑常侍。⑦ 台司:指三公等宰辅大臣。⑧ 东山妓:东晋谢安隐居东山时畜养歌姬,后以"东山妓"指能歌善舞的歌姬。⑨ 北门诗:《诗经·邶风》中有《北门》诗。比喻怀才不遇。⑩ 紫骝(liú):骏马。⑪ 白玉卮(zhī):玉制的酒杯。⑫ 黄池:地名,在今安徽当涂东南。

泾川送族弟錞〔一〕

泾川三百里,若邪①羞见之。

锦石照碧山,两边白鹭鸶。

佳境千万曲,客行无歇时。

上有琴高水,下有陵阳祠。

仙人不见我,明月空相知。

问我何事来，卢敖②结幽期。
蓬山振雄笔，绣服挥清词。
江湖发秀色，草木含荣滋。
置酒送惠连，吾家称白眉③。
愧无海峤作，敢阙河梁诗〔二〕。
见尔复几朝，俄然告将离。
中流漾彩鹢，列岸丛金羁。
叹息苍梧凤，分栖琼树枝。
清晨各飞去，飘落天南陲。
望极落日尽，秋深瞑猿悲。
寄情与流水，但有长相思。

〔一〕时卢校书草序，常侍御为诗。　〔二〕海峤，用灵运事。河梁，用苏李事。

① 若邪：一作"若耶"，山名，在浙江绍兴南；又溪名，出若邪山，北流入运河。② 卢敖（前275—前195）：字雍照，范阳（今河北涿州）人，秦博士。曾为秦始皇寻求长生仙药，后见秦始皇专横失道，遂避难隐遁。③ 白眉：兄弟或侪辈中的杰出者。

五松山送殷淑

秀色发江左①，风流奈若何。
仲文②了不还〔一〕，独立扬清波。
载酒五松山，颓然《白云歌》。
中天度落月，万里遥相过。
抚酒惜此月，流光畏蹉跎。
明日别离去，连峰郁嵯峨③。

〔一〕仲文了不还,犹云仲文去已久也。

① 江左:古代称江东为江左。② 仲文:殷仲文,陈郡长平(今河南西华)人,桓玄姊夫,有才藻,此借指殷淑。③ 嵯峨(cuó é):形容山势高峻。

送崔氏昆季①之金陵〔一〕

放〔二〕歌倚东楼,行子期晓发。
秋风渡江来,吹落山上月。
主人出美酒,灭烛延清光。
二崔向金陵,安得不尽觞。
水客弄归棹,云帆卷轻霜。
扁舟敬亭下,五两②先飘扬。
峡石入水花,碧流日更长。
思君无岁月,西笑阻河梁。

〔一〕一作秋夜崔八文水亭送崔二。　〔二〕放:一作吴。

① 昆季:兄弟。长为昆,幼为季。② 五两:古代的测风器。

登黄山凌歊台送族弟溧阳尉济充〔一〕泛舟赴华阴〔二〕

鸾乃凤之族,翱翔紫云霓。
文章辉〔三〕五色,双在琼树栖。
一朝各飞去,凤与鸾俱啼。

炎赫①五月中,朱曦②烁河堤。
尔从泛舟役,使我心魂凄。
秦地无草木,南云喧鼓鼙③。
君王减玉膳,早起思鸣鸡。
漕引④救关辅,疲人免涂泥。
宰相作霖雨,农夫得耕犁。
静者伏草间,群才满金闺。
空手无壮士,穷居使人低[四]。
送君登黄山,长啸倚[五]天梯。
小舟若凫雁,大舟若鲸鲵。
开帆散长风,舒卷与云齐。
日入牛渚晦,苍然夕烟迷。
相思在何所[六],杳在洛阳西。

〔一〕充:一作统。 〔二〕当涂。 〔三〕辉:一作耀。
〔四〕静者伏草间,公自谓也。"空手"二句,极言处贫约者不得自伸。 〔五〕倚:一作上。 〔六〕在何所:一作定何许。
○已上送别。

① 炎赫:炽热。② 朱曦:指太阳。③ 鼓鼙(pí):大鼓和小鼓,古代军中用来发号进攻。借指军事。④ 漕引:即漕运,从水路运输货物。

酬谈少府[一]

一尉①居倏忽,梅生②有仙骨。
三事或可羞,匈奴哂千秋[二]。
壮心屈黄绶③,浪迹寄沧洲。

昨观荆岘④作，如从云汉游。

老夫当暮矣，蹀足⑤惧骅骝⑥。

〔一〕襄汉。○以下酬答。　〔二〕梅生即福。千秋，田千秋也。

① 一尉：县尉。② 梅生：梅福，字子真，寿春（今安徽寿县）人。曾任南昌县尉，及王莽篡汉，弃官去家，后传说其修炼成仙。③ 黄绶（shòu）：古代官员系官印的黄色丝带，借指官位。④ 荆岘：荆山和岘山，均在湖北襄阳。⑤ 蹀（dié）足：踏足，顿脚。⑥ 骅骝（huá liú）：骏马。

五月东鲁行答汶上翁〔一〕

五月梅始黄〔二〕，蚕凋桑柘空。

鲁人重织作，机杼鸣帘栊。

顾余不及仕，学剑来山东。

举鞭访前涂①，获笑汶上翁。

下愚〔三〕忽壮士，未足论穷通。

我以一箭书，能取聊城功。

终然不受赏，羞与时人同。

西归去直道，落日昏阴虹。

此〔四〕去尔勿言，甘心如转蓬②。

〔一〕鲁中。　〔二〕梅始黄：一作禾黍绿。　〔三〕下愚：一作宵人。　〔四〕此：一作我。

① 前涂：即前途。② 转蓬：随风飘转的蓬草。

答长安崔少府叔封游终南翠微寺①太宗皇帝金沙泉见寄[一]

河伯见海若，傲然夸秋水。
小物暗远图，宁知通方士[二]②。
多君紫霄意，独往苍山里。
地古寒云[三]深，岩高长风起。
初登翠微岭，复憩金沙泉。
践苔朝霜滑，弄波夕月圆。
饮彼石下流[四]，结萝宿溪烟。
鼎湖梦绿水，龙驾③空[五]茫然。
早行子午④间[六]，却登山路远[七]。
拂琴听霜猿，灭烛乃星饭⑤。
人烟无明异，鸟道绝往返。
攀崖倒青天[八]，下视白日晚。
既过[九]石门隐，还唱[十]石潭歌。
涉雪搴⑥紫芳[十一]，濯缨⑦想[十二]清波。
此[十三]人不可见，此地君自过。
为余谢风泉，其如幽意何。

〔一〕长安。 〔二〕一作宁识通方理。 〔三〕云：一作雪。 〔四〕流：一作潭。 〔五〕空：一作何。 〔六〕间：一作开，又作峰。 〔七〕一作却叹山路远，又作颇识关路远。 〔八〕倒青天：一作到青山。 〔九〕过：一作遇。 〔十〕唱：一作闻。 〔十一〕搴紫芳：一作采紫茎。 〔十二〕想：一作掬。 〔十三〕此：一作斯。

① 翠微寺：在今陕西西安，又名翠微宫。② 通方士：指通晓道术的人。③ 龙驾：天子的车驾。④ 子午：指南北，古人以"子"为正北，以"午"为正南。⑤ 星饭：天夜星出而后吃晚饭，形容

进食迟。⑥ 搴（qiān）：拔取。⑦ 濯缨（zhuó yīng）：洗濯冠缨。《孟子·离娄上》有"沧浪之水清兮，可以濯我缨"之句，比喻操守高洁。

酬崔五郎中

朔云①横高天，万里起秋色。
壮士心飞扬，落日空叹息。
长啸出原野，凛然寒风生。
幸遭圣明时，功业犹未成。
奈何怀良图，郁悒②独愁坐〔一〕。
杖策③寻英豪，立谈乃知我。
崔公生民秀④，缅邈青云姿。
制作参造化，托讽含神祇。
海岳尚可倾，吐诺终不移。
是时霜飙寒，逸兴临华池。
起舞拂长剑，四座皆扬眉。
因得穷欢情，赠我以新诗。
又结汗漫期，九垓远相待。
举身憩蓬壶，濯足弄沧海。
从此凌倒景，一去无时还。
朝游明光宫，暮入阊阖关。
但得长把袂⑤，何必嵩丘山。

〔一〕独愁坐：一作空独坐。

① 朔云：北方的云。② 郁悒（yì）：忧愁，苦闷。③ 杖策：

策马而行。④民秀：民间才能出众的人。⑤把袂：握袖，表示亲热。

以诗代书答元丹丘

青鸟〔一〕①海上来，今朝发何处。
口衔云锦字〔二〕②，与我复飞去。
鸟去凌紫烟，书留绮窗前。
开缄③方〔三〕一笑，乃是故人传。
故人深相勖，忆我劳心曲④。
离居在咸阳，三见秦草绿。
置书双袂间，引领不暂闲。
长望〔四〕杳难见，浮云横远山。

〔一〕鸟：一作乌。 〔二〕字：一作书。 〔三〕方：一作时。 〔四〕望：一作叹。

①青鸟：传说为西王母取食传信的神鸟，比喻信使。②云锦字：对他人书信的敬称。③开缄（jiān）：拆开（信函等）。④心曲：内心深处。

金门答苏秀才

君还石门日，朱火始改木。
春草如有情，山中尚含绿。

折芳愧遥忆,永路当自勖。
远见故人心,平生以此足。
巨海纳百川,麟阁多才贤。
献书入金阙①,酌醴②奉琼筵。
屡忝白云唱,恭闻黄竹篇。
恩光煦拙薄,云汉希腾迁。
铭鼎③傥云遂,扁舟方渺然。
我留在金门,不去卧丹壑。
未果三山期,遥欣一丘乐。
玄珠寄罔象,赤水非寥廓。
愿狎东海鸥,共营西山药。
栖岩君寂灭,处世余龙蠖④。
良辰不同赏,永日应闲居。
鸟吟檐间树,花落窗下书。
缘溪见绿筱⑤,隔岫窥红蕖⑥。
采薇⑦行笑歌,眷我情何已。
月出石镜间,松鸣风琴里。
得心自虚妙,外物空颓靡。
身世如两忘,从君老烟水。

① 金阙:道家谓天上有黄金阙,为仙人或天帝所居。② 酌醴(lǐ):酌酒。③ 铭鼎:在钟鼎等器物上刻铸文辞,引申为建立功业。④ 龙蠖(huò):语出《易传·系辞下》"尺蠖之屈,以求信也;龙蛇之蛰,以存身也",指以屈求伸。⑤ 筱(xiǎo):小竹;细竹。⑥ 红蕖(qú):红色的荷花。⑦ 采薇:《诗经·小雅》篇名,亦指归隐生活。

酬坊州王司马与阎正字①对雪见赠〔一〕

游子东南来，自宛②适京国。
飘然无心云，倏忽复西北。
访戴昔未偶，寻嵇此相得。
愁颜发新欢，终宴叙前识。
阎公汉庭旧，沉郁富才力。
价重铜龙楼③，声高重门④侧。
宁期此相遇，华馆陪游息。
积雪明远峰，寒城沍⑤春色。
主人苍生望，假我青云翼。
风水如见资，投竿⑥佐皇极。

〔一〕陕右。

① 正字：秘书省正字，古代官职名。② 宛：宛县，今河南南阳。③ 铜龙楼：饰有铜龙的门楼，借指太子宫室。④ 重门：指宫门。⑤ 沍（hù）：凝结，冻结。⑥ 投竿：用姜太公垂钓佐周的典故。

酬张卿夜宿南陵见赠

月出鲁城东，明如天上雪。
鲁女惊莎鸡①，鸣机应秋节。
当君相思夜，火落②金风高。
河汉挂户牖，欲济无轻舠。
我昔辞林丘，云龙忽相见。

客星动太微③,朝去洛阳殿。
尔来得茂彦④,七叶⑤仕汉余。
身为下邳客,家有圯桥书。
傅说未梦时,终当起岩野。
万古骑辰星,光辉照天下。
与君各未遇,长策委蒿莱。
宝刀隐玉匣,锈涩空莓苔。
遂令世上愚,轻我土与灰。
一朝攀龙去,蛙黾⑥安在哉。
故山定有酒,与尔倾金罍⑦。

① 莎鸡:虫名,俗称纺织娘、络丝娘。② 火落:心星坠落,指炎暑结束、初秋来临。③ 太微:星名。④ 茂彦:晋李毅,字茂彦,淹通有智识。⑤ 七叶:七代。⑥ 蛙黾(miǎn):蛙。⑦ 金罍(léi):饰金的大型酒器,泛指酒盏。

酬岑勋见寻就元丹丘对酒相待以诗见招

黄鹤东南来,寄书写心曲。
倚松开其缄,忆我肠断续。
不以千里遥,命驾①来相招②。
中逢元丹丘,登岭宴碧霄。
对酒忽思我,长啸临清飙③。
蹇④余未相知,茫茫绿云垂。
俄然素书及,解此长渴饥。
策马望山月,途穷造阶墀。

喜兹一会面，若睹琼树枝。
忆君我远来，我欢方速至。
开颜酌美酒，乐极忽成醉。
我情既不浅，君意方亦深。
相知两相得，一顾轻千金。
且向山客笑，与君论素心。

①命驾：乘车出发。②相招：邀请。③清飙：犹清风，指清高俊逸的风范。④謇（jiǎn）：发语词。

答从弟幼成过西园见赠

一身自潇洒，万物何嚣喧。
拙薄谢明时，栖闲归故园。
二季①过旧壑，四邻驰华轩。
衣剑照松宇，宾徒光石门。
山童荐珍果，野老开芳樽。
上陈樵渔事，下叙农圃言。
昨来荷花满，今见兰苕②繁。
一笑复一歌，不知夕景昏。
醉罢同所乐，此情难具论。

①二季：指李幼成、李令问。②兰苕：兰花。

酬王补阙惠翼庄庙宋丞沚赠别

学道三十春，自言羲皇人。
轩盖宛若梦，云松长相亲。
偶将二公合，复与三山邻。
喜结海上契，自为天外宾。
鸾翮我先铩，龙性君莫驯。
朴散①不尚古，时讹皆失真。
勿踏荒溪波，揭来浩然津〔一〕。
薜带②何辞楚，桃源堪避秦。
世迫且离别，心在期隐沦③。
酬赠非炯戒④，永言铭佩绅。

〔一〕荒溪波、浩然津，皆太白所命之名；犹庄子称建德之国、无何有之乡耳。

① 朴散：指淳朴之风消散。② 薜（bì）带：用薜荔藤制作的腰带，多指隐者的装束。③ 隐沦：指隐居。④ 炯戒：十分明显的警戒。

酬裴侍御对雨感时见赠〔一〕

雨色秋来寒，风严清江爽。
孤高绣衣人，潇洒青霞赏。
平生多感激，忠义非外奖。
祸连积怨生，事及徂川往。
楚邦有壮士，鄢郢①翻扫荡。

申包哭秦庭,泣血将安仰。
鞭尸辱已及,堂上罗宿莽[2]。
颇似今之人,蟊贼[3]陷忠谠[4]。
渺然一水隔,何由税归鞅[5]。
日夕听猿愁,怀贤盈梦想。

〔一〕金陵。

① 鄢郢(yān yǐng):先秦时期楚国都城。② 宿莽:指野草。③ 蟊(máo)贼:比喻谗恶之人。④ 忠谠(dǎng):忠诚正直。⑤ 归鞅:犹归车,谓驱车返归。

玩月金陵城西孙楚酒楼,达曙歌吹,日晚,乘醉着紫绮裘乌纱巾,与酒客数人棹歌[1]秦淮,往石头访崔四侍御

昨玩西城月,青天垂玉钩。
朝沽金陵酒,歌吹孙楚楼[2]。
忽忆绣衣人,乘船往石头。
草裹乌纱巾,倒披紫绮裘。
两岸拍手笑,疑是王子猷。
酒客十数公,崩腾醉中流。
谑浪掉海客,喧呼傲阳侯[3]。
半道逢吴姬,卷帘出揶歈[4]。
我忆君到此,不知狂与羞。
月下一见君,三杯便回桡。
舍舟共连袂,行上南渡桥。

兴发歌渌水,秦客为之摇〔一〕。

鸡鸣复相招,清宴逸云霄。

赠我数百字,字字凌风飙。

系之衣裳上,相忆每长谣。

〔一〕摇:一作讴。

① 棹(zhào)歌:行船时所唱之歌。② 孙楚楼:古酒楼名,在金陵(今南京)城西,亦泛指酒楼。③ 阳侯:传说中的波涛之神,借指波涛。④ 揶揄(yé yú):嘲笑,耍弄。

江上答崔宣城

太华三芙蓉,明星玉女峰。

寻仙下西岳,陶令忽相逢。

问我将何事,湍波历几重。

貂裘非季子①,鹤氅②似王恭③。

谬忝燕台④召,而陪郭隗⑤踪。

水流知入海,云去或从龙。

树绕芦洲月,山鸣鹊镇钟。

还期如可访,台岭荫长松。

① 季子:指战国时纵横家苏秦。苏秦早年功业未成,穷困返家,家人冷眼相待。后佩六国相印,兄弟妻嫂不敢仰视。问其嫂为何前倨后恭,嫂曰:季子位高金多也。② 鹤氅(chǎng):鸟羽制成的裘,用作外套。③ 王恭:东晋人,尝披鹤裘涉雪而行,孟昶叹曰:"此真神仙中人也。"借指衣着不俗。④ 燕台:战国时燕昭王筑黄金台,以招纳天下贤士。⑤ 郭隗(wěi)(约前351—前297):战国时燕国人,谏言燕昭王筑台广纳贤才。

答族侄僧中孚赠玉泉仙人掌茶〔一〕

余闻荆州玉泉寺近清溪诸山,山洞往往有乳窟①,窟中多玉泉交流。中有〔二〕白蝙蝠,大如鸦。按《仙经》,蝙蝠一名仙鼠,千岁之后,体白如雪〔三〕,栖则倒悬,盖饮乳水而长生也。其水边处处有茗草罗生,枝叶如碧玉,唯玉泉真公常采而饮之,年八十余岁,颜色如桃花。而此茗清香滑热异于他者,所以能还童振枯,壮〔四〕人寿也。余游金陵,见宗僧中孚,示余茶数十片。拳然②重叠,其状如手,号为"仙人掌茶",盖新出乎玉泉之山,旷古未觌③。因持之见遗,兼赠诗,要余答之,遂有此作。后之高僧大隐,知仙人掌茶发乎中孚禅子及青莲居士李白也。

常闻玉泉山,山洞多乳窟。
仙鼠如白鸦,倒悬深〔五〕溪月。
茗生此中石,玉泉流不歇。
根柯④洒芳津,采服润肌骨。
楚老⑤卷绿叶,枝枝相接连。
曝成仙人掌,似拍洪崖肩。
举世未见之,其名定谁传。
宗英⑥乃禅伯,投赠有佳篇。
清镜烛无盐⑦,顾惭西子妍。
朝坐有余兴,长吟播诸天。

〔一〕并序。 〔二〕有:一作见。 〔三〕雪:一作银。 〔四〕壮:一作扶。 〔五〕深:一作清。

①乳窟:有石钟乳的洞穴。②拳然:弯曲、卷曲的样子。③觌(dí):相见。④根柯:草木的根和枝茎。⑤楚老:据《汉书》载,王莽篡汉,龚胜拒不受命,绝食十四日死。有老父来吊,哭甚哀,

此老父隐居彭城，后称之"楚老"。此代指中孚。⑥宗英：皇室中才能杰出之人，指中孚。⑦无盐：战国时齐宣王后钟离春貌丑，因是无盐人，故后常用作丑女的代称。

酬裴侍御留岫师弹琴见寄

君同鲍明远①，邀彼休上人②。
鼓琴乱白雪③，秋变江上春。
瑶草绿未衰，攀翻寄情亲。
相思两不见，流泪空盈巾。

① 鲍明远：鲍照，字明远，南朝宋诗人。② 休上人：南朝僧人惠休。③ 白雪：琴曲名，相传为师旷所作。

张相公出镇荆州，寻除太子詹事。余时流夜郎，行至江夏，与张公相去千里。公因太府丞①王昔使车，寄罗衣二事及五月五日赠余诗，余答以此诗〔一〕

张衡殊不乐，应有四愁诗。
惭君锦绣段，赠我慰相思。
鸿鹄复矫翼②，凤皇忆故池。
荣乐一如此，商山老紫芝。
〔一〕流夜郎至江夏。

① 太府丞：官名，掌管国家钱谷出纳。② 矫翼：展翅。

答裴侍御先行至石头驿①以书见招,期月满泛洞庭

君至石头驿,寄书黄鹤楼。
开缄识远意,速此南行舟。
风水无定准,湍波或〔一〕滞留。
忆昨新〔二〕月生,西檐若琼钩。
今来何所似,破镜悬清秋。
恨不三五②明,平湖泛澄流。
此欢竟莫遂,狂杀③王子猷。
巴陵④定近远,持赠何人愁。

〔一〕或:一作成。 〔二〕新:一作初。 ○石头驿,在嘉鱼之上,白螺矶之下,去岳州百五十里。公时在江夏,裴以月之初三四至石头驿,约公速行,将以十五同泛洞庭,公至石头时,当已过十五矣。原注称石头驿在金陵,失之矣。

① 石头驿:今湖北嘉鱼县西南。② 三五:谓农历十五。③ 狂杀:折磨。④ 巴陵:地名,在今湖南岳阳。

答高山人兼呈权、顾二侯

虹霓掩天光,哲后起康济①。
应运生夔龙,开元扫氛翳。
太微廓金镜,端拱清遐裔②。
轻尘集嵩岳,虚点盛明意。
谬挥紫泥诏③,献纳青云际。
谗惑英主心,恩疏佞臣计。
彷徨庭阙下,叹息光阴逝。

未作仲宣④诗,先流贾生⑤涕。
挂帆秋江上,不为云罗制。
山海向东倾,百川无尽势。
我于鸱夷子⑥,相去千余岁。
运阔英达稀,同风遥执袂。
登舻望远水,忽见沧浪枻⑦。
高士何处来,虚舟眇安系。
衣貌本淳古,文章多佳丽。
延引故乡人,风义未沦替⑧。
顾侯达语默,权子识通蔽。
曾是无心云,俱为此留滞。
双萍易飘转,独鹤思凌厉。
明晨去潇湘,共谒苍梧帝。

①康济:指安民济世。②退裔:边远的地方。③紫泥诏:指皇帝的诏书。④仲宣:东汉王粲(177—217),字仲宣,博学多识,文思敏捷,"建安七子"之一。⑤贾生:汉代贾谊。有才而被贬,多借指怀才不遇。⑥鸱(chī)夷子:鸱夷子皮,春秋时越国大夫范蠡的别号。⑦枻(yì):船舷。⑧沦替:衰落,消亡。

至陵阳山登天柱石,酬韩侍御见招隐黄山

韩众①骑白鹿,西住华山中。
玉女千余人,相随在云空。
见我传秘诀,精诚与天通。
何意到陵阳,游目送飞鸿。

天子昔避狄,与君亦乘骢②。
拥兵五陵③下,长策遏胡戎。
时泰解绣衣,脱身若飞蓬。
鸾凤翻翕翼,啄粟坐樊笼。
海鹤一笑之,思归向辽东。
黄山过石柱,巘崿上攒丛。
因巢翠玉树,忽见浮丘公④。
又引王子乔,吹笙舞松风。
朗咏紫霞篇⑤,请开蕊珠宫。
步纲绕碧落⑥,倚树招青童。
何日可携手,遗形入无穷。

① 韩众:古代传说中的仙人。② 骢(cōng):青白色的马,亦泛指马。③ 五陵:五陵原,在长安附近,有献陵、昭陵、乾陵、定陵、桥陵。④ 浮丘公:传说中的仙人。⑤ 紫霞篇:即《黄庭内景经》。⑥ 碧落:指天上。

酬崔十五见招

尔有鸟迹书①,相招琴溪饮。
手迹尺素中,如天落云锦②。
读罢向空笑,疑君在我前。
长吟字不灭,怀袖③且三年。
○已上酬答。

① 鸟迹书:相传仓颉视鸟迹之文造书契,此指手写书信。② 云锦:朝霞,彩云。③ 怀袖:珍藏。

游南阳白水登石激作〔一〕

朝涉白水源,暂与人俗疏。
岛屿佳境色,江天涵清虚。
目送去海云,心闲游川鱼。
长歌尽落日,乘月归田庐。

〔一〕襄阳。　○以下游宴。

游南阳清冷泉①

惜彼落日暮,爱此寒泉清。
西耀②逐水流,荡漾游子情。
空歌望云月,曲尽长松声。

① 清冷泉:据《一统志》载,丰山,在南阳府东北三十里,下有泉,曰清冷泉。② 西耀:西边的太阳,指夕阳。

寻鲁城北范居士,失道①落苍耳中,见范置酒摘苍耳作〔一〕

雁度秋色远,日静无云时。
客心不自得,浩漫将何之。
忽忆范野人,闲园养幽姿。
茫然起逸兴,但恐行来迟。

城壕失往路,马首迷荒陂。

不惜翠云裘,遂为苍耳欺。

入门且一笑,把臂②君为谁。

酒客爱秋蔬,山盘荐霜梨。

他筵不下箸,此席忘朝饥。

酸枣垂北郭,寒瓜蔓东篱。

还倾四五酌,自咏猛虎词〔二〕。

近作十日欢,远为千载期。

风流自簸荡,谑浪偏相宜。

酣来上马去,却笑高阳池。

〔一〕鲁中。 〔二〕古来《猛虎行》多言不以艰险变节,太白之《猛虎行》则自伤不遇耳。

① 失道:迷失道路。② 把臂:握持手臂,表示亲密。

秋猎孟诸夜归,置酒单父东楼观妓

倾晖①速短炬,走海无停川。

冀餐圆丘草②,欲以还颓年。

此事不可得,微生若浮烟。

俊发跨名驹,雕弓控鸣弦。

鹰豪鲁草白,狐兔多肥鲜。

邀遮相驰逐,遂出城东田。

一扫四野空,喧呼鞍马前。

归来献所获,炮炙③宜霜天。

出舞两美人，飘飖若云仙。
留欢不知疲，清晓方来旋。

① 倾晖：指斜阳。② 圆丘草：仙山圆丘所产的芝草，据说可以延年。③ 炮炙：烧烤。

游太山六首〔一〕

四月上太山，石平御道开。
六龙过万壑，涧谷随萦回。
马迹绕碧峰，于今满青苔。
飞流洒绝巘，水急〔二〕松声哀。
北眺崿嶂奇，倾崖向东摧。
洞门闭石扇①，地底兴云雷。
登高望蓬瀛，想像金箓台②。
天门一长啸，万里清风来。
玉女四五人，飘飖下九垓。
含笑引素手，遗我流霞杯③。
稽首④再拜之，自愧非仙才。
旷然小宇宙，弃世何悠哉。

〔一〕一作天宝元年四月从故御道上太山。　〔二〕急：一作色。

① 石扇：石门。② 金箓台：相传为神仙居住的楼台。③ 流霞杯：传说中天上神仙饮酒的杯子。④ 稽首：古时的一种跪拜礼，叩头至地，是九拜中最恭敬的。

清晓骑白鹿，直上天门山。
山际逢羽人①，方瞳②好容颜。
扪③萝欲就语，却掩青云关。
遗我鸟迹书，飘然落岩间。
其字乃上古，读之了不闲。
感此三叹息，从师方未还。

① 羽人：修道的人。② 方瞳：方形的瞳孔，古人以为长寿之相。③ 扪：(mén)：按，摸。

平明登日观①，举手开云关②。
精神四飞扬，如出天地间。
黄河从西来，窈窕③入远山。
凭崖览八极，目尽长空闲。
偶然值④青童，绿发双云鬟。
笑我晚学仙，蹉跎凋朱颜。
踌躇忽不见，浩荡难追攀。

① 日观：泰山东南有山峰曰"日观"。② 云关：云雾笼罩的关隘。③ 窈窕(yǎo tiǎo)：幽深的样子。④ 值：遇到，逢着。

清斋①三千日，裂素写道经。
吟诵有所得，众神卫我形。
云行信②长风，飒若羽翼生。
攀崖上日观，伏槛窥东溟。
海色③动远山，天鸡已先鸣。
银台出倒景，白浪翻长鲸。
安得不死药，高飞向蓬瀛。

①清斋：举行祭祀或典礼前洁身静心以示诚敬。②信：随便，放任。③海色：将晓时的天色。

日观东北倾，两崖夹双石。
海水落眼前，天光摇空碧。
千峰争攒聚①，万壑绝凌历。
缅彼鹤上仙，去无云中迹。
长松入霄汉，远望不盈②尺。
山花异人间，五月雪中白。
终当遇安期③，于此炼玉液。

①攒聚：紧密聚集。②盈：满。③安期：安期生，神仙名。

朝饮王母池，暝投天门阙。
独抱绿绮琴①，夜行青山月。
山明月露白，夜静松风歇。
仙人游碧峰，处处笙歌发。
寂听娱清辉，玉真连翠微。
想像鸾凤舞，飘飖龙虎衣②。
扪天摘匏瓜③，恍惚不忆归。
举手弄清浅，误攀织女机。
明晨坐相失，但见五云飞。

①绿绮琴：传说司马相如作《玉如意赋》，梁王赐以绿绮琴，后用以指琴。②龙虎衣：神仙道士所穿的衣服。③匏（páo）瓜：植物名，常指葫芦。

与从侄杭州刺史良游天竺寺〔一〕

挂席凌蓬丘,观涛憩樟楼①。
三山动逸兴,五马同遨游。
天竺森在眼,松门飒惊秋。
览云测变化,弄水穷清幽。
叠嶂隔遥海,当轩②写归流③。
诗成傲云月,佳趣满吴州。

〔一〕吴中。

①樟楼:即浙江亭,在今浙江钱塘县。②当轩:临窗。③归流:流入大海的河流。

卷六

李太白五古下

一百九十八首

同友人舟行游台越作

楚臣①伤江枫,谢客②拾海月。
怀沙③去潇湘,挂席泛溟渤。
蹇予访前迹,独往造穷发④。
古人不可攀,去若浮云没。
愿言弄倒景,从此炼真骨。
华顶窥绝冥⑤,蓬壶望超忽。
不知青春度,但怪绿芳歇。
空持钓鳌⑥心,从此谢魏阙⑦。

①楚臣:指屈原。②谢客:指谢灵运。③怀沙:屈原《楚辞》篇目之一,此借指屈原。④穷发:极北不毛之地。⑤绝冥:极幽深之处。⑥钓鳌:比喻远大的胸襟抱负。⑦魏阙:宫门上巍然高出的观楼,亦指朝廷。

下终南山过斛斯山人宿置酒〔一〕

暮从碧山下,山月随人归。
却顾①所来径,苍苍横翠微。
相携及田家,童稚〔二〕开荆扉。
绿竹入幽径,青萝拂行衣。
欢言得所憩,美酒聊共挥。
长歌吟松风,曲尽河星②稀。

我醉君复乐,陶然共忘机③。

〔一〕长安。 〔二〕童稚:一作稚子。

① 却顾:回顾,回头看。② 河星:银河里的星星。③ 忘机:与世无争,纯净淡泊。

朝下过卢郎中叙旧游

君登金华省①,我入银台门②。
幸遇圣明主,俱承云雨恩。
复此休浣③时,闲为畴昔言。
却话山海事,宛然林壑存。
明湖思晓月,叠嶂忆清猿。
何由返初服④,田野醉芳樽。

① 金华省:门下省,官署名。② 银台门:指翰林院。③ 休浣(huàn):官吏按例休假。④ 初服:未入仕时的服装,与"朝服"相对。

邯郸南亭观妓〔一〕

歌鼓〔二〕燕赵儿,魏姝①弄鸣丝。
粉色艳月彩,舞袖〔三〕拂花枝。
把酒领〔四〕美人,请歌邯郸词。

清筝何缭绕,度曲绿云②垂。
平原君安在,科斗③生古池。
座客三千人,于今知有谁。
我辈不作乐,但为后代悲。

〔一〕燕赵。　〔二〕鼓:一作妓。　〔三〕袖:一作衫。
〔四〕领:一作顾。

① 姝:美女。② 绿云:比喻女子的秀发。③ 科斗:即蝌蚪。

春陪商州裴使君游石娥溪〔一〕

裴公有仙标,拔俗数千丈。
澹荡沧洲云,飘飘紫霞想。
剖竹商洛间,政成心已闲。
萧条出世表,冥寂闭玄关。
我来属芳节,解榻时相悦。
褰帷对云峰,扬袂指松雪。
暂出东城边,遂游西岩前。
横天耸翠壁,喷壑鸣红泉。
寻幽殊未歇,爱此春光发。
溪傍饶名花,石上有好月。
命驾归去来,露华生绿苔。
淹留惜将晚,复听清猿哀。
清猿断人肠,游子思故乡。
明发首东路,此欢焉可忘。

〔一〕时欲东归,遂有此赠。

春日陪杨江宁及诸官宴北湖①感古作〔一〕

昔闻颜光禄,攀龙宴京〔二〕湖。

楼船入天镜②,帐殿开云衢。

君王歌大风③,如乐丰沛都④。

延年献嘉作,邈与诗人俱。

我来不及此,独立钟山⑤孤。

杨宰⑥穆清飙〔三〕,芳声腾海隅。

英寮满四座,粲若琼林敷⑦。

鹢首⑧弄倒景,蛾眉⑨掇明珠。

新弦彩〔四〕梨园⑩,古舞娇吴歈⑪。

曲度绕云〔五〕汉,听者皆欢娱。

鸡栖何嘈嘈⑫,沿〔六〕月沸笙竽。

古之帝宫苑,今乃人樵苏⑬。

感此劝一觞,愿君覆瓢壶。

荣盛〔七〕当作乐,无令后贤吁。

〔一〕金陵。 〔二〕京:一作重,又作明。 〔三〕飙:一作风。 〔四〕彩:一作来。 〔五〕云:一作清。 〔六〕沿:一作江。 〔七〕荣盛:一作盛时。

① 北湖:江苏南京的玄武湖。② 天镜:指明月。③ "君王"句:汉高祖刘邦称帝后,返故乡沛县,作《大风歌》:"大风起兮云飞扬,威加海内兮归故乡,安得猛士兮守四方!" ④ 沛都:沛县,今属江苏徐州。⑤ 钟山:今江苏南京紫金山。⑥ 杨宰:指杨利物,时任江宁县令。⑦ 敷:排列。⑧ 鹢(yì)首:指船头。⑨ 蛾眉:美女。⑩ 梨园:唐玄宗时教练伶人的处所,指代歌舞戏班。⑪ 吴歈(yú):吴地的歌。⑫ 嘈嘈:形容喧闹。⑬ 樵苏:打柴刈草。

宴郑参卿①山池

尔恐碧草晚,我畏朱颜移。
愁看杨花飞,置酒正相宜。
歌声送落日,舞影回清池。
今夕不尽杯,留欢②更邀谁。

① 参卿:参谋,参军。② 留欢:留客欢宴。

游谢氏山亭①

沦老卧江海,再欢天地清②。
病闲久寂寞,岁物③徒芬荣。
借君西池游,聊以散我情。
扫雪松下去,扪萝石道行。
谢公池塘上,春草〔一〕飒已生④。
花枝拂人来,山鸟向我鸣。
田家有美酒,落日与之倾。
醉罢弄归月,遥欣稚子迎。

〔一〕草:一作风。

① 谢氏山亭:在安徽当涂青山。② 天地清:天下平安。③ 岁物:指草木。④ "谢公"二句:谢灵运作《登池上楼》有"池塘生春草,园柳变鸣禽"句。

金陵凤凰台①置酒

置酒延②落景,金陵凤凰台。
长波写万古,心与云俱开。
借问往昔时,凤凰为谁来。
凤凰去已久,正当今日回。
明君越羲轩,天老坐三台〔一〕。
豪士无所用,弹弦醉金罍③。
东风吹山花,安可不尽杯。
六帝④没幽草,深宫冥绿苔。
置酒勿复道,歌钟但相催。

〔一〕天老力牧,黄帝之相。

① 凤凰台:古台名,在今江苏南京南面。② 延:邀请。③ 金罍(léi):饰金的大型酒器,泛指酒盏。④ 六帝:指三国东吴、东晋和南朝时宋、齐、梁、陈的六朝君主。

秋浦①清溪雪夜对酒,客有唱鹧鸪者〔一〕

披君〔二〕貂襜褕②,对君白玉壶。
雪花酒上灭,顿觉夜寒无。
客有桂阳③至,能吟山鹧鸪④。
清风动窗竹,越鸟⑤起相呼。
持此足为乐,何烦笙与竽。

〔一〕秋浦。　〔二〕君:一作我。

① 秋浦：地名，唐代池州（今安徽池州）改名秋浦郡。② 襜褕（chān yú）：古代一种较长的单衣。③ 桂阳：唐代郡名，今湖南郴州。④ 山鹧鸪：乐府民歌诗题。⑤ 越鸟：南方的鸟，此处指鹧鸪。

与周刚青溪玉镜潭①宴别〔一〕

康乐上官去，永嘉游石门②。
江亭有孤屿，千载迹犹存。
我来憩秋浦，三入桃陂源。
千峰照〔二〕积雪，万壑尽啼猿。
兴与谢公合，文因周子论。
扫崖去落叶，席月开金樽。
溪当大楼南，溪水正南奔。
回作玉镜潭，澄明洗心魂。
此中得佳境，可以绝嚣喧。
清夜方归来，酣〔三〕歌出平原。
别后经此地，为予谢兰荪③。

〔一〕潭在秋浦桃树陂下，予新名此潭。　〔二〕照：一作点。　〔三〕酣：一作莲。

① 玉镜潭：在今安徽池州西南。②"康乐""永嘉"二句：指谢灵运赴任永嘉太守。康乐，谢灵运袭封康乐县公，故称谢康乐。永嘉，地名，在今浙江温州。③ 兰荪：香草，喻优秀人才，此指周刚。

游秋浦白笴陂①二首

何处夜行好,月明白笴陂。
山光摇积雪,猿影挂寒枝。
但恐佳景晚,小令归棹移。
人来有清兴②,及此有相思。

① 白笴(gě)陂:在安徽池州府西南。② 清兴:清雅的兴致。

白笴夜长啸,爽然溪谷寒。
鱼龙动陂水,处处生波澜。
天借一明月,飞来碧云端。
故乡不可见,肠断正西看。

泛沔州①城南郎官湖〔一〕

乾元岁秋八月,白迁于夜郎,遇故人尚书郎张谓出使夏口,沔州牧杜公、汉阳宰王公觞于江城之南湖,乐天下之再平也。方夜水月如练,清光可掇。张公殊有胜概,四望超然,乃顾白曰:"此湖古来贤豪游者非一,而枉践佳景,寂寥无闻。夫子可为我标之嘉名,以传不朽。"白因举酒酹②水,号之曰"郎官湖",亦犹郑圃③之有仆射陂④也。席上文士辅翼、岑静以为知言,乃命赋诗纪事,刻石湖侧,将与大别山共相磨灭焉。

张公多逸兴，共泛沔城隅。
当时秋月好，不减武昌都。
四座醉清光，为欢古来无。
郎官爱此水，因号郎官湖。
风流若未减，名与此山俱。

〔一〕并序。

① 沔（miǎn）州：汉阳郡，辖汉阳、汉川二县，今属湖北武汉。② 酹（lèi）：把酒洒在地上表示祭奠或起誓。③ 郑圃（pǔ）：郑之圃田，古地名，在今河南中牟西南，相传为列子所居。④ 仆射（yè）陂：后魏孝文帝将一陂赐给仆射李冲，故称仆射陂，在今河南郑州管城东。

夜泛洞庭寻裴侍御清酌

日晚湘水①绿，孤舟无端倪②。
明湖涨秋月，独泛巴陵③西。
遇憩裴逸人，岩居陵丹梯④。
抱琴出深竹，为我弹鹍鸡⑤。
曲尽酒亦倾，北窗醉如泥。
人生且行乐，何必组与珪⑥。

① 湘水：湘江，长江支流之一。② 端倪：边际。③ 巴陵：郡名，治所在今湖南岳阳。④ 丹梯：高入云霄的山峰。⑤ 鹍（kūn）鸡：古曲名。⑥ 组与珪：组，古代系官印或佩玉的绶。珪，一种玉，用于朝聘等。组珪指代做官。

与南陵常赞府游五松山[一]

安石泛溟渤，独啸长风还。
逸韵①动海上，高情出人间。
灵异②可并迹，澹然与世闲。
我来五松下，置酒穷跻攀③。
征古绝遗老，因名五松山。
五松何清幽，胜境美沃洲④。
萧飒鸣洞壑，终年风雨秋。
响入百泉去，听如三峡流。
剪竹扫天花，且从傲吏⑤游。
龙堂⑥若可憩，吾欲归精修。

〔一〕山在南陵铜井西五里，有古精舍。

①逸韵：高超的风韵。②灵异：聪慧不同寻常。③跻攀：攀登。④沃洲：山名，在浙江新昌东。⑤傲吏：不为礼法所拘的官吏。⑥龙堂：寺观名，在五松山上。

宣城清溪[一]

清溪胜桐庐，水木有佳色。
山貌日高古，石容天倾侧。
彩鸟昔未名，白猿初相识。
不见同怀人，对之空叹息。

〔一〕一作入清溪山。

游水西^①简郑明府

天宫水西寺,云锦照东郭。
清湍鸣回溪,绿竹绕飞阁。
凉风日萧洒,幽客时憩泊。
五月思貂裘,谓言秋霜落。
石萝引古蔓,岸笋开新箨②。
吟玩空复情,相思尔佳作。
郑公诗人秀,逸韵宏寥廓。
何当一来游,惬我雪山诺③。

① 水西:水西寺,在今安徽泾县西水西山中。② 箨(tuò):笋皮。③ 雪山诺:相传文殊至雪山中,为五百仙人宣说十二部经讫,还归本土,入于涅槃。

九日登山

渊明归去来,不与世相逐。
为无杯中物,遂偶本州牧①。
因招白衣人,笑酌黄花菊。
我来不得意,虚过重阳时。
题舆何俊发〔一〕,遂结城南期。
筑土接响山,俯临宛水湄。
胡人叫玉笛,越女弹霜丝②。
自作英王胄③,斯乐不可窥。
赤鲤④涌琴高⑤,白龟道冰夷⑥。

灵仙如仿佛,奠醑遥相知。
古来登高人,今复几人在。
沧洲违宿诺,明日犹可待。
连山似惊波,合沓⑦出溟海。
扬袂挥四座,酩酊安所知。
齐歌送清觞⑧,起舞乱参差。
宾随落叶散,帽逐秋风吹。
别后登此台,愿言长相思。

〔一〕周景为豫州刺史,辟陈蕃为别驾,不就,景题别驾舆曰:陈仲举。

①"遂偶"句:东晋时期,江州刺史王弘遇访陶渊明而不得,于是携酒食在途中等候。陶渊明见酒,与其欢宴。②霜丝:指丝弦。③胄(zhòu):帝王或贵族的后代。④赤鲤:赤色鲤鱼,传说中仙人所骑。⑤琴高:传说周末赵人,能鼓琴,后于涿水乘鲤归仙。⑥冰夷:即冯夷,传说中的河神。⑦合沓:重叠。⑧清觞:指美酒。

九日

今日云景好,水绿秋山明。
携壶酌流霞,搴菊泛寒荣①。
地远松石古,风扬弦管清。
窥觞照欢颜,独笑还自倾。
落帽醉山月,空歌怀友生②。

①寒荣:寒天的花。②友生:朋友。

陪族叔当涂宰游化城寺①升公清风亭

化城若化出，金榜天宫开。
疑是海上云，飞空结楼台。
升公湖上〔一〕秀，粲然有辩才。
济人不利己，立俗无嫌猜。
了见水中月，青莲出尘埃。
闲居清风亭，左右清风来。
当暑阴广殿，太阳为徘徊。
茗酌待幽客，珍盘荐雕梅。
飞文②何洒落，万象为之摧。
季父拥鸣琴，德声③布云雷。
虽游道林室，亦〔二〕举陶潜杯。
清乐动诸天，长松自吟哀。
留欢若可尽，劫石乃成灰。

〔一〕上：一作中。　〔二〕亦：一作不。　○已上游宴。

① 化城寺：原址在今安徽当涂。② 飞文：挥笔成文。③ 德声：仁德的声誉。

登锦城①散花楼〔一〕②

日照锦城头，朝光散花楼。
金窗夹绣户，珠箔悬琼钩。
飞梯绿云中，极目散我忧〔二〕。
暮雨向三峡，春江绕双流③。

今来一登望,如上九天游。

〔一〕蜀中。　　○以下登览。　　〔二〕忧:一作愁。

① 锦城:锦官城,在今四川成都南。② 散花楼:隋代蜀王杨秀所建,在今四川成都。③ 双流:地名,今成都双流。

登峨眉山

蜀国多仙山,峨眉邈难匹。
周流①试登览,绝怪安可悉。
青冥②倚天开,彩错疑画出。
泠然紫霞赏,果得锦囊术。
云间吟琼箫,石上弄宝瑟。
平生有微尚③,欢笑自此毕。
烟容如在颜,尘累④忽相失。
倘逢骑羊子⑤,携手凌白日。

① 周流:周游。② 青冥:青色暗昧。③ 微尚:微小的志趣。④ 尘累:世俗事务的牵累。⑤ 骑羊子:葛由,周成王时羌人,好刻木作羊卖之,曾骑木羊入蜀,追随者皆得道修仙,后亦指仙人。

大庭库〔一〕

朝登大庭库,云物何苍然。
莫辨陈郑火①,空霾邹鲁烟。

我来寻梓慎②,观化入寥天③。
古木翔气④多,松风如五弦⑤。
帝图⑥终冥没,叹息满山川。
〔一〕鲁中。

① 陈郑火:指昭公十八年,宋、卫、陈、郑皆火,见《左传·昭公十八年》。② 梓慎:春秋时期鲁国大夫,精通天文,专事观测云物氛祥。③ 寥天:指道教的虚无之境。④ 翔气:云雾缭绕。⑤ 五弦:鸣琴。⑥ 帝图:帝业。

登单父陶少府半月台

陶公有逸兴,不与常人俱。
筑台像半月,迥①向〔一〕高城隅。
置酒望白云,商〔二〕飙②起寒梧。
秋山入远海,桑柘罗平芜③。
水色绿且明〔三〕,令人思镜湖。
终当过江去,爱此暂踟蹰。

〔一〕向:一作出。　〔二〕商:一作高。　〔三〕明:一作清。

① 迥:高耸状。② 商飙:指秋风。③ 平芜:草木丛生的平旷原野。

天台晓望[一]

天台邻四明①,华顶高百越[二]。
门标赤城②霞,楼栖沧岛月。
凭高远登览,直下见溟渤③。
云垂大鹏翻,波动巨鳌没。
风潮④争汹涌,神怪何翕忽。
观奇迹无倪⑤,好道心不歇。
攀条摘朱实⑥,服药炼金骨⑦。
安得生羽毛,千春⑧卧蓬阙。

〔一〕吴中。 〔二〕华顶峰,在天台县东北六十里。

① 四明:四明山,在今浙江宁波。② 赤城:赤城山,在天台山西北,号称天台山南门。③ 溟渤:指东海。④ 风潮:风向与潮汐。⑤ 倪:端,边际。⑥ 朱实:红色的果实。⑦ 金骨:仙骨。⑧ 千春:千年,形容岁月长久。

早望海霞边

四明三千里,朝起赤城霞。
日出红光散,分辉照雪崖。
一餐咽琼液,五内发金沙。
举手何所待,青龙白虎车。

焦山^①杳望松寥山^②

石壁望松寥，宛然在碧霄。
安得五彩虹，架天作长桥。
仙人如爱我，举手来相招。

① 焦山：又名浮玉山，在江苏镇江东北。② 松寥山：一名海门山，在焦山之旁。

登太白峰^①

西上太白峰，夕阳穷登攀。
太白与我语，为我开天关。
愿乘泠风^②去，直出浮云间。
举手可近月，前行若无山。
一别武功^③去，何时复更还。

① 太白峰：秦岭主峰，在今陕西眉县、太白县、周至县交界处。② 泠（líng）风：小风，和风。③ 武功：武功山，又称鳌山、西太白山。

登邯郸洪波台^①置酒观发兵〔一〕

我把两赤羽^②，来游燕赵间。
天狼正可射，感激无时闲。

观兵洪波台,倚剑望玉关。
请缨③不系越,且向燕然山④。
风引龙虎旗,歌钟昔〔二〕追攀。
击筑落高月,投壶破愁颜。
遥知百战胜,定扫鬼方还。

〔一〕燕赵。　　○时将游蓟门。　〔二〕昔:一作忆。

① 洪波台:在今河北邯郸西北。② 赤羽:羽箭名。③ 请缨(yīng):请求交给杀敌任务。④ 燕然山:东汉窦宪领兵大破北匈奴刻石勒功处,此借指边塞。

登广武①古战场怀古

秦鹿②奔野草,逐之若飞蓬。
项王气盖世,紫电③明双瞳。
呼吸八千人,横行起江东。
赤精④斩白帝,叱咤入关中。
两龙不并跃,五纬⑤与天同。
楚灭无英图,汉兴有来功。
按剑清八极,归酣歌大风。
伊昔临广武,连兵决雌雄。
分我一杯羹,太皇乃汝翁。
战争有古迹,壁垒颓层穹。
猛虎吟洞壑,饥鹰鸣秋空。
翔云列晓阵,杀气赫长虹。
拨乱属豪圣,俗儒安可通。

沉湎呼竖子⑥，狂言非至公。
抚掌黄河曲，嗤嗤阮嗣宗⑦。

①广武：古地名，在今河南荥阳。②秦鹿：指秦国的帝位。③紫电：紫色光芒，形容人目光锐利。④赤精：赤精子，指汉高祖刘邦。⑤五纬：亦称五星。古人将太白、岁星、辰星、荧惑、镇星合称五星。⑥竖子：小子，含鄙视意。⑦阮嗣宗：阮籍（210—263），字嗣宗。陈留尉氏（今河南开封）人，"竹林七贤"之一，曾任步兵校尉，世称"阮步兵"。

登金陵冶城西北谢安墩[一]①

晋室昔横溃②，永嘉遂南奔③。
沙尘何茫茫，龙虎斗朝昏。
胡马风汉草[二]，天骄蹙④中原。
哲匠感颓运，云鹏忽飞翻。
组练⑤照楚国，旌旗连海门。
西秦⑥百万众，戈甲如云屯。
投鞭可填江⑦，一扫不足论[三]。
皇运有反正，丑虏无遗魂。
谈笑遏横流，苍生望斯存。
冶城访古迹[四]，犹有谢安墩。
凭览周地险，高标绝人喧。
想象东山⑧姿，缅怀右军⑨言。
梧桐识佳树，蕙草留芳根。
白鹭映春洲，青龙见朝暾⑩。

地古云物在，台倾禾黍繁。

我来酌清波⑪，于此树名园。

功成拂衣去，归入〔五〕武陵源。

〔一〕自注：此墩即晋太傅谢安与右军王羲之同登，超然有高世之志，余将营园其上，故作是诗。　〔二〕马牛其风，谓奔逸也。胡马奔至汉地，因曰风汉草。　〔三〕一作投策可填江，一朝为我吞。　〔四〕一作至今冶城隅。　〔五〕归入：一作长啸。　〇首十句，叙元帝中兴都金陵。"西秦"八句，叙谢安破秦兵事。"冶城"句以下，述登览之怀。

① 谢安墩：古迹名，在今南京城东蒋山半山上。② 横溃：比喻乱世。③ "永嘉"句：晋怀帝永嘉五年（311），匈奴贵族刘曜攻洛阳，大杀民众，百姓逃难南方避乱。④ 蹙（cù）：逼迫，以武力征服。⑤ 组练：指军士武装。⑥ 西秦：指南北朝时的前秦。⑦ "投鞭"句：化用前秦进攻东晋时，苻坚"以吾之旅众，投鞭于江，足断其流"之典故。⑧ 东山：东晋谢安曾在会稽（今浙江绍兴）附近的东山隐居，《晋书》称其"高卧东山"。⑨ 右军：王羲之，曾任右军将军。⑩ 朝暾：初升的太阳。⑪ 清波：此处指酒。

登梅冈①望金陵赠族侄高座寺②僧中孚

钟山抱金陵，霸气昔腾发。

天〔一〕开帝王居，海色照宫阙。

群峰如逐鹿，奔走相驰突。

江水九道来，云端遥明没。

时迁大运去，龙虎势③休歇。

我来属天清，登览穷楚越。

吾宗挺禅伯④，特秀鸾凤骨〔二〕。

众星罗青天，朗者独有月。

冥居⑤顺生理，草木不剪伐。

烟窗引蔷薇，石壁老野蕨。

吴风谢安屐，白足傲履袜。

几宿一下山〔三〕，萧然忘干谒⑥。

谈经演金偈⑦，降鹤舞海雪。

时闻天香来，了与世事绝。

佳游不可得，春去惜远别。

赋诗留岩屏，千载庶不灭。

〔一〕天：一作神。　〔二〕一作吾宗道门秀，特异鸾凤骨。
〔三〕一下山：一作下山来。

① 梅冈：在金陵（今南京）城南，晋豫章太守梅赜家在冈下，故名。② 高座寺：位于梅冈，一名甘露寺。③ 龙虎势：指金陵（今南京）虎踞龙蟠之势。④ 禅伯：对得道僧人的尊称。⑤ 冥居：幽居，隐居。⑥ 干谒：指为某种目的而求见（地位高的人）。⑦ 金偈（jì）：佛所说的韵语。

望庐山瀑布〔一〕二首

西登香炉峰①，南见〔二〕瀑布水。

挂流三百丈〔三〕，喷壑数十里。

欻②如飞电〔四〕来，隐若白虹③起。

初惊河汉〔五〕④落，半洒云天里〔六〕。

仰观势转雄，壮哉造化功。

海风吹不断，江〔七〕月照还空。

空中乱潈⑤射，左右洗青壁。

飞珠散轻霞，流沫沸穹石⑥。

而我游名山,对之心益闲。

无论漱琼液,且得洗尘颜。

且偕宿所好,永愿辞人间〔八〕。

〔一〕寻阳。 ○附七言一首。 〔二〕见:一作望。〔三〕三百丈:一作三千四。 〔四〕电:一作练。 〔五〕河汉:一作银河。 〔六〕一作半泻金潭里。 〔七〕江:一作山。〔八〕一作集谱宿所好,永不归人间。

① 香炉峰:庐山山峰之一,因形似香炉得名。② 欻(xū):迅疾的样子。③ 白虹:日月周围的白色晕圈。④ 河汉:银河。⑤ 潨(cóng):众水汇在一起。⑥ 穹石:大岩石。

日照香炉生紫烟,遥看瀑布挂长川。

飞流直下三千尺,疑是银河落九天〔一〕。

〔一〕一本题云:望庐山香炉峰瀑布。曰:"庐山上与星斗连,日照香炉生紫烟",下两句同。

江上望皖公山〔一〕①

奇峰出奇云,秀木含秀气。

清宴②皖公山,巉绝③称人意。

独游沧江上,终日淡无味。

但爱兹岭高,何由讨灵异。

默然遥相许,欲往心莫遂。

待吾还丹④成,投迹归此地。

〔一〕宿松。

① 皖公山:又名皖山、天柱山,在今安徽潜山西北。② 清

宴：清净明朗。③ 巉（chán）绝：险峻陡峭。④ 还丹：道家修炼成仙。

望黄鹤山[一]①

东望黄鹤山，雄雄半空出。
四面生白云，中峰倚红日。
岩峦行穹跨②，峰嶂亦冥密③。
颇闻列仙人，于此学飞术。
一朝向蓬海，千载空石室。
金灶④生烟埃，玉潭秘清谧。
地古遗草木，庭寒老芝术。
蹇余羡攀跻，因欲保闲逸。
观奇遍诸岳，兹岭不可匹。
结心寄青松，永悟客情毕。

〔一〕江夏、岳阳。

① 黄鹤山：在今湖北武汉。② 穹跨：横跨天空。③ 冥密：深幽茂密。④ 金灶：道士炼丹用的灶。

九日登巴陵置酒望洞庭水军[一]

九日天气清，登高无秋云。
造化辟川岳，了然楚汉分。

长风鼓横波，合沓①蹙龙文②。
忆昔传游豫③，楼船壮横汾④。
今兹讨鲸鲵，旌旆何缤纷。
白羽落酒樽，洞庭罗三军。
黄花不掇手，战鼓遥相闻。
剑舞转颓阳⑤，当时日停曛⑥。
酣歌激壮士，可以摧妖氛。
龌龊东篱下，渊明不足群〔二〕。

〔一〕时贼逼华容县。　〔二〕杜公讥四皓为局促，太白讥渊明为龌龊，自是诗人一时豪语，非定论也。东坡极称"局促商山芝"为杜公杰句，过矣。若谓其辞虽讥之，其意实钦之，乃为窥见古人深处耳。

①合沓：重叠，攒聚。②龙文：指水的波纹。③游豫：帝王出巡，春巡为游，秋巡为豫。④"楼船"句：指汉武帝出巡河东，在汾水楼船上与群臣宴饮，作《秋风辞》："泛楼船兮济汾河，横中流兮扬素波。"⑤颓阳：落日。⑥曛：昏暗。

秋登巴陵望洞庭

清晨登巴陵，周览无不极。
明湖映天光，彻底①见秋色。
秋色何苍然，际海②俱澄鲜。
山青灭③远树，水绿无寒烟。
来帆出江中，去鸟向日边。
风清长沙浦，霜空云梦④田。
瞻光惜颓发，阅水悲徂年⑤。

北渚既荡漾，东流自潺湲⑥。
郢人⑦唱白雪⑧，越女歌采莲。
听此更肠断，凭崖泪如泉。

① 彻底：形容水清见底。② 际海：海边。③ 灭：隐没。④ 云梦：云梦泽。古楚国的湖泊，在今湖北江汉平原一带。⑤ 徂（cú）年：流年，光阴。⑥ 潺湲（chán yuán）：水缓缓流动的样子。⑦ 郢人：楚国人。⑧ 白雪：古代楚地歌曲。

登巴陵开元寺①西阁赠衡岳僧方外

衡岳有开士②，五峰秀真骨。
见君万里心，海水照秋月。
大臣南溟去，问道皆请谒。
洒以甘露言，清凉润肌发。
明湖落天镜，香阁凌银阙。
登眺餐惠风，新花期启发。

① 开元寺：寺名。唐玄宗开元年间，令天下州郡各建一大寺，以年号为名。② 开士：佛经称菩萨为开士，因以用作对僧人的敬称。

金陵望汉江①

汉江回万里，派作九龙盘。
横溃②豁中国③，崔嵬④飞迅湍。

六帝沦亡后，三吴不足观。
我君混区宇⑤，垂拱⑥众流安。
今日任公子⑦，沧浪罢钓竿。

①汉江：指长江。②横溃：泛滥横流。③中国：指中原地区。④崔嵬（wéi）：高耸的样子。⑤混区宇：统一天下。⑥垂拱：垂衣拱手，表示不做什么事。⑦任公子：传说中善于捕鱼的人，出自《庄子》。

登敬亭北二小山，余时客逢崔侍御，并登此地

送客谢亭北，逢君纵酒还。
屈盘①戏白马，大笑上青山。
回鞭指长安，西日落秦关。
帝乡②三千里，杳③在碧云间。
〇已上登览。

①屈盘：曲折盘绕。②帝乡：传说中天帝住的地方。③杳（yǎo）：渺茫，高远。

安州①应城②玉女汤③作〔一〕

神女殁幽境，汤池流大川。
阴阳结炎炭，造化开灵泉。
地底烁朱火，沙傍歊④素烟。

沸珠跃晴月,皎镜涵空天。
气浮兰芳满,色涨桃花然。
精览万殊入,潜行⁵七泽连。
愈疾功莫尚,变盈道乃全。
濯缨掬清沘⁶,晞发⁷弄潺湲。
散下楚王国,分浇宋玉田。
可以奉巡幸,奈何隔穷偏。
独随朝宗⁸水,赴海输微涓⁹。
〔一〕安州。 ○以下行役。

① 安州:唐武德四年(621)置安州,治所在安陆(今湖北安陆)。② 应城:今湖北应城。③ 玉女汤:汤池,在今湖北应城西。④ 歊(xiāo):升腾。⑤ 潜行:在地底流动。⑥ 清沘(cǐ):清澈明净的水。⑦ 晞(xī)发:晒干头发,亦指高洁脱俗的行为。⑧ 朝宗:比喻小水流注大水。⑨ 微涓:细小的水流,比喻微小的功绩。

之广陵宿常二南郭幽居〔一〕

绿水接柴门,有如桃花源。
忘忧或假草①,满院罗丛萱。
暝色湖上来,微雨飞南轩。
故人宿茅宇,夕鸟归杨园②。
还惜诗酒别,深为江海言。
明朝广陵道,独忆此倾樽。
〔一〕淮南。

①"忘忧"句：嵇康《养生论》："萱草忘忧。"故称。②杨园：园名，见《诗经·巷伯》："杨园之道，猗于亩丘。"

郢门①秋怀〔一〕

郢门一为客，巴月三成弦。
朔风正摇落，行子愁归旋。
杳杳山外日，茫茫江上天。
人迷洞庭水，雁度潇湘烟。
清旷偕夙好②，缁磷③及此年。
百龄何荡漾，万化相推迁。
空谒苍梧帝，徒寻溟海仙。
已闻蓬岳浅，岂见三桃圆。
倚剑增浩叹，扪襟还自怜。
终当游五湖，濯足沧浪泉。

〔一〕荆州、江夏、岳阳。

①郢门：今湖北荆门。②夙好：早年的喜好。③缁磷：古语"磨而不磷，涅而不缁"，指白玉磨不损，染不黑。比喻节操不变。

荆门浮舟望蜀江

春水月峡①来，浮舟望安极。
正见桃花流②，依然锦江色。

江色绿且明，茫茫与天平。
逶迤巴山尽，摇曳楚云行。
雪照聚沙雁，花飞出谷莺。
芳洲却已转，碧树森森迎。
流目③浦烟夕，扬帆海月生。
江陵识遥火，应到渚宫④城。

① 月峡：明月峡，在四川巴县境内。② 桃花流：指春汛。③ 流目：浏览，放眼观看。④ 渚宫：春秋时期楚国的宫名，在今湖北江陵，此代指江陵。

上三峡

巫山夹青天，巴水流若兹。
巴水忽可尽，青天无到时。
三朝上黄牛①，三暮行太迟。
三朝又三暮，不觉鬓成丝。

① 黄牛：黄牛山，在湖北宜昌西。

自巴东舟行经瞿塘峡登巫山最高峰晚还题壁

江行几千里，海月十五圆。
始经瞿塘峡，遂步巫山巅。

巫山高不穷，巴国尽所历。
日边攀垂萝，霞外倚穹石。
飞步凌绝顶，极目无纤烟。
却顾失丹壑，仰观临青天。
青天若可扪，银汉去安在。
望云知苍梧，记水辨瀛海。
周游孤光①晚，历览幽意多。
积雪照空谷，悲风鸣森柯②。
归途行欲曛，佳趣尚未歇。
江寒早啼猿，松暝已吐月。
月色何悠悠，清猿响啾啾。
辞山不忍听，挥策还孤舟。

① 孤光：指日光。② 森柯：茂盛的树枝。

江行寄远

刳木①出吴楚，危槎②百余尺。
疾风吹片帆，日暮千里隔。
别时酒犹在，已为异乡客。
思君不可得，愁见江水碧。

① 刳（kū）木：剖凿木头，借指舟。② 槎（chá）：木筏。

下泾县陵阳溪①至涩滩②

涩滩鸣嘈嘈,两山足猿猱。
白波若卷雪,侧石不容舠。
渔人与舟人,撑折万张篙。

① 陵阳溪:舒溪,在安徽泾县。② 涩滩:在今安徽泾县西。

下陵阳沿高溪三门六刺滩

三门横峻滩,六刺走波澜。
石惊虎伏起,水状龙萦盘。
何惭七里濑①,使我欲垂竿。

① 七里濑(lài):又名富春渚,亦名七里滩,传说为严子陵垂钓处,在今浙江桐庐严陵山西。

宿鰕湖①

鸡鸣发黄山,暝投鰕湖宿。
白雨映寒山,森森似银竹。
提携②采铅客,结荷水边沐。
半夜四天开,星河烂人目。
明晨大楼③去,冈陇多屈伏。

当与持斧翁，前溪伐云木。

○已上行役。

① 鰕（xiā）湖：在贵池（今安徽池州）城南六十里。② 提携：相邀。③ 大楼：大楼山，在贵池城南。

西施〔一〕

西施越溪女，出自苎萝山①。
秀色掩今古，荷花羞玉颜。
浣纱弄碧水，自与清波闲。
皓齿信难开，沉吟碧云间。
勾践征绝艳，扬蛾②入吴关③。
提携馆娃宫④，杳渺讵可攀。
一破夫差国，千秋竟不还。

〔一〕吴越。 ○以下怀古。

① 苎（zhù）萝山：山名，在浙江诸暨南，相传西施为此山鬻薪者之女。② 扬蛾：美女扬起娥眉的娇态，此指西施。③ 吴关：吴国。④ 馆娃宫：吴宫名，春秋时期吴王夫差为西施所造。

王右军

右军本清真①，潇洒在风尘。
山阴遇羽客②，要此好鹅宾③。

扫素④写道经,笔精妙入神。
书罢笼鹅去,何曾别主人。

① 清真:淡泊纯真。② 羽客:修道之人。③ 好鹅宾:指王羲之爱鹅,欲买道士之鹅,为之写《黄庭经》。④ 扫素:在白绢上飞快作书。

上元夫人

上元谁夫人,偏得王母娇。
嵯峨①三角髻,余发散垂腰。
裘披青毛锦,身着赤霜袍。
手提嬴女儿②,闲与凤吹箫。
眉语两自笑,忽然随风飘。

○上元夫人,道君弟子也,尝与西王母俱降于汉宫,事见《汉武内传》。嬴女,秦穆公女弄玉也,喜吹箫作凤鸣。

① 嵯(cuó)峨:形容山势高峻。② 嬴女儿:秦穆公女儿弄玉,嫁善吹箫之萧史,后夫妻乘凤飞仙。因秦姓嬴,故名。

商山四皓

白发四老人,昂藏南山侧。
偃卧松雪间,冥翳不可识。
云窗拂青霭,石壁横翠色。

龙虎方战争，于焉自休息。
秦人失金镜，汉祖升紫极①。
阴虹②浊太阳，前星遂沦匿。
一行佐明两③，欻起生羽翼。
功成身不居，舒卷在胸臆。
窅④冥合元化，茫昧信难测。
飞声塞天衢，万古仰遗迹。

① 紫极：借指帝王的宫殿。② 阴虹：比喻佞臣。③ 明两：借指帝王或太子，此指商山四皓辅佐太子刘盈。④ 窅（yǎo）冥：遥远幽暗。

自广平乘醉走马①六十里至邯郸登城楼览古书怀〔一〕

醉骑白花骆〔二〕，西走邯郸城。
扬鞭动柳色，写鞚②春风生。
入郭登高楼，山川与云平。
深宫翳绿草〔三〕，万事伤人情。
相如章华巅，猛气折秦嬴③。
两虎不可斗，廉公终负荆④。
提携袴中儿，杵臼及程婴。
空孤献白刃〔四〕，必死耀丹诚⑤。
平原三千客，谈笑尽豪英。
毛君⑥能颖脱，二国且同盟。
皆为黄泉土，使我涕纵横。
磊磊石子冈，萧萧白杨声。

诸贤〔五〕没此地，碑版有残铭。
太古共今时，由来互衰荣。
伤哉何足道，感激仰空〔六〕名。
赵俗爱长剑，文儒少逢迎。
闲从博陵〔七〕游，帐饮雪朝醒〔八〕。
歌酬易水动，鼓震丛台⑦倾。
日落把烛归，凌晨向燕京⑧。
方陈五饵⑨策，一使胡尘清。

〔一〕燕赵。　〔二〕骆：一作马。　〔三〕一作雄都半古冢。　〔四〕一作立孤就白刃。　〔五〕诸贤：一作贤豪。〔六〕空：一作虚。　〔七〕陵：一作徒。　〔八〕雪朝醒：一作雪中醒。　○相如、廉颇，程婴、杵臼，平原、毛颖，三端乃赵事之大者。

① 走马：骑着马跑。② 写鞚（kòng）：放松辔头，纵马奔驰之意。③"相如""猛气"二句：化用蔺相如施巧计使和氏璧重归赵国之典故。④"两虎""廉公"二句：化用廉颇"负荆请罪"之典故。⑤"提携"至"必死"四句：化用公孙杵臼与程婴救赵氏婴孩之典故。⑥ 毛君：指毛遂，战国时士人，平原君门客。⑦ 丛台：台名，在今河北邯郸城内。数台相连，故名。⑧ 燕京：古地名，今北京。⑨ 五饵：汉代贾谊提出对匈奴"施五饵"，泛指笼络匈奴的策略。

苏武

苏武在匈奴，十年持汉节①。
白雁上林飞，空传一书札。
牧羊边地苦，落日归心绝。

渴饮月窟冰，饥餐天上雪。
东还沙塞远，北怆河梁别②。
泣把李陵③衣，相看泪成血。

① 汉节：汉天子授予的符节。② 河梁别：指苏武在归汉时，与李陵话别。李陵降匈奴后，曾劝苏武降，苏武不屈。③ 李陵（前134—前74）：字少卿，陇西成纪（今甘肃天水秦安县）人，西汉名将，飞将军李广长孙，公元前99年，率军出征匈奴，战败投降。

经下邳①圯桥怀张子房〔一〕

子房未虎啸，破产不为家。
沧海得壮士，椎秦博浪沙。
报韩②虽不成，天地皆振动。
潜匿游下邳，岂曰非智勇。
我来圯桥上，怀古钦英风。
唯见碧流水，曾无黄石公。
叹息此人去，萧条徐泗③空。

〔一〕淮泗。

① 下邳（pī）：古地名，今江苏邳县。②"报韩""天地"二句：战国末期，秦灭韩，张良为韩人，曾以家财求客刺杀秦始皇。③ 徐泗：徐州泗水的简称。

秋夜板桥浦①泛月独酌怀谢朓

天上何所有，迢迢白玉绳②。
斜低建章阙③，耿耿对金陵。
汉水旧如练，霜江夜清澄。
长川泻落月，洲渚晓寒凝。
独酌板桥浦，古人谁可征。
玄晖④难再得，洒洒气填膺⑤。

① 板桥浦：在今南京西南。② 玉绳：星名，泛指群星。③ 建章阙：建章宫，汉代宫殿名，南朝时宋以建康（今南京）北邸为建章宫。④ 玄晖：谢朓字玄晖。⑤ 填膺（yīng）：充满胸膛。

金陵新亭①

金陵风景好，豪士集新亭。
举目山河异，偏伤周颛情②。
四座楚囚③悲，不忧社稷倾。
王公何慷慨，千载仰雄名。

① 新亭：位于今江苏南京。② 周颛（yǐ）（269—322）：字伯仁，汝南安成（今河南汝南）人。晋大臣，少时有重名，有雅望，官至尚书左仆射，后被大将军王敦杀害。③ 楚囚：本指楚国俘虏，此借指处境困难者。

过彭蠡湖[一]

谢公入彭蠡,因此游松门①。
余方窥石镜,兼得穷江源。
前赏迹可见,后来道空存。
而欲继风雅,岂唯清心魂。
云海方助兴,波涛何足论。
青嶂②忆遥月,绿萝鸣愁猿。
水碧或可采,金膏秘莫言。
余将振衣去,羽化出嚣烦③。

〔一〕浔阳。

① 松门:松门山,鄱阳湖的一个岛屿。② 青嶂:如屏障的青山。③ 嚣烦:喧闹烦杂。

望鹦鹉洲①悲祢衡②

魏帝③营八极,蚁观④一祢衡。
黄祖⑤斗筲⑥人,杀之受恶名。
吴江赋鹦鹉,落笔超群英。
锵锵振金玉,句句欲飞鸣。
鸷鹗啄孤凤,千春伤我情。
五岳起方寸,隐然讵可平。
才高竟何施,寡识冒天刑。
至今芳洲上,兰蕙不忍生。

① 鹦鹉洲：在今湖北武汉西南长江中。② 祢衡：祢衡（173—198），字正平，平原郡般县（今山东乐陵西南），东汉末年名士，性格高傲，因狂傲得罪黄祖被杀。③ 魏帝：指曹操。④ 蚁观：轻视。⑤ 黄祖（？—208）：东汉末年将领，出任江夏太守。因祢衡对其出言不逊，下令杀祢衡。⑥ 斗筲（shāo）：斗和筲都是很小的容器，比喻气量狭小和才识短浅。

宿巫山下〔一〕

昨夜巫山下，猿声梦里长。
桃花飞绿水，三月下瞿塘。
雨色风吹去，南行拂楚王。
高丘怀宋玉，访古一沾裳①。

〔一〕巫峡。

① 沾裳（cháng）：打湿衣裳。

金陵白杨十字巷

白杨十字巷，北夹湖沟道。
不见吴时人，空生唐年草。
天地有反覆，宫城尽倾倒。
六帝余古丘，樵苏泣遗老。

经南陵题五松山〔一〕

圣达有去就，潜光①愚其德。
鱼与龙同池，龙去鱼不测。
当时板筑②辈，岂知傅说情。
一朝和〔二〕殷人，光气为列星。
伊尹③生空桑，捐庖佐皇极。
桐宫放太甲④，摄政无愧色。
三年帝道明，委质终辅翼。
旷哉至人心，万古可为则。
时命或大谬，仲尼将〔三〕奈何。
鸾凤忽覆巢，麒麟不来过。
龟山⑤蔽鲁国，有斧且无柯。
归去来，归去来〔四〕，宵济越洪波。

〔一〕一作南陵五松山感时赠别，山在铜坑村五里。
〔二〕和：一作雨。　〔三〕将：一作其。　〔四〕一作归来归去来。

① 潜光：指隐居。② 板筑：同"版筑"，古代一种修建墙体的技术。③ 伊尹：商汤大臣，名伊，一名挚，尹是官名。相传生于伊水，故名。助汤伐夏桀，被尊为阿衡。④ 太甲：商朝第四位君主，即位后破坏商汤法制，被伊尹放逐于桐宫，悔过后复位。⑤ 龟山：山名，在今山东泗水东北。

姑熟十咏

姑熟溪〔一〕①

爱此溪水闲，乘流②兴无极。

漾楫怕鸥惊,垂竿待鱼食。

波翻晓霞影,岸叠春山色。

何处浣纱人,红颜未相识。

〔一〕溪至芜湖县东北流至太平入江。

① 姑熟溪:溪名,源出今安徽当涂东南丹阳湖,流入长江。② 乘流:乘舟。

丹阳湖〔一〕

湖与元气连,风波浩难止。

天外贾客归,云间片帆起。

龟游莲叶上,鸟宿芦花里。

少女棹轻舟,歌声逐流水。

〔一〕湖在当涂县东南七十里。

谢公宅〔一〕

青山①日将暝,寂寞谢公宅。

竹里无人声,池中虚月白。

荒庭衰草遍,废井②苍苔积。

唯有清风闲,时时起泉石。

〔一〕谢朓宅在当涂城东青山。

① 青山:指谢公(谢朓)宅所在之青山,在安徽当涂东,唐时改名谢公山。② 废井:指谢公井,亦名元晖古井,在安徽当涂。

陵歊台〔一〕

旷望①登古台,台高极人目。

叠嶂列远空,杂花间平陆②。

闲云入窗牖,野翠生松竹。

欲览碑上文,苔侵岂堪读。

〔一〕台在当涂城北黄山,宋武帝尝登此台,且建离宫。

① 旷望:极目眺望。② 平陆:平原,原野。

桓公井〔一〕

桓公名已古,废井曾未竭。

石甃①冷苍苔,寒泉湛孤月。

秋来桐暂落,春至桃还发。

路远人罕窥,谁能见清澈。

〔一〕桓温井在当涂东五里白纻山上。

① 石甃(zhòu):石砌的井壁。

慈姥竹〔一〕

野竹攒①石生,含烟映江岛。

翠色落波深,虚声带寒早。

龙吟曾未听,凤曲吹应好。

不学蒲柳②凋,贞心常自保。

〔一〕当涂西北四十五里有慈姥山,山上出竹,堪为箫管。

① 攒(cuán):簇拥,围聚。② 蒲柳:植物名,即水杨,易凋。

望夫山〔一〕

写望①临碧空,怨情感离别。

江草不知愁,岩花但争发。

云山万重隔,音信千里绝。

春去秋复来，相思几时歇。

〔一〕望夫石在当涂，正当和州郡楼。昔有妇登此山，望夫化为石。

① 写望：纵目远望。

牛渚矶〔一〕①

绝壁临巨川，连峰势相向。

乱石流洑②间，回波自成浪。

但惊群木秀，莫测精灵状。

更听猿夜啼，忧心醉江上。

〔一〕牛渚矶与和州横江渡相对。昔有人潜行，云此处通洞庭，旁达无底。

① 牛渚矶：即采石矶，在今安徽马鞍山西南长江边。② 洑（fú）：旋涡。

灵墟山〔一〕

丁令①辞世人，拂衣向仙路。

伏炼九丹成，方随五云去。

松萝蔽幽洞，桃杏深隐处。

不知曾化鹤，辽海归几度。

〔一〕灵墟山在当涂南十里。

① 丁令：丁令威。《搜神后记》载，丁令威本辽东人，学道于灵虚山，后成仙化鹤归来，落城门华表柱上。

天门山〔一〕

迥出江上山，双峰自相对。

岸映松色寒，石分浪花碎。

参差远天际,缥缈晴霞外。

落日舟去遥,回首沉青霭。

〔一〕天门山在当涂西南三十里,东曰博望,西曰天门,即今之东西梁山也。　○已上怀古。

与元丹丘方城寺谈玄作〔一〕

茫茫大梦中,唯我独先觉①。

腾转风火来,假合②作容貌。

灭除昏疑尽,领略入精要。

澄虑观此身,因得通寂照。

朗悟前后际,始知金仙妙。

幸逢禅居人,酌玉③坐相召。

彼我俱若丧,云山岂殊调④。

清风生虚空,明月见谈笑。

怡然青莲宫,永愿恣游眺。

〔一〕蜀中。　○一作仙城山寺。　○以下闲适。

①"茫茫""唯我"二句:人生是一场梦境,觉悟而知如梦似幻。出自《庄子·齐物论》:"且有大觉,而后知其大梦也。"大梦,喻人生。② 假合:佛教语,谓一切事物均由众缘和合而成。③ 酌玉:饮酒。玉,指玉制的酒杯。④ "彼我""云山"句:指我和他都进入无的状态,身外云与山亦不在。殊调,与众不同。

寻高凤石门山中元丹丘〔一〕

寻幽无前期,乘兴不觉远①。
苍崖渺难涉,白日忽欲晚。
未穷三四山,已历千万转。
寂寂闻猿愁,行行见云收。
高松上好月,空谷宜清秋。
溪深古雪在,石断寒泉流。
峰峦秀中天,登眺不可尽。
丹丘遥相呼,顾我忽而哂。
遂造穷谷②间,始知静者闲。
留欢达永夜,清晓③方言还。

〔一〕楚汉。

①"寻幽""乘兴"二句:用《世说新语》"雪夜访戴"中"乘兴而来,兴尽而返"之逸事。②穷谷:深谷。③清晓:天刚亮时。

安州①般若②寺水阁纳凉喜遇薛员外乂〔一〕

翛然金园赏,远近含晴光。
楼台成海气,草木皆天香。
忽逢青云士,共解丹霞裳。
水退池上热,风生松下凉。
吞讨破万象,搴窥临众芳。
而我遗有漏③,与君用无方。
心垢都已灭,永言题禅房。

〔一〕安州。

① 安州：州名，今湖北安陆。② 般若（bō rě）：智慧，佛教用语。③ 有漏：佛教语，指世间有烦恼。

月下独酌四首[一]

花间一壶酒，独酌无相亲。
举杯邀明月，对影成三人。
月既不解①饮，影徒②随我身。
暂伴月将③影，行乐须及春。
我歌月徘徊，我舞影凌乱。
醒时同交欢，醉后各分散。
永结无情游，相期邈云汉。

〔一〕长安。

① 解：懂，理解。② 徒：仅仅，只。③ 将：和，共。

天若不爱酒，酒星①不在天。
地若不爱酒，地应无酒泉。
天地既爱酒，爱酒不愧天。
已闻清比圣，复道浊如贤。
贤圣既已饮，何必求神仙。
三杯通大道，一斗合自然。
但得醉中趣，勿为醒者传。

① 酒星：古星名，又名酒旗星。

三月咸阳时〔一〕，千花昼如锦〔二〕。
谁能春独愁，对此径须①饮。
穷通与修短②，造化夙所禀。
一樽齐死生，万事固难审。
醉后失天地，兀然③就孤枕。
不知有吾身，此乐最为甚。

〔一〕时：一作城。　〔二〕一作好鸟吟清风，落花散如锦；又作园鸟语成歌，庭花笑如锦。

① 径须：尽管；只管。② 修短：长短，指人的寿命。③ 兀然：昏然无知的样子。

穷愁千万端〔一〕，美酒三百杯〔二〕。
愁多酒虽少，酒倾愁不来。
所以知酒圣〔三〕，酒酣心自开。
辞粟卧首阳〔四〕，屡空饥〔五〕颜回①。
当代不乐饮，虚名安用哉。
蟹螯即金液，糟丘②是蓬莱。
且须饮美酒，乘月醉高台。

〔一〕千万端：一作有千端。　〔二〕三百杯：一作唯数杯。〔三〕酒圣：一作圣贤。　〔四〕卧首阳：一作饿伯夷。　〔五〕饥：一作悲。

① 颜回：孔子弟子。《论语·雍也》："（颜回）一箪食，一瓢饮，在陋巷。" ② 糟丘：积糟成丘，指酿酒多。此指饮酒之乐胜仙境。

春归终南山松龙旧隐①

我来南山阳,事事不异昔。
却寻溪中水,还望岩下石。
蔷薇缘②东窗,女萝绕北壁。
别来能几日,草木长数尺。
且复命酒樽,独酌陶③永夕。

① 旧隐:旧时的隐居处。② 缘:沿,顺着。③ 陶:快乐的样子。

冬夜醉宿龙门觉起言志〔一〕

醉来脱宝剑,旅憩高堂眠。
中夜①忽惊觉,起立明灯前。
开轩聊直望,晓雪河冰壮。
哀哀歌苦寒,郁郁独惆怅。
傅说版筑臣,李斯鹰犬人。
飙起②匡社稷,宁复长艰辛。
而我胡为者,叹息龙门下。
富贵未可期,殷忧③向谁写。
去去泪满襟,举声《梁甫吟》。
青云当自致,何必求知音。

〔一〕洛阳。

① 中夜:半夜。② 飙起:迅猛兴起。③ 殷忧:深深的忧虑。

寻山僧不遇作〔一〕

石径入丹壑,松门闭青苔。
闲阶有鸟迹,禅室无人开。
窥窗见白拂①,挂壁生尘埃。
使我空叹息,欲去仍徘徊。
香云隔山起,花雨从天来。
已有空乐好,况闻青猿哀。
了然绝世事,此地方悠哉。

〔一〕金陵。

① 白拂:白色的拂尘。

过汪氏别业二首

游山谁可游,子明与浮丘。
叠岭碍河汉,连峰横斗牛①。
汪生面北阜,池馆清且幽。
我来感意气,捶炰②列珍羞。
扫石待归月,开池涨寒流。
酒酣益爽气,为乐不知秋。

① 斗牛:指二十八宿中的斗宿和牛宿。② 捶炰(chuí páo):捶,以物扎、刺他物。炰,以火烧烤食物。

畴昔未识君,知君好贤才。
随山起馆宇,凿石营池台。

大火五月中,景风从南来。
数枝石榴发,一丈荷花开。
恨不当此时,相过醉金罍。
我行值木落,月苦清猿哀。
永夜达五更,吴歈送琼杯。
酒酣欲起舞,四座歌相催。
日出远海明,轩车且徘徊。
更游龙潭①去,枕石拂莓苔。

① 龙潭:深渊,比喻凶险之地。

待酒不至

玉壶系青丝,沽酒①来何迟。
山花向我笑,正好衔杯②时。
晚酌东窗下,流莺复在兹。
春风与醉客,今日乃相宜。

① 沽酒:买酒。② 衔杯:指饮酒。

独酌

春草如有意,罗生玉堂①阴。
东风吹愁来,白发坐相侵②。

独酌劝孤影,闲歌面芳林。
长松尔何知〔一〕,萧瑟为谁吟。
手舞石上月,膝横花间琴。
过此③一壶外,悠悠非我心。

〔一〕尔何知:一作本无情。　　○一本云:春草变绿野,新莺有佳音。落日不尽欢,恐为愁所侵。独酌劝孤影,闲歌面芳林。清风寻空来,碧松与共吟。手舞石上月,膝横花下琴。过此一壶外,悠悠非我心。

① 玉堂:居所。② 侵:逼近。③ 过此:除此以外。

友人会宿①

涤荡千古愁,留连百壶饮。
良宵宜清谈,皓月未能寝。
醉来卧空山,天地即衾枕。

① 会宿:聚宿。

春日独酌二首

东风扇淑气①,水木荣春晖。
白日照绿草,落花散且飞。
孤云还空山,众鸟各已归。
彼物皆有托,吾生独无依。

对此石上月,长歌醉芳菲。

① 淑气:温和之气。

我有紫霞想①,缅怀沧洲间。
且对一壶酒,澹然万事闲。
横琴倚高松,把酒望远山。
长空去鸟没,落日孤云还。
但悲光景晚,宿昔②成秋颜。

① 紫霞想:求仙的愿望。② 宿昔:很短的时间。

金陵江上遇蓬池隐者〔一〕

心爱名山游,身随名山远。
罗浮麻姑台,此去或未返。
遇君蓬池隐,就我石上饭。
空言不成欢,强笑惜日晚。
绿水向雁关①,黄云蔽龙山②。
叹息两客鸟③,徘徊吴越间。
一语一执手,留连夜将久。
解我紫绮裘,且换金陵酒。
酒来笑复歌,兴酣乐事多。
水影弄月色,清光奈愁何。
明晨挂帆席,离恨满沧波。

〔一〕自注:时于落星石上以紫绮裘换酒为欢。

① 雁关：雁门山，在今江苏南京东南。② 龙山：本名岩山，在今江苏南京南，南朝宋孝武帝改名龙山。③ 客鸟：外地飞来的鸟，比喻旅人。

日夕山中忽然有怀〔一〕

久卧名〔二〕山云，遂为名〔三〕山客。
山深云更好，赏弄终日夕。
月衔楼间峰，泉漱阶下石。
素心自此得，真趣非外借。
鼯啼桂方秋，风灭籁归寂。
缅思洪崖术，欲往沧海〔四〕隔。
云车来何迟，抚己空叹息。

〔一〕庐山。　〔二〕名：一作青。　〔三〕名：一作青。
〔四〕海：一作岛。

春日醉起言志

处世若大梦，胡为劳其生。
所以终日醉，颓然卧前楹。
觉来眄①庭前，一鸟花间鸣。
借问此何时，春风语流莺②。
感之欲叹息，对酒还自倾。
浩歌待明月，曲尽已忘情。

① 眄（miǎn）：斜着眼看。② 流莺：黄莺。流，莺鸣声圆转。

庐山东林寺夜怀

我寻青莲宇，独往谢城阙。
霜清东林钟，水白虎溪①月。
天香生虚空，天乐鸣不歇。
宴坐②寂不动，大千入毫发。
湛然冥真心，旷劫③断出没。

① 虎溪：溪名，在江西九江南庐山东林寺前。② 宴坐：静坐，安坐。③ 旷劫：佛教语，极长时间。

对酒

劝君莫拒杯，春风笑人来。
桃李如旧识，倾花向我开。
流莺啼碧树，明月窥金罍。
昨来朱颜子①，今日白发催。
棘生石虎殿，鹿走姑苏台②。
自古帝王宅，城阙闭黄埃。
君若不饮酒，昔人安在哉。

① 朱颜子：指年轻人。② 姑苏台：台名，在江苏苏州姑苏山

上，相传为吴王夫差所筑。

嘲王历阳不肯饮酒[一]

地白风色寒，雪花大如手。
笑杀陶渊明，不饮杯中酒。
浪抚一张琴，虚栽五株柳①。
空负头上巾②，吾于尔何有。

〔一〕历阳。　　○已上闲适。

① 五株柳：东晋陶渊明在庭边栽了五棵柳树，自号"五柳先生"。②"空负"句：语出陶渊明诗"若复不快饮，空负头上巾"。

忆崔郎中宗之游南阳遗吾孔子琴抚之潸然感旧[一]

昔在南阳城，唯餐独山①蕨。
忆与崔宗之，白水弄素月。
时过菊潭上，纵酒无休歇。
泛此黄金花，颓然清歌发。
一朝摧玉树，生死殊飘忽。
留我孔子琴，琴存人已没。
谁传广陵散②，但哭邙山③骨。
泉户④何时明，长归狐兔窟。

〔一〕以下怀思。

①独山:山名,今在河南南阳市东北。②广陵散:琴曲名。相传魏晋时嵇康善此曲,嵇康被害后,《广陵散》遂绝。③邙(máng)山:即北邙山,在今河南洛阳东北。④泉户:墓门。

望月有怀

清泉映疏松,不知几千古。
寒月摇轻波,流光入窗户。
对此空长吟,思君意何深。
无因见安道①,兴尽愁人心。

①安道:即戴安道,此用《世说新语》王子猷雪夜访戴安道之事。

春滞沅湘①有怀山中

沅湘春色还,风暖烟草绿。
古之伤心人,于此肠断续。
予非怀沙客②,但美采菱曲。
所愿归东山,寸心于此足。

①沅湘:沅水和湘水的并称。屈原遭放逐后,曾长期流浪沅湘间。②怀沙客:屈原被逐,曾作《怀沙》。

落日忆山中

雨后烟景①绿，晴天散余霞。
东风随春归，发我枝上花。
花落时欲暮，见此令人嗟。
愿游名山去，学道飞丹砂。

① 烟景：云烟缭绕的景色。

忆秋浦桃花旧游①，时窜夜郎

桃花春水生，白石今出没。
摇荡女萝枝，半挂青天月。
不知旧行径，初拳②几枝蕨。
三载夜郎还，于兹炼金骨。
〇已上怀思。

① 旧游：昔日交游的友人。② 拳：卷曲。

越中秋怀[一]

越水绕碧山，周回数千里。
乃是天镜中，分明画相似[二]。
爱此从冥搜，永怀临湍游[三]。

一为沧波客,十见红葉秋。

观涛壮天险,望海令人愁。

路遐迫西照,岁晚悲东流。

何必探禹穴,誓将归蓬丘。

不然五湖上,亦可乘扁舟。

〔一〕以下感遇。　〔二〕一本首四句云:蹈海思仲连,游山慕康乐。攀云穷千峰,弄水涉万壑。下同。　〔三〕临湍游:一作林湍幽。

效古二首

朝入天苑①中,谒帝蓬莱宫。

青山映辇道,碧树摇烟空。

谬题金闺籍②,得与银台通。

待诏奉明主,抽毫③颂清风。

归时落日晚,蹚蹀④浮云骢。

人马本无意,飞驰自豪雄。

入门紫鸳鸯,金井双梧桐。

清歌弦古曲,美酒沽新丰⑤。

快意且为乐,列筵坐群公。

光景不可留,生世如转蓬。

早达胜晚遇,羞比垂钓翁⑥。

○此太白因晚节穷困,回忆昔年遇主宠荣之时。末二句反言之。凡寓言类,多迷离其辞。

① 天苑:皇帝的御苑。② 金闺籍:金闺,指汉代金马门,门上

悬名牒,牒上有名者准其进入。此指在朝为官。③抽毫:提笔写作。④躞蹀(xiè dié):小步行走的样子。⑤新丰:地名,在今江苏丹徒,盛产酒。⑥垂钓翁:指辅佐周武王灭殷的姜太公。

  自古有秀色,西施与东邻。
  蛾眉不可妒,况乃效其颦。
  所以尹婕妤①,羞见邢夫人②。
  低头不出气,塞默③少精神。
  寄语无盐子,如君何足珍。
  〇此哂妒己谣诼者都无才望,皆碌碌庸流耳。

① 尹婕妤:汉武帝宠妃。② 邢夫人:汉武帝宠妃。据《史记》载,尹夫人(即尹婕妤)见到邢夫人后,低头俯泣,自叹不如。③ 塞默:犹沉默,不作声。

感遇二首

  宝剑双蛟龙,雪花照芙蓉①。
  精光射天地,电腾不可冲。
  一去别金匣,飞沉失相从。
  风胡[一]②殁已久,所以潜其锋。
  吴水深万丈,楚山邈千重。
  雌雄终不隔,神物会当逢。
  〔一〕风胡:一作圣人。

① 芙蓉:宝剑名,为越王勾践所有。② 风胡:风胡子,春秋时楚国人,精于识剑、铸剑。

咸阳二三月，百鸟鸣花枝[一]。
玉剑谁家子，西秦豪侠儿[二]。
日暮醉酒归，白马骄且驰。
意气人所仰[三]，游冶方及时。
子云不晓事，晚献长杨词①。
赋达身己老，草玄鬓若丝。
投阁②良可叹，但为此辈嗤。

〔一〕一作宫柳黄金枝。　〔二〕一作绿帻谁家子，卖珠轻薄儿。　〔三〕仰：一作倾。

① 长杨词：汉代扬雄作《长杨赋》。② 投阁：《汉书·扬雄传》载，相传汉代刘棻曾向扬雄问古文奇字，后棻被王莽治罪，扬雄受牵连。狱吏往捕时，雄恐不能自免，即从阁上跳下，几乎摔死。后指文士无辜受祸殃。

拟古十二首

青天何历历①，明星白如石。
黄姑②与织女，相去不盈尺。
银河无鹊桥，非时将安适。
闺人理纨素，游子悲行役。
瓶冰知冬寒，霜露欺远客。
客似秋叶飞，飘飖不言归。
别后罗带长，愁宽去时衣。
乘月托宵梦，因之寄金微③。
〇此托为思妇望征夫之辞。

①历历：清晰、明白的样子。②黄姑：指牵牛星。③金微：借指琴。

高楼入青天，下有白玉堂。
明月看欲堕，当窗悬清光。
遥夜一美人，罗衣沾秋霜。
含情弄柔瑟，弹作陌上桑①。
弦声何激烈，风卷绕飞梁。
行人皆踯躅②，栖鸟去回翔。
但写妾意苦，莫辞此曲伤。
愿逢同心者，飞作紫鸳鸯。
○此托为贞妇不二心之辞。《陌上桑》，罗敷作以自明其心者。

①陌上桑：乐府曲名。②踯躅（zhí zhú）：徘徊不前的样子。

长绳难系日①，自古共悲辛。
黄金高北斗，不惜买阳春。
石火②无留光，还如世中人。
即事已如梦，后来我谁身。
提壶莫辞贫，取酒会四邻。
仙人殊恍惚，未若醉中真。
○此托为痛饮者及时行乐之意。

①"长绳"句：语出晋傅玄《九曲歌》"安得长绳系白日"。②石火：石头撞击时发出的一闪即逝的火花，比喻生命的短暂易逝。

清都①绿玉树，灼烁②瑶台春。
攀花弄秀色，远赠天仙人。
香风送紫蕊，直到扶桑津③。

耻掇世上艳,所贵心之珍。

相思传一笑,聊欲示情亲。

○此香草以诒美人之意。

① 清都:神话中天帝居住的宫阙。② 灼烁:鲜明、光彩的样子。③ 扶桑津:神话中太阳出来的地方,神仙境地。

今日风日好,明日恐不如。

春风笑于人,何乃愁自居。

吹箫舞彩凤,酌醴鲙神鱼。

千金买一醉,取乐不求余。

达士遗天地,东门有二疏①。

愚夫同瓦石,有才知卷舒。

无事坐悲苦,块然②涸辙鱼。

○此卷舒自由、坦怀行乐之意。

① 二疏:汉代疏广任太子太傅,其侄疏受后任太子少傅,并称"二疏"。② 块然:木然无知的样子。

运速天地闭,胡风结飞霜。

百草死冬月,六龙颓西荒。

太白出东方,彗星扬精光。

鸳鸯非越鸟,何为眷南翔。

惟昔鹰将犬,今为侯与王。

得水成蛟龙,争池夺凤皇。

北斗不酌酒,南箕空簸扬。

○此首指安史之乱。"六龙颓西荒",喻明皇幸蜀也。"鸳鸯"二句,太白自喻在江南为永王所污染也。"惟昔"二句,谓诸将不过鹰犬之材,忽跻侯王之尊也。

世路今太行,回车竟何托。
万族皆凋枯,遂无少可乐。
旷野多白骨,幽魂共销铄。
荣贵当及时,春华宜照灼。
人非昆山玉,安得长璀错。
身没期不朽,荣名在麟阁。
○此首言仕途险巇,非己所可干,当立名于身后耳。

月色不可扫,客愁不可道。
玉露生秋衣,流萤飞百草。
日月终销毁,天地同枯槁。
蟪蛄①啼青松,安见此树老。
金丹宁误俗,昧者难精讨②。
尔非千岁翁,多恨去世早。
饮酒入玉壶,藏身以为宝。
○此首欲饮酒学仙,以遣愁思。

① 蟪蛄(huì gū):一种蝉科动物。《庄子·逍遥游》有"朝菌不知晦朔,蟪蛄不知春秋"句,比喻生命短促或见识短浅。② 精讨:细心研究。

生者为过客,死者为归人。
天地一逆旅①,同悲万古尘。
月兔空捣药,扶桑已成〔一〕薪。
白骨寂无言,青松岂知春。
前后更叹息,浮荣②何足珍。
〔一〕已成:一作以为。　○此与十九首中之《回车驾言迈》《去者日以疏》二首同意。

① 逆旅：旅居，比喻人生匆遽短促。② 浮荣：虚荣。

仙人骑彩凤，昨下阆风岑①。
海水三清浅，桃源一见寻。
遗我绿玉杯，兼之紫琼琴。
杯以倾美酒，琴以闲素心。
二物非世有，何论珠与金。
琴弹松里风，杯劝天上月。
风月长相知，世人何倏忽。

① 阆（láng）风岑：阆风巅，传说中神仙居住的地方，在昆仑之巅。

涉江弄秋水，爱此荷花鲜。
攀荷弄其珠，荡漾不成圆。
佳期彩云重，欲赠隔远天。
相思无由见，怅望凉风前。
○此亦采芳以诒美人之辞。

去去复去去，辞君还忆君。
汉水既殊流，楚山亦此分。
人生难称意，岂得长为群。
越燕喜海日，燕鸿思朔云。
别久容华晚，琅玕不能饭。
日落知天昏，梦长觉道远。
望夫登高山，化石竟不返。
○此亦托为贞妇思夫之辞。

感兴八首

瑶姬①天帝女,精彩②化朝云。
宛转入梦宵,无心向楚君。
锦衾抱秋月,绮席③空兰芬。
茫昧④竟谁测,虚传宋玉文。

① 瑶姬:相传为天帝的小女儿,为巫山神女。② 精彩:精魂。③ 绮席:华丽的席具。④ 茫昧:模糊不清。

洛浦①有宓妃②,飘飖雪争飞。
轻云拂素月,了可见清辉。
解珮欲西去,含情讵相违。
香尘动罗袜,绿水不沾衣。
陈王徒作赋③,神女岂同归。
好色伤大雅,多为世所讥。

① 洛浦:洛水之滨。② 宓(fú)妃:传说中的洛水女神。③ "陈王"句:黄初三年(222),曹植经洛水,感宋玉对楚王神女事,作《洛神赋》。

裂素持作书,将寄万里怀。
眷眷待远信,竟岁无人来。
征鸿①务从阳,又不为我栖。
委之在深箧,蠹鱼②坏其题。
何如投水中,流落他人开。
不惜他人开,但恐生是非。

① 征鸿：迁徙的大雁。② 蠹（dù）鱼：衣服、书籍中的一种蛀虫，亦称鱼衣、白鱼。

芙蓉娇绿波，桃李夸白日。
偶蒙春风荣，生此艳阳质。
岂无佳人色，但恐花不实。
宛转龙火飞，零落互相失。
讵知凌寒松，千载长守一。

十五游神仙，仙游①未曾歇。
吹笙吟松风，汎瑟②窥海月。
西山玉童子，使我炼金骨。
欲逐黄鹤飞，相呼向蓬阙。

① 仙游：信奉道教的人远出求仙访道。② 汎（fàn）瑟：抚瑟。

西国有美女，结楼青云端。
蛾眉艳晓月，一笑倾城欢。
高节夺明主，炯心如凝丹。
常恐彩色晚，不为人所观。
安得配君子，共成双飞鸾。

揭来荆山客①，谁为珉玉②分。
良宝绝见弃，虚持三献君。
直木忌先伐，芬兰哀自焚。
盈满天所损，沉冥道所群。
东海有碧水，西山多白云。
鲁连及夷齐，可以蹑清芬③。

①荆山客：指在荆山砍柴时发现和氏璧的卞和。②珉（mín）玉：似石的美玉。③清芬：比喻高洁的德行。

嘉谷①隐丰草，草深苗且稀。
农夫既不异，孤穗将安归。
常恐委畴陇②，忽与秋蓬飞。
乌得荐宗庙，为君生光辉。

①嘉谷：古以粟（小米）为嘉谷，后为五谷的总称。②畴陇：畦田，田亩。

寓言三首

周公负斧扆①，成王何夔夔②。
武王昔不豫③，剪爪投河湄。
贤圣遇谗慝④，不免人君疑。
天风拔大木，禾黍咸伤萎。
管蔡⑤扇苍蝇，公赋鸱鸮⑥诗。
金縢⑦若不启，忠信谁明之。

①"周公"句：周公摄政。斧扆（yǐ），古代帝王置于堂上的斧形屏风器具。②夔夔：谨慎恐惧的样子。③不豫：不事先预备。④谗慝（tè）：邪恶奸佞之人。⑤管蔡：周武王弟管叔与蔡叔的并称。周公摄政后，管蔡挟纣子武庚叛，周公讨之，诛杀武庚与管叔，流放蔡叔。⑥鸱鸮（chī xiāo）：鸟名，俗称猫头鹰。常用以比喻贪恶之人。⑦金縢：《尚书》篇目之一，记周成王开启存封周公祷书的金縢，悔悟改过的事。

遥裔双彩凤,婉娈三青禽。
往还瑶台里,鸣舞玉山岑。
以欢秦娥意,复得王母心。
驱驱精卫鸟,衔木空长吟。

长安春色归,先入青门道。
绿杨不自持,从风欲倾倒。
海燕还秦宫,双飞入帘栊。
相思不可见,托梦辽城东。

秋夕旅怀

凉风度秋海,吹我乡思飞。
连山去无际,流水何时归。
日夕浮云色,心断明月晖。
芳草歇柔艳,白露催寒衣。
梦长银汉落,觉罢天星稀。
含叹想旧国,泣下谁能挥。

感遇四首

吾爱王子晋①,得道伊洛②滨。
金骨既不毁,玉颜长自春。

可怜浮丘公③,猗靡④与情亲。
举手白日间,分明谢时人。
二仙去已远,梦想空殷勤。

① 王子晋:即王子乔,传说中的仙人。② 伊洛:伊水和洛水,多指洛阳地区。③ 浮丘公:相传周灵王时人,与王子晋上嵩山,修仙得道。④ 猗靡(yǐ mí):随风飘拂的样子。

可叹东篱菊,茎疏叶且微。
虽言异兰蕙,亦自有芳菲。
未泛盈樽①酒,徒沾清露辉。
当荣君不采,飘落欲何依。

① 盈樽:盛满酒的容器。

昔余闻嫦娥,窃药驻云发。
不自娇玉颜,方希炼金骨。
飞去身莫返,含笑坐明月。
紫宫夸蛾眉,随手会凋歇。

宋玉事楚王,立身本高洁。
巫山赋彩云,郢路歌白雪。
举国莫能和,巴人皆卷舌。
一惑登徒言①,恩情遂中绝。
○已上感遇。

① 登徒言:宋玉作《登徒子好色赋》。

翰林读书言怀呈集贤院内诸学士〔一〕

晨趋紫禁①中,夕待金门诏。
观书散遗帙,探古穷至妙。
片言苟会心,掩卷忽而笑。
青蝇易相点,白雪难同调。
本是疏散人,屡贻褊促②诮。
云天属清朗,林壑忆游眺。
或时清风来,闲倚〔二〕栏下啸。
严光桐庐溪,谢客临海峤③。
功成谢人君〔三〕,从此一投钓。

〔一〕长安。　○以下写怀。　〔二〕栏:一作檐。
〔三〕君:一作间。

① 紫禁:宫禁,皇帝的居宫。② 褊(biǎn)促:气量狭小,性情急躁。③ 海峤:海边山岭。

寻阳紫极宫感秋作

何处闻秋声,翛翛①北窗竹。
回薄②万古心,揽之不盈掬。
静坐观众妙,浩然媚幽独。
白云南山来,就我檐下宿。
懒从唐生③决,羞访季主④卜。
四十九年非,一往不可复。
野情转萧散,世道有翻覆。

陶令归去来,田家酒应熟。

① 翛翛(xiāo xiāo):风吹竹声音。② 回薄:变化振荡。③ 唐生:唐举,战国梁人,以善相术著。④ 季主:司马季主,汉代卜筮者。

江上秋怀

餐霞①卧旧壑,散发谢远游。
山蝉号枯桑,始复知天秋。
朔雁别海裔②,越燕辞江楼。
飒飒风卷沙,茫茫雾萦洲。
黄云结暮色,白水扬寒流。
恻怆心自悲,潺湲泪难收。
蘅兰方萧瑟,长叹令人愁。

① 餐霞:餐食日霞,指修仙学道。② 海裔(yì):海边,形容边远之地。

秋夕书怀 [一]

北风吹海雁,南度落寒声。
感此潇湘客,凄其流浪情。
海怀①结沧洲[二],霞[三]想遥[四]赤城。
始探蓬壶事[五],旋觉天地轻。

澹然吟高秋，闲卧瞻太清②。

萝月③掩[六]空幕，松霜皓[七]前楹。

灭见息群动，猎微穷至精。

桃花有源水，可以保吾生。

〔一〕一作秋日南游书怀。　〔二〕一作远心飞苍梧。　〔三〕霞：一作遐。　〔四〕遥：一作游。　〔五〕一作始采蓬壶术。〔六〕掩：一作隐。　〔七〕霜皓：一作云散。

① 海怀：托意仙游。下句"霞想"同此意。② 太清：泛指仙境。③ 萝月：藤萝间的明月。

避地司空原①言怀[一]

南风昔不竞，豪圣思经纶。

刘琨与祖逖，起舞鸡鸣晨。

虽有匡济心，终为乐祸人。

我则异于是，潜光②皖水滨。

卜筑司空原，北将天柱邻。

雪霁万里月，云开九江春。

俟乎太阶平③，然后托微身。

倾家事金鼎④，年貌何长新。

所愿得此道，终然保清真。

弄景奔日驭，攀星戏河津。

一随王乔去，长年玉天宾。

〔一〕舒州。

① 司空原：司空山，在今安徽岳西西南。② 潜光：隐藏光彩，隐居。③ 太阶平：指天下太平。④ 金鼎：借指炼丹或炼丹之术。

南奔书怀〔一〕

遥夜何漫漫〔二〕，空歌白石烂。
宁戚①未匡齐，陈平②终佐汉。
欃枪扫河洛，直割鸿沟半。
历数方未迁，云雷屡多难。
天人③秉旄钺，虎竹光藩翰。
侍笔黄金台，传觞青玉案。
不因秋风起，自有思归叹。
主将动谗疑，王师忽离叛。
自来白沙上〔三〕，鼓噪④丹阳岸。
宾御如浮云，从风各消散。
舟中指可掬，城上骸争爨⑤。
草草出近关，行行昧前算。
南奔剧星火，北寇⑥无涯畔。
顾乏七宝鞭⑦，留连道边玩。
太白夜食昴，长虹日中贯⑧。
秦赵兴天兵，茫茫九州乱。
感遇〔四〕明主恩，颇高祖逖言。
过江誓流水，志在清中原。
拔剑击前柱，悲歌难重论。

〔一〕一作自丹阳南奔道中作。　〔二〕何漫漫：一作何时旦。　〔三〕一作兵罗沧海上。　〔四〕遇：一作结。

①宁戚：春秋时齐国大夫。②陈平：阳武（今河南原阳）人，西汉开国大臣，先后事魏、楚，后投刘邦。及吕后死，陈平与周勃平定诸吕之乱，迎代王为文帝，后任丞相。③天人：指永王李璘。④鼓噪：古代出战时的擂鼓呐喊。⑤爨（cuàn）：烧火做饭。⑥北寇：指安禄山叛军。⑦七宝鞭：《晋书·明帝纪》载晋明帝被王敦追杀，遗留七宝鞭于道边农妇，追兵至，农妇慌称人已逃远，诱以七宝鞭把玩。此处比喻以智谋脱身。⑧"长虹"句：白色长虹穿日而过。古人认为这是一种预示人间将遇灾祸的天象。

荆州贼乱临洞庭言怀作

修蛇横洞庭，吞象临江岛。
积骨成巴陵，遗言闻楚老。
水穷三苗国，地窄三湘道。
岁晏①天峥嵘，时危人枯槁。
思归阻丧乱，去国伤怀抱。
郢路方丘墟，章华②亦倾倒。
风悲猿啸苦，木落鸿飞早。
日隐西赤沙，月明东城草。
关河望已绝，氛雾③行当扫。
长叫天可闻，吾将问苍昊。

①岁晏：一年将尽的时候。②章华：章华宫，楚灵王时建，宏大富丽，后毁于兵乱。③氛雾：比喻世道混乱或战乱。

览镜书怀

得道无古今,失道还衰老。
自笑境中人,白发如霜草。
扪心空叹息,问影何枯槁。
桃李竟何言,终成南山皓①。

① 南山皓:即商山四皓,秦末隐于商山的四位隐士,年八十余,须眉皓白。

江南春怀

青春几何时,黄鸟鸣不歇。
天涯失乡〔一〕①路,江外老华发②。
心飞秦塞云,影滞楚关月。
身世殊烂漫③,田园久芜没。
岁晏④何所从,长歌谢金阙⑤。

〔一〕乡:一作归。　○已上写怀。

① 失乡:犹言无家可归。② 华发:花白头发。③ 烂漫:豪放,放浪形迹。④ 岁晏:晚年,暮年。⑤ 谢金阙:辞别朝廷。金阙,指金殿,皇宫。

鲁东门观刈蒲[一]①

鲁国寒事②早,初霜刈渚蒲。
挥镰若转月,拂水生连珠。
此草最可珍,何必贵龙须③。
织作玉床席,欣承清夜娱。
罗衣能再拂,不畏素尘④芜。

〔一〕鲁中。　　○以下咏物。

① 刈(yì)蒲:割取蒲草。蒲,生长在水滨的草本植物,叶片可编席。② 寒事:秋冬的物候。③ 龙须:龙须草,茎可织席。④ 素尘:灰尘。

咏邻女东窗海石榴①

鲁女东窗下,海榴世所稀。
珊瑚映绿水,未足比光辉。
清香随风发,落日好鸟归。
愿为东南枝②,低举拂罗衣。
无由一攀折,引领望金扉③。

① 海石榴:即石榴,由海上传入,故名。② 东南枝:汉乐府诗《孔雀东南飞》有"徘徊庭树下,自挂东南枝"句,指焦仲卿忠于爱情。此代指爱慕之情。③ 金扉:华贵的门户。

南轩松

南轩有孤松,柯叶自绵幂。
清风无闲时,潇洒终日夕。
阴生古苔绿,色染秋烟碧。
何当凌云霄,直上数千尺。

求崔山人百丈崖瀑布图

百丈素崖裂,四山丹壁开。
龙潭中喷射,昼夜生风雷。
但见瀑泉落,如潨云汉来。
闻君写真图,岛屿备萦回。
石黛①刷幽草,曾青②泽古苔。
幽缄③倘相传,何必向天台。

① 石黛:古代女子用以画眉的青黑色颜料。② 曾青:矿产名。色青,可供绘画及化金属用。③ 幽缄:密封。

见野草中有名白头翁者

醉入田家去,行歌荒野中。
如何青草里,亦有白头翁。

折取对明镜，宛将衰鬓同。
微芳似相诮，流恨向东风。

莹禅师房观山海图

真僧闭精宇，灭迹含达观。
列嶂图云山，攒峰入霄汉。
丹崖森在目，清昼①疑卷幔。
蓬壶来轩窗，瀛海入几桉②。
烟涛争喷薄，岛屿相凌乱。
征帆飘空中，瀑水洒天半。
峥嵘若可陟③，想像徒盈叹。
杳与真心冥，遂谐静者玩。
如登赤城里，揭涉④沧洲畔。
即事能娱人，从兹得萧散。

① 清昼：白天。② 几桉：几案，案桌。③ 陟（zhì）：登高，爬上。④ 揭涉：提起衣裳过河。

咏桂二首

园花笑芳年，池草艳春色。
犹不如槿花，婵娟①玉阶侧。

芬荣何夭促②，零落在瞬息。
岂若琼树枝，终岁长翕赩③。

① 嫇（pián）娟：美好的样子。② 夭促：夭折，短命。③ 翕赩
（xī xì）：茂郁的样子。

世人种桃李，多在金张门①。
攀折争捷径，及此春风暄②。
一朝天霜下，荣耀难久存。
安知南山桂，绿叶垂芳根。
清阴亦可托，何惜树君园。

① 金张门：西汉宣帝时，金日（mì）䃅（dī）、张安世并为显贵，二氏子孙相继，七世荣显，后以"金张门第"指权贵世家。② 暄：温暖。

宣城长史弟昭赠余琴溪中双舞鹤诗以见志

令弟佐宣城，赠余琴溪鹤。
谓言天涯雪，忽向窗前落。
白玉为毛衣，黄金不肯博①。
当风振六翮，对舞临山阁。
顾我如有情，长鸣似相托。
何当驾此物，与尔腾寥廓。
○已上咏物。

① 博：获取。

题随州①紫阳先生壁〔一〕

神农②好长生,风俗久已成。
复闻紫阳客,早署丹台名。
喘息餐妙气,步虚吟真声。
道与古仙合,心将元化并。
楼疑出蓬海,鹤似飞玉京。
松雪窗外晓,池水阶下明。
忽耽笙歌乐,顿失轩冕③情。
终愿惠金液,提携凌太清。

〔一〕以下题咏。

① 随州:今湖北随州。② 神农:传说中教人农耕,亲尝百草的人物。③ 轩冕:借指官位爵禄。

题元丹丘山居

故人栖①东山,自爱丘壑美。
青春卧空林,白日犹不起。
松风清襟袖,石潭洗心耳②。
羡君无纷喧,高枕碧霞里。

① 栖:指隐居。② 洗心耳:洗涤胸中的世俗杂念。

题元丹丘颖阳山居[一]

丹丘家于颖阳新卜①别业,其地北倚马岭②,连峰嵩丘③,南瞻鹿台④,极目汝海⑤。云岩映郁,有佳致焉。白从之游,故有此作。

仙游渡颖水,访隐同元君⑥。
忽遗苍生望⑦,独与洪崖群。
卜地初晦迹⑧,兴言且成文。
却顾北山断,前瞻南岭分。
遥通汝海月,不隔嵩丘云。
之子合逸趣,而我钦清芬。
举迹倚松石,谈笑迷朝曛。
终愿狎青鸟,拂衣栖江濆。

〔一〕并序。

① 卜:选择(处所)。② 马岭:在今山西太谷东南。③ 嵩丘:嵩山,在今河南登封境内。④ 鹿台:鹿台山,在今山西沁水西南。⑤ 汝海:泛指以河南汝州为中心的汝河流域一带。⑥ 元君:指元丹丘。⑦ 苍生望:百姓的期望。⑧ 晦迹:隐居匿迹。

题瓜洲①新河②饯族叔舍人贲

齐公凿新河,万古流不绝。
丰功利生人,天地同朽灭。
两桥对双阁,芳树有行列。
爱此如甘棠③,谁云敢攀折。
吴关倚此固,天险自兹设。

海水落斗门,潮平见沙汦。
我行送季父,弭棹①徒流悦。
杨花满江来,疑是龙山雪。
惜此林下兴,怆为山阳别⑤。
瞻望清路尘,归来空寂蔑。

① 瓜州:又称瓜埠洲,在今江苏邗江南部、大运河分支入长江处。② 新河:指从瓜州直通长江的伊娄河。③ 甘棠:即棠梨,多用于称颂执政者的美政。④ 弭棹:停泊船只。⑤ 山阳别:魏晋之际嵇康、向秀、王戎人等常聚会山阳,此处借指故友惜别。

洗脚亭

白道①向姑熟,洪亭临道旁。
前有吴时井,下有五丈床。
樵女洗素足,行人歇金装②。
西望白鹭洲,芦花似朝霜。
送君此时去,回首泪成行。

① 白道:大路。② 金装:美装,盛装。

题金陵王处士水亭(一)

王子耽玄言,贤豪多在门。
好鹅寻道士,爱竹啸名园。

树色老^[二]荒苑,池光荡华轩。
此堂见明月,更忆陆平原①。
扫地青玉簟②,为余置金樽。
醉罢^[三]欲归去,花枝宿鸟喧。
何时复来此,再^[四]得洗嚣烦。

〔一〕此亭盖齐朝南苑,又是陆机故宅。 〔二〕老:一作秀。 〔三〕罢:一作后。 〔四〕再:一作更。

① 陆平原:晋陆机(261—303),字士衡,曾任平原内史。② 玉簟(diàn):竹席。

题嵩山逸人元丹丘山居^[一]

白久在庐霍①,元公近游嵩山,故交深情,出处无间。岩信频及,许为主人。欣然适会本意,当冀长往不返,欲便举家就之,兼书共游,因有此赠。

家本紫云山②,道风未沦落。
况怀丹丘志,冲赏归寂寞。
朅来游闽荒,扪涉穷禹凿③。
夤缘④泛潮海,偃蹇陟庐霍。
凭雷蹑天窗,弄景憩霞阁。
且欣登眺美,颇惬隐沦诺。
三山旷幽期,四岳聊所托。
故人契嵩颍,高义炳丹臒。
灭迹遗纷嚣,终言本峰壑。
自矜林湍好,不羡市朝乐。

偶与真意并,顿觉世情薄。
尔能折芳桂,吾亦采兰若。
拙妻好乘鸾,娇女爱飞鹤。
提携访神仙,从此炼金药。

〔一〕并序。

①庐霍:庐山和霍山,此指庐山。②紫云山:位于今四川绵阳三台县西南。③禹凿:大禹开凿的江河。④夤(yín)缘:本意为攀援、攀附,此指登船。

嘲鲁儒

鲁叟谈五经,白发死章句①。
问以经济策②,茫如坠烟雾。
足著远游履,首戴方头巾。
缓步从直道,未行先起尘。
秦家丞相府,不重褒衣人③。
君非叔孙通④,与我本殊伦。
时事且未达,归耕汶水滨。

①章句:章节句读。②经济策:治理国家的方略。③褒衣人:褒衣是宽大的衣服,古代儒生的装束,借指儒生。④叔孙通:薛地(今山东枣庄薛城)人,秦博士,后归汉,为汉重定礼制。

惧谗

二桃杀三士[①],讵假剑如霜。
众女妒蛾眉[②],双花竞春芳。
魏姝信郑袖[③],掩袂[④]对怀王。
一惑巧言子,朱颜成死[一]伤。
行将泣团扇,戚戚愁人肠。

〔一〕死:一作损。

[①]"二桃"句:据《晏子春秋》载,齐景公以二桃赐三人,论功而食,三人弃桃自杀。比喻阴谋陷害。[②]"众女"句:化用屈原《离骚》"众女嫉余之蛾眉兮"句,蛾眉,代指美女。[③]"魏姝"句:《战国策·楚策四》载,楚怀王夫人郑袖妒怀王宠爱魏国美女,以掩鼻计谋害魏女死。[④]掩袂:以衣袖掩鼻。袂,衣袖。

平虏将军妻[①]

平虏将军妇,入门二十年。
君心自不悦,妾宠岂得专。
出解床前帐,行吟道上篇。
古人不唾井[②],莫忘昔缠绵。

[①]平虏将军:指唐朝的将军刘勋,其妻名叫王宋。[②]唾井:比喻遗忘旧情,也比喻休妻。

嵩山采菖蒲者

神人多古貌,双耳下垂肩。
嵩岳逢汉武①,疑是九疑仙。
我来采菖蒲,服食可延年。
言终忽不见,灭影入云烟。
喻帝竟莫悟,终归茂陵②田。
○张齐贤曰:此篇是咏仙人王兴诗,语乃隐括其传中事。

① 汉武:汉武帝刘彻。据《神仙传》载,汉武帝上嵩山,遇仙人,耳垂肩,自称"九疑之人"。② 茂陵:汉武帝墓,在今陕西兴平。

金陵听韩侍御吹笛

韩公吹玉笛,倜傥流英音①。
风吹绕钟山②,万壑皆龙吟。
王子③停凤管,师襄④掩瑶琴。
余响渡江去,天涯安可寻。

① 英音:美妙的乐音。② 钟山:又称紫金山,在今江苏南京城东。③ 王子:指王子乔。《列仙传》载其好吹笙,乘鹤登仙而去。④ 师襄:春秋时期乐官,相传曾向孔子授琴。

白田马上闻莺

黄鹂啄紫椹①,五月鸣桑枝。
我行不记日,误作阳春时。
蚕老客未归,白田已缫丝〔一〕②。
驱马又前去,扪心空自悲〔二〕。

〔一〕一作吴人欲蚕丝。　〔二〕悲:一作嗤。

① 紫椹(shèn):桑树的果实,成熟时呈紫色。② 缫(sāo)丝:把蚕茧浸在热水里,抽出蚕丝。

杂诗

白日与明月,昼夜尚〔一〕不闲。
况尔悠悠人①,安得久世间。
传闻海水上,乃有蓬莱山。
玉树生绿叶,灵仙每登攀。
一食驻玄发②,再食留红颜③。
吾欲从此去,去之无时还。

〔一〕尚:一作常。　　○已上题咏。

① 悠悠人:世俗之人。② 玄发:黑发,亦指少年。③ 红颜:红润美好的容颜,指青春年少。

寄远十二首〔一〕

三鸟①别王母，衔书来见过。
肠断若剪弦，其如愁思何。
遥知玉窗里，纤手弄云和②。
奏曲有深意，青松交女萝。
写水落井中，同泉岂殊波。
秦心与楚恨，皎皎为谁多。

〔一〕以下闺情。　〇写水即泻水也，本鲍明远"泻水置平地"。"写水"四句，谓彼此两地同一相思，未知情恨孰多耳。

① 三鸟：传说西王母身边有三只青鸟，为报信使者。② 云和：琴、瑟、琵琶等弦乐器的统称。

青楼①何所在，乃在碧云中。
宝镜挂秋水〔一〕，罗衣轻春风。
新妆坐落日，怅望金〔二〕屏空。
念此〔三〕送短书②，愿因〔四〕双飞鸿。
本作一行书，殷勤道相忆。
一行复一行，满纸情何极③。
瑶台有黄鹤，为报青楼人。
朱颜凋落尽，白发一何新。
自知未应还〔五〕，离居〔六〕经三春。
桃李今若为，当窗发光彩。
莫使香风飘，留与〔七〕红芳待。

〔一〕水：一作月。　〔二〕金：一作锦。　〔三〕念此：一作剪彩。　〔四〕因：一作同。　〔五〕还：一作老。　〔六〕居：一作君。　〔七〕与：一作取。

①青楼：青漆涂饰的雅致的楼房。②短书：指书信。③何极：表示没有穷尽。

玉箸①落春镜〔一〕，坐愁湖阳水。
闻〔二〕与阴丽华②，风烟接邻里。
青春已复过，白日忽相催。
但恐荷〔三〕花晚，令人意已摧。
相思不惜梦，日夜向阳台。
〔一〕春：一作清。　〔二〕闻：一作且。　〔三〕荷：一作飞。

①玉箸：指眼泪。②阴丽华：汉光武帝刘秀的结发妻子，后被封为皇后。

远忆巫山阳，花明绿江暖。
踌躇未得往，泪向南云满。
春风复无情，吹我梦魂断。
不见眼中人，天长音信短。

阳台〔一〕隔楚水，春草生黄河〔二〕。
相思无日夜，浩荡若流波。
流波向海去，欲见终无因〔三〕。
遥将一点泪，远寄如花人。
〔一〕阳台：一作阴云。　〔二〕一作转蓬落渭河。　〔三〕一作定绕珠江滨。

昔〔一〕在春陵①东，君居汉江岛。
百里望花光②，往来成白道〔二〕。
一为云雨别，此地生秋草。

秋草秋蛾飞，相思愁落晖。
何由一相见，灭烛解罗衣〔三〕。
　〔一〕昔：一作妾。　　〔二〕一作日日采蘼芜，上山成白道。
〔三〕一本晖下添：昔时携手去，今时流泪归。遥知不得意，玉箸点罗衣。

　① 舂（chōng）陵：古地名，在今湖北枣阳。② 花光：花的色彩。

忆昨东园桃李红碧枝，与君此时初别离。
金瓶落井无消息，令人行叹复坐思。
坐思行叹成楚越，春风玉颜畏销歇①。
碧窗纷纷下落花，青楼寂寂空明月。
两不见，但相思。
空留锦字②表心素，至今缄愁③不忍窥。

　① 销歇：衰败凋零。② 锦字：妻子写给丈夫的书信。③ 缄愁：寄信诉说别愁相思。

长短春草绿，缘门如有情。
卷葹①心独苦，抽却死还生。
睹物知妾意，希君种后庭。
闲时当采掇，念此莫相轻。

　① 卷葹（shī）：草名，又名宿莽。

鲁缟①如玉霜，笔〔一〕题月支②书。
寄书白鹦鹉，西海慰离居。
行数虽不多，字字有委曲。

天末③如见之,开缄④泪相续。

千里若在眼,万里若在心。

相思千万里,一书直千金。

〔一〕笔:一作翰。

① 鲁缟(gǎo):鲁地出产的一种白色生绢,以薄细著称。② 月支:古代用地支纪月,十二支分别指十二个月。③ 天末:天尽头,指极远的地方。④ 开缄:拆开(信件等)。

美人在时花满堂,美人去后余空床。

床中绣被卷不寝〔一〕,至今三载闻余香〔二〕。

香亦竟不灭,人亦竟不来。

相思黄叶尽〔三〕,白露湿青苔。

〔一〕卷不寝:一作更不卷。　〔二〕闻余香:一作犹闻香。
〔三〕尽:一作落。　〇此首一作赠远。

爱君芙蓉婵娟①之艳色,若可餐兮难再得。

怜君冰玉清炯之明心,情不极兮意已深。

朝共琅玕之绮食〔一〕,夜同鸳鸯之锦衾。

恩情婉娈忽为别,使人莫错乱愁心。

乱愁心,涕如雪。

寒灯厌梦魂欲绝,觉来相思生白发。

盈盈汉水若可越,可惜凌波②步罗袜。

美人美人兮归去来,莫作朝云飞阳台。

〔一〕琅玕,玉也,谓玉食也。　〇第八首及末二首均长短句,附录。

① 婵娟:姿态美好的样子。② 凌波:形容女子脚步轻盈,飘移如履水波。

代赠远〔一〕

妾本洛阳人，狂夫①幽燕客。
渴饮易水波，由来多感激。
胡马西北驰，香鬣②摇绿丝。
鸣鞭从此去，逐虏荡边陲。
昔去有好言，不言久离别。
燕支多美女，走马轻风雪。
见此不记人，恩情云雨绝。
啼流玉箸尽，坐恨金闺切。
织锦作短书，肠随回文③结。
相思欲有寄，恐君不见察。
焚之扬其灰，手迹自此灭。

〔一〕一作寄远。

① 狂夫：指自己的丈夫。② 香鬣：骏马颈上长毛。③ 回文：回文诗，前秦窦滔久戍不归，其妻苏蕙织锦为《回文旋图诗》以赠滔，凡840字，横纵反复皆可成诗。后用以指怀念远人的诗信。

闺情

流水去绝国①，浮云辞故关。
水或恋前浦，云犹归旧山。
恨君流〔一〕沙②去，弃妾渔阳③间。
玉箸夜垂〔二〕流，双双落朱颜。

黄鸟坐相悲,绿杨谁更攀。

织锦心草草,挑灯泪班班。

窥镜不自识,况乃狂夫还。

〔一〕流:一作龙。 〔二〕夜垂:一作日夜。

① 绝国:极其辽远的邦国。② 流水:西北沙漠地区。③ 渔阳:地名,唐玄宗天宝元年(742)改蓟州为渔阳郡,治所在渔阳(今天津蓟县)。

代别情人

清水本不动,桃花发岸傍。

桃花弄水色,波荡摇春光。

我悦子容艳,子倾我文章。

风吹绿琴①去,曲度紫鸳鸯。

昔作一水鱼,今成两枝鸟。

哀哀长鸡鸣,夜夜达五晓②。

起折相思树,归赠知寸心③。

覆水不可收,行云难重寻。

天涯有度鸟④,莫绝瑶华音⑤。

① 绿琴:绿绮琴的省称,泛指琴。② 五晓:五更破晓时。③ 寸心:微小的心意。④ 度鸟:孤独的飞鸟。⑤ 瑶华音:对他人书信的美称。

代秋情

几日相别离,门前生秪葵〔一〕①。
寒蝉聒②梧桐,日夕长鸣悲。
白露湿萤火③,清霜零④兔丝⑤。
空掩紫罗袂〔二〕⑥,长啼无尽时。

〔一〕秪:自生稻。　　〔二〕一作空闺掩罗袂。

① 秪(lǔ)葵:秪和葵,植物名。② 聒(guō):吵扰。③ 萤火:萤火虫发出的光。④ 零:落。⑤ 兔丝:植物名,亦名女萝。⑥ 罗袂(mèi):丝罗的衣袖。

湖边采莲妇

小姑织白纻①,未解将人语②。
大嫂采芙蓉,溪湖千万重。
长兄行不在,莫使外人逢。
愿学秋胡妇③,贞心比古松。

① 白纻(zhù):白色的苎麻布。②"未解"句:指(小姑)不知道与外人说话的规矩,天真。③ 秋胡妇:刘向《列女传》载秋胡之妻事,秋胡纳妻五日而去,宦游五年,归时戏路边采桑妇,妇拒之。及家,妻乃采桑妇。妻耻夫无义,投河而死。后常用作节义烈女的典型。

学古思边①

衔悲上陇首②,肠断不见君。
流水若有情,幽哀从此分。
苍茫愁边色③,惆怅落日曛。
山外接远天,天际复有云。
白雁从中来,飞鸣苦难闻。
足系一书札,寄言叹离群。
离群心断绝,十见花成雪④。
胡地无春辉,征人行不归。
相思杳如梦,珠泪湿罗衣。

① 思边:思念戍边丈夫。② 陇首:陇山之巅,亦泛指山巅。③ 边色:边地的风物景色。④ "十见"句:指年年从春到冬,征夫长年未归。

折荷有赠

涉江①玩秋水,爱此红蕖鲜。
攀荷弄其珠,荡漾不成圆。
佳人彩云里,欲赠隔远天。
相思无因见,怅望凉风前。
○按,此与《拟古》第十一首大同小异。

① 涉江:划船,泛舟。

秋浦寄内

我今寻阳去,辞家千里余。
结荷见水宿①,却寄大雷书②。
虽不同辛苦,怆离各自居。
我自入秋浦,三年北信疏。
红颜愁落尽,白发不能除。
有客自梁苑,手携五色鱼③。
开鱼得锦字,归问我何如。
江山虽道阻,意合不为殊。

① 水宿:在舟中或水边过夜。② 大雷书:指旅途中致家人的书信。③ 五色鱼:书信的代称。古人尺素结为鲤鱼形,故称。

自代内赠

宝刀截流水,无有断绝时。
妾意逐君行,缠绵亦如之。
别来门前草,春尽秋转碧。
扫尽还更生,萋萋①满行迹。
鸣凤始相得,雄惊雌各飞。
游云落何山,一往不见归。
估客②发大楼〔一〕,知君在秋浦。
梁苑空锦衾,阳台梦行雨。
妾家三作相,失势去③西秦。

犹有旧歌管,凄清闻四邻。
曲度入紫云,啼无眼中人。
女弟④争笑弄,悲羞泪盈巾。
妾似井底桃,开花向谁笑。
君如天上月,不肯一回照。
窥镜不自识,别多憔悴深。
安得秦吉了⑤,为人道寸心。

〔一〕大楼:一作东海。

① 萋萋:草长得茂盛的样子。② 估客:行商之人。③ 去:离开。
④ 女弟:妹妹。⑤ 秦吉了:鸟名,因产于秦中,故名。

秋浦感主人归燕寄内

霜朽楚关木,始知杀气严。
寥寥①金天廓,婉婉②绿红潜。
胡燕别主人,双双语前檐。
三飞四回顾,欲去复相瞻③。
岂不恋华屋,终然谢珠帘。
我不及此鸟,远行岁已淹。
寄书道中叹,泪下不能缄。

① 寥寥:空旷的样子。② 婉婉:柔美的样子。③ 相瞻:相互顾盼。

送内①寻庐山女道士李腾空②二首

君寻腾空子,应到碧山家。
水舂③云母碓④,风扫石楠⑤花。
若恋幽居好,相邀弄紫霞。

① 内:妻子。② 李腾空:李林甫之女,不为富贵所染,入庐山为女道士。③ 舂:通"冲",冲击,冲撞。④ 云母碓(duì):石碓,舂米的用具。⑤ 石楠:植物名,花供观赏,叶可入药。

多①君相门女,学道爱神仙。
素手掬青霭②,罗衣曳紫烟。
一往屏风叠,乘鸾著玉鞭〔一〕。

〔一〕著玉鞭:一作不著鞭。

① 多:推重,赞美。② 青霭:云气。

在寻阳非所①寄内

闻难知痛哭,行啼入府中。
多君同蔡琰,流泪请曹公。
知登吴章岭〔一〕,昔与死无分。
崎岖行石道,外折入青云。
相见若悲叹,哀声那可闻。

〔一〕吴章岭,去寻阳城四十五里,岭南即今南康府也。○已上闻情。

①非所:非正常生活之地,此指浔阳监狱。

自溧水①道哭王炎②三首〔一〕

白杨双行行,白马悲路傍。
晨兴见晓月,更似发云阳。
溧水通吴关,逝川去未央。
故人万化尽,闭骨③茅山冈。
天上坠玉棺,泉中掩龙章④。
名飞日月上,义与风云翔。
逸气竟莫展,英图⑤俄夭伤。
楚国一老人,来嗟龚胜亡。
有言不可道,雪泣⑥惜兰芳。

〔一〕宣州作。　○以下哀伤。

①溧(lì)水:又名九阳江、中江等名,由今安徽芜湖东流入江苏境内,东注太湖。②王炎:宣城(今安徽宣城)人,李白故交。③闭骨:埋葬尸体。④龙章:衮龙之服和章甫之冠。此以华美的衣冠代指人。⑤英图:犹雄图,指宏伟的规划或谋略。⑥雪泣:揩拭眼泪。

王公希代①宝,弃世一何早。
吊死不及哀,殡宫②已秋草。
悲来欲脱剑,挂向何枝好。
哭向茅山虽未摧,一生泪尽丹阳道。

①希代:稀世。②殡宫:指坟墓。

王家碧瑶树,一树忽先摧。
海内故人泣,天涯吊鹤来。
未成霖雨用,先夭济川材。
一罢广陵散,鸣琴更不开。

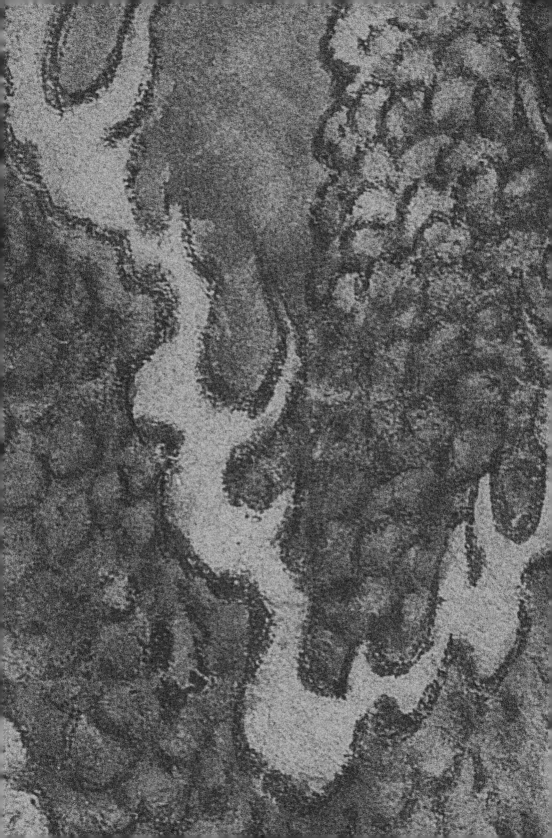